SKLAVEN DES STURM

EINE SAMMLUNG VERDREHTER MÄRCHEN

RENEE ROSE   CASEY MCKAY   KATHERINE DEANE

RENEE ROSE ROMANCE

kostenlose Bücher sowie Neuigkeiten zu Neuerscheinungen
zu erhalten.

HOLEN SIE SICH IHR KOSTENLOSES BÜCHER

Gehen Sie zu https://dl.bookfunnel.com/mdue81lgz8 um sich für Katherine Deanes Newsletter anzumelden und kostenlose Bücher sowie Neuigkeiten zu Neuerscheinungen zu erhalten.

DIE CHARAKTERE

Bertram B. Wolfe – Besitzer des Spas „NK" Fetish Lodge, Gestaltwandler
   Autorin: Katherine Deane

Jillian Hill – Schwester von Jake Hill
   Autorin: Katherine Deane

Jake Hill – Bruder von Jillian Hill
   Autorinnen: Katherine Deane und Casey McKay

Coral – Meerjungfrau
   Autorin: Casey McKay

Cade Lupus – Cousin von B. B. Wolfe, Gestaltwandler
   Autorin: Renee Rose

Faye Godmeyer – Halbfee
   Autorin: Renee Rose

Redd – Jägerin, „Little" von B. B. Wolfe

Autorin: Katherine Deane

Cindy – Tagsüber submissiv
    Autorin: Katherine Deane

Die Stiefmutter – Nachts Domina, teilt sich einen Körper
mit Cindy
    Autorin: Katherine Deane

Willkommen in New Kristiandom, einer Welt voller Fantasie und Übernatürlichem, einer Welt, in der Althergebrachtes auf Zeitgenössisches trifft, wo Märchen und das wahre Leben aufeinanderprallen, wo die Wahrheit manchmal seltsamer ist als die Fiktion, wo Romantik und Fetisch die Norm sind und jeder sein „Happy End" bekommt. Dies ist die erste Geschichte über die Charaktere, die diese Welt formen.

KAPITEL EINS

JILLIAN

Jillian schmollte und trat einen Eisbrocken in die nächste Schneewehe. Sie und ihr Bruder waren den ganzen Tag geritten und hatten es immer noch nicht in die nächste Stadt in New Kristiandom geschafft. „Warum müssen wir überhaupt zu einer dummen Kupplerin gehen?"

„Weil, liebe Schwester", sagte Jake und warf ihr einen strengen Blick zu, während er seine Tasche vom Rücken ihres Pferdes zog. „Du bist 22 Jahre alt, nach den Maßstäben des Dorfes eine alte Jungfer." Er grinste. „Außerdem haben wir fast kein Geld mehr."

Ihr Dorf hielt noch immer an den alten Sitten fest – arrangierte Ehen, Frauen, die jung heirateten und Kinder bekamen, einfache Technologie, obwohl sie von der neuen Technologie und Kleidung gehört hatte, die manche in anderen Dörfern trugen und benutzten. Sie fühlte sich so eingeengt. Und die Männer reizten sie überhaupt nicht. Wenn sie doch nur in einem anderen Dorf geboren worden wäre, das ihr erlaubt hätte, ihr Leben so zu leben, wie sie es wollte. Oder noch besser, wenn sie doch nur als Mann geboren worden wäre. Sie seufzte und trat einen weiteren Eisbrocken aus dem Weg.

Jakes Miene wurde weicher, als er ihre zitternde Lippe sah. „Es tut mir leid, Jillybean, aber so muss es sein. Von Mutters Erbe ist nicht mehr viel übrig, und wir brauchen es, um in die Stadt zu kommen, die Kupplerin zu bezahlen und für deine Mitgift aufzukommen."

„Ich sehe nicht ein, warum wir unser Geld nicht sparen und Partner in unserem eigenen Dorf hätten finden können." Sie stellte ihre Tasche in den Schnee.

Jake lachte und warf einen Schneeball nach ihr, der sie genau in den Rücken traf. „Dem letzten Kerl hast du gedroht, das Haus abzufackeln, du Göre."

Sie kniete nieder, um den fest gepackten Schnee in ihre Hände zu schaufeln, und spuckte hinein, während sie zusah, wie er hart wurde. „Ich hätte ihn nicht für alles Gold im Königreich geheiratet."

„Er war der reichste Lord in der ganzen Gegend", brummte Jake und wandte sich wieder seiner Aufgabe zu, ein Lagerfeuer zu entfachen.

„Er war ein Schwein!" Sie schleuderte den Eisball in einem befriedigenden Bogen von sich und sah zu, wie er einen Meter von seinem Kopf entfernt durch die Luft flog.

Jake kicherte. „Du hattest noch nie einen guten Wurfarm. Aber ich muss dir lassen, du wirst besser."

Grrr, dieser Mann war zum Verrücktwerden! Warum durfte er entscheiden, wo sie lebte und wen sie heiratete? Nur weil er ein Jahr älter und ein Mann war. Sie stampfte mit dem Fuß in eine große Schneewehe und stellte sich vor, es wäre sein Kopf.

„Na ja, ist ja nicht so, als hättest du mehr Glück mit den Frauen gehabt, lieber Bruder", murrte sie. „Wenigstens habe ich der Tochter des Bürgermeisters nicht mit, wie nanntest du das noch mal?, gedroht. Ach ja", grinste sie, „einer ordentlichen Tracht Prügel."

„Das war keine Drohung." Jakes Augen verdunkelten sich. „Sie war eine Göre. Genau wie jemand anderes, den ich kenne."

„Wie auch immer." Sie verdrehte die Augen, während sie ihrem müden Pferd das letzte Heu fütterte. Banbury schnaubte und stupste ihre Hand an, als wollte er sich bedanken. Wenigstens konnte sie bei dem wunderschönen weißen Hengst Trost finden.

„Also gut, Kleine. Es ist Zeit, an die Arbeit zu gehen. Wir müssen ein Feuer machen und Wasser fürs Abendessen holen." Er wuschelte ihr von hinten durch die Haare. „Da oben, auf der Spitze des Hügels, ist ein Brunnen." Er zeigte auf den großen, schneebedeckten Hügel hinter ihnen.

Gütiger Gott, das Ding musste 30 Meter hoch sein! Im Ernst, wer baute einen Brunnen so weit oben? Sie murrte vor sich hin und tat so, als hätte sie ihn nicht gehört.

Er zog sie mühelos auf die Beine und ignorierte ihren wütenden Blick.

„Ich will das Ding nicht hochklettern! Ich werde ganz nass. Was ist, wenn ich falle? Der Eimer wird schwer sein." Sie zählte jede Ausrede auf, die ihr einfiel.

„Banbury ist erschöpft und muss sich ausruhen. Ich muss dieses Feuer in Gang bringen und unseren Unterschlupf aufbauen. Jemand muss Wasser holen, damit wir unser Abendessen machen können. Es wird bald Nacht, und ich will nicht ohne Feuer, Wasser oder Unterschlupf hier festsitzen. Also, was machen wir?"

„Mach du es", sagte sie gereizt. „Ich bin den ganzen Tag auf den Beinen gewesen, auf dieser dämlichen Reise, der ich nicht zugestimmt habe, mit lausiger Gesellschaft – außer dir, Banbury." Sie streichelte das Pferd und lächelte. Mit den

Händen trotzig in die Hüften gestemmt, drehte sie sich zu ihrem Bruder um. „Du kannst mich nicht zwingen."

Er seufzte und blies sich die Haare aus der Stirn, ein sicheres Zeichen seiner Frustration.

„Eines Tages, Jilly, werde ich …"

„Wirst du was?" Sie erwiderte seinen Blick fest.

„Schon gut!" Er drehte sich um und stapfte mit dem Eimer in der Hand auf den Hügel zu. „Mach du das Feuer an, in Ordnung?"

„Was ist mit Banbury?", rief sie ihrem wütenden Bruder nach.

„Lass ihn sich ausruhen! Er hatte auch einen langen Tag, und wir brauchen ihn frisch für die nächste Etappe der Reise", rief er über seine Schulter zurück.

Sie setzte sich hin und fühlte keinen Triumph aufgrund ihres kleinen Sieges. Warum sie ihn immer wieder reizte, wusste sie nicht. Aber je mehr er nachgab, desto wütender machte es sie.

Sie ließ ihre Frustration daran aus, das Feuer anzuzünden. Leider waren die Streichhölzer nass und das Anzündholz wollte nicht brennen. Sie hasste es, Feuer zu machen. Es tat an den Fingern weh und scheuerte sie wund. Wütend warf sie alles hin.

„Komm schon, Jillian. Gib nicht auf!", rief Jake von der Spitze des Hügels. „Wir brauchen das Feuer. Versuch es weiter!"

„Tu ich ja!", schrie sie zurück. Es war unmöglich, dass er sie aus dieser Entfernung sehen konnte. Woher schien er immer zu wissen, was sie tat oder dachte? Der Mann schien einen sechsten Sinn zu haben, wenn es um sie ging. Obwohl sie elf Monate auseinander waren, hielten die meisten Leute sie für Zwillinge.

Sie sah, wie er mit dem Eimer in den Händen den rutschigen Abhang wieder hinunterkam, und beeilte sich, ihre Aufgabe zu beenden. Sie war nicht in der Stimmung für eine weitere Standpauke.

Nachdem sie es eine weitere Minute versucht hatte, bekam sie endlich eine Flamme. Sie blies aufgeregt darauf, und die Flamme schlug höher und verbrannte ihre Finger. Sie schrie auf, ließ den brennenden Ast in den Schnee fallen und griff nach einer Handvoll Schnee, um ihre armen Fingerspitzen zu kühlen.

Sie hörte Jake lauthals lachen, während er den Hügel weiter hinabstieg.

„Halt! Die! Klappe!" Sie schnappte sich einen weiteren Eisball und schleuderte ihn mit aller Kraft auf ihn zu.

„Nicht mal annähernd", kicherte er, als das Geschoss mehr als acht Meter unter ihm am Fuß des Hügels einschlug.

Sein amüsierter Blick schlug schnell in Angst um, als der Schnee- und Eispfad unter ihm plötzlich nachgab und ihn kopfüber den Hügel hinunterfallen ließ.

„Jake!", kreischte sie und sah zu, wie er rollte und purzelte und hüpfte und mit einem widerlichen Aufprall am Fuß des Hügels landete.

BERTRAM

Bertram hörte die Schreie und gab seinem Pferd die Sporen, um es anzutreiben. Als er die letzte Schneebiegung nahm, sah er, wie die drei Wölfe ihre Beute immer enger umzingelten.

Eine junge Frau stand trotzig da und versuchte, die am Boden liegende Gestalt vor den herannahenden Wölfen zu schützen. Ihre smaragdgrünen Augen leuchteten vor Angst, während sie sich abmühte, das schwere Schwert zu führen. Er sprang von seinem Pferd, rannte auf sie zu und zwang sich, ruhig zu bleiben.

Die Wölfe sahen ihn, wandten der verängstigten, wütenden jungen Frau den Rücken zu und fletschten ihre scharfen Zähne, als er näherkam.

„Verschwindet!", befahl er. „Das ist keine Mahlzeit für euch."

Der Anführer des Rudels knurrte und schlich vorwärts. Er spannte sich an, ließ seine gold-bernsteinfarbenen Augen in Richtung des Anführers blitzen und knurrte. Dies war ein Kampf, den er zu gewinnen beabsichtigte. Der Anführer hielt in der Bewegung inne, legte den Kopf schief und witterte etwas in der Luft. Er musste erkannt haben, dass sein Gegner gefährlicher war, als er aussah. Er bellte dem restlichen Rudel zu und stürmte mit einem letzten Knurren in den Wald, auf der Suche nach anderer, leichterer Beute.

Die junge Frau beobachtete ihn argwöhnisch, ihre grünen Augen weiteten sich, als er auf sie zuschritt.

„Komm nicht näher!" Sie hielt das Schwert höher und versuchte, unter seinem Gewicht nicht zu wanken.

Er versuchte, nicht zu lachen. „Weißt du überhaupt, wie man mit dem Ding umgeht? Es wiegt mehr als du."

„Die spitze Seite kommt ins Herz! Und jetzt geh weg!" Sie benutzte beide Hände, um auf seine sich nähernde Brust zu zielen.

Er blickte auf den jungen Mann hinunter, der zusammen-gekrümmt in der Schneewehe lag, seine Tasche neben sich. Eine Blutlache färbte den weißen Schnee um seinen Kopf. „Er braucht Hilfe. Wenn er hier draußen bleibt, wird er an Unterkühlung oder an der Kopfverletzung sterben."

Er kniete nieder und schätzte die Verletzungen des jungen Mannes ein. Keine gebrochenen Knochen. Er hob vorsichtig seinen Kopf und wickelte seinen Schal um die Verletzung. „Wie hat sich dein Mann verletzt?"

„Äh, mein Bruder, nicht mein Mann. Er ist sozusagen aus

Versehen den Hügel hinuntergefallen." Ihre Stimme stockte und sie ließ das Schwert fallen.

Jahrelange Erfahrung mit unartigen Submissiven, gefesselt und auf den Knien, sagten ihm, dass die schöne junge Frau log. „Sozusagen. Aus Versehen?" Er zog eine Augenbraue hoch und sah ihr direkt in die Augen.

Die elfenhafte Brünette errötete. „Ich, ähm, habe einen Schneeball nach ihm geworfen, und er ist gefallen."

„Was?"

„Ich wollte ihn nicht verletzen. Es war ein Unfall."

An der Angst in ihrer Stimme konnte er erkennen, dass sie es ernst meinte. Als er das Heu und das Zaumzeug am Boden bemerkte, fragte er: „Wo ist dein Pferd?"

„Es ist weggelaufen, als die Wölfe kamen. Ich werde weiter nach ihm suchen." Sie ging in die Richtung, in die sie gerade gezeigt hatte.

„Warte."

Sein Befehl hielt sie auf, und sie drehte sich um, um ihn wütend anzustarren. „Ich weiß nicht, was du denkst –"

Er hob einen Finger und brachte sie mit einem strengen Blick zum Schweigen. „Wir haben dafür keine Zeit. Dein Bruder braucht medizinische Hilfe. Wir müssen ihn zu mir bringen." Er stand auf und rief sein Pferd zu sich.

Sie sprang nach dem Schwert und schwang es nach ihm, ihre grünen Augen funkelten trotzig. „Wir gehen nirgendwohin mit dir! Woher soll ich wissen, dass du nicht all unsere Sachen stiehlst und uns tötest."

Er knurrte. Dafür hatten sie keine Zeit. Und dieser kleine Winzling von einer Frau, so bezaubernd sie auch war, strapazierte seine Geduld. „Die nächste Stadt ist über 30 Kilometer entfernt, und es zieht ein gewaltiger Sturm auf." Er blickte zum schnell dunkler werdenden Himmel auf. „Mein Haus ist nur ein paar Kilometer die Straße runter. Außerdem, wenn ich dich tot sehen wollte, hätte ich dich den Wölfen überlassen."

Sie runzelte die Stirn. „Na ja, vielleicht willst du dich ja an mir vergehen." Sein Schwanz zuckte bei dem Gedanken in seiner Hose. Er würde zu gerne sehen, wie sie aussah, nackt und auf den Knien vor ihm.

Er schüttelte den Kopf, um diesen Gedanken zu vertreiben.

„Vielleicht ja, vielleicht nein. So oder so, ich nehme mir meine Frauen nicht ohne ihre Zustimmung." Er liebte es, wie sich ihre grünen Augen bei diesen Worten weiteten. Er musste das Bild von ihr, auf den Knien, bettelnd, dass er sie berühren möge, aus seinem Kopf verdrängen.

Er wandte ihr den Rücken zu und begann, den Sattel von seinem Pferd zu nehmen. Er würde den Bruder der kleinen Elster auf das Pferd legen, ihn festschnallen und versuchen, ihn vor dem Herunterfallen zu bewahren. Er nahm den jungen Mann in seine Arme und schritt auf das Pferd zu.

„Ich habe eine bessere Idee." Die junge Frau drückte ihm das Schwert in den Rücken.

Er erstarrte.

Sie stieß es ihm ein paar Mal sanft in den Rücken, ohne die Haut zu verletzen. „Ich werde dein Pferd nehmen und in die Stadt reiten. Für dich sind es nur ein paar Kilometer. Du kannst nach Hause laufen."

Unglaublich. Und auch noch urkomisch, dass sie dachte, sie könnte ihm mit einem Schwert drohen. „Hör zu, Süße." Er drehte sich um und fixierte sie mit einem strengen Blick. „Ich versuche, dir zu helfen. Du schaffst es nicht in die Stadt, bevor der Sturm losbricht. Außerdem ist das *mein* Pferd. Man nimmt keine Dinge, die einem nicht gehören."

„Pech gehabt! Setz jetzt meinen Bruder aufs Pferd." Sie funkelte ihn trotzig an.

„Süße, du solltest das verdammte Schwert lieber wegle-
gen, bevor du dich über meinem Knie wiederfindest."

Er spürte ihre Bewegung, bevor sie ihm mit dem Schwert
über den Arm fuhr, und durch den Schnitt in seinem Hemd
bildeten sich zwei Blutstropfen. Er kniete nieder und legte
den verletzten Mann auf seinen Mantel, dann stellte er den
Rucksack auf den Boden.

„Das wirst du noch bereuen", knurrte er und beobachtete,
wie sich ihre Augen vor Angst weiteten, als er ihr mühelos
das Schwert entriss und sie an sich zog.

„Lass mich los!", kreischte sie.

Er setzte sich auf den Rucksack und zerrte sie über
seinen Schoß. „Oh, es wird keine bleibenden Schäden geben,
aber das hier wird wehtun. Du bekommst eine verdammt
kräftige Tracht Prügel. So gehen wir mit kleinen Teufelinnen
um, wo ich herkomme", knurrte er. Bevor sie Gelegenheit
hatte zu antworten, machte er sich über ihren Hintern her.

„Au, autsch! Hör auf!" Sie fuchtelte mit Armen und
Beinen.

Er rieb über ihren Hintern und bewunderte ihre weichen
Kurven, bevor er ihr einen weiteren harten Klaps gab. „Hör
mit dem Theater auf. Durch all diese Schichten kannst du
meine Hand kaum spüren." Er schob ihr Kleid und ihren
Unterrock hoch und begutachtete ihren von einem Höschen
bedeckten Hintern, der von seinem kurzen Aufwärmen
kaum rosa war. Das würde er schnell ändern.

„Das kannst du nicht machen! Ich könnte unterkühlen!",
quiekte sie und legte die Hände auf ihren Hintern.

Er kicherte und hielt ihre Hände an ihrem Rücken fest.
„Na, dann müssen wir dich eben aufwärmen, nicht wahr?" Er
ließ seine Hand immer wieder auf ihren Hintern sausen,
während sie schrie und fluchte.

„Du bist ein großer Tyrann und ein Hurensohn!"

Er legte seine Hand auf ihre warmen Backen. „Was. Hast. Du. Da. Über. Meine. Mutter. Gesagt?"

Sie versuchte, sich von ihm loszuwinden. „Es tut mir leid. Ich habe die Beherrschung verloren. Ich meinte nicht … uff!"

Er beugte sie weiter vor, zog ihr das Höschen herunter und ließ seine Handfläche auf ihren nackten Po krachen.

„Au!", kreischte sie.

In den nächsten zwei Minuten achtete er darauf, keinen Teil ihres Hinterns unberührt zu lassen. Als er fertig war, lag sie keuchend als kleines Häufchen Elend über seinem Schoß. Aller Kampfgeist war aus ihr gewichen und ihr Hintern sah versengt und rot aus. Er konnte die Hitze spüren, die von ihrem Hinterteil aufstieg. Er rieb ihren Po, um das Brennen zu lindern und zu signalisieren, dass es vorbei war.

Die erste Schneeflocke erinnerte ihn an ihren Aufenthaltsort. *Mist!* Er zog sie auf die Beine und zerrte ihr Höschen hoch und ihren Rock herunter. Sie wimmerte über seine grobe Behandlung, aber er machte keine Anstalten, sich zu entschuldigen. Der Sturm zog schnell auf.

„Wir müssen zu mir zurück, bevor dieser Schneesturm losbricht", knurrte er. „Selbst ich habe bei diesem Wetter Mühe, nicht vom Weg abzukommen."

Sie nickte, wischte sich die Tränen ab und wollte nach den Rucksäcken greifen.

„He, warte, Süße." Er war ein schlechter Dom. Er nahm ihre steife Gestalt in seine Arme. „Ich verzeihe dir. Es ist vorbei, okay?" Er spürte, wie sie in seinen Armen zerfloss und weinte, und er war hin- und hergerissen zwischen dem Wunsch, sie zu trösten, und der dringenderen Notwendigkeit, sie alle in Sicherheit zu bringen. Er küsste sie auf die Stirn, tätschelte ihren Hintern und gab ihr einen sanften Schubs in Richtung der Rucksäcke. „Du nimmst die Ausrüstung. Ich nehme deinen Bruder."

Sie machten sich schnell auf den Weg, gerade als das Schneetreiben einsetzte.

JILLIAN

Jillian konnte nicht glauben, dass dieses große … Tier ihr den Hintern versohlt hatte. Nein, seufzte sie. Sie hatte es verdient. Er hatte Jake und sie vor Wölfen gerettet und sogar angeboten, sie zu sich zu bringen, um ihn medizinisch zu versorgen. Ihn zu schneiden und zu bedrohen war definitiv nicht die richtige Art, ihm zu danken. Sie würde es ihm wieder gutmachen, irgendwie.

Sie blickte zu dem großen, grüblerischen Mann, dessen Gesicht in Gedanken versunken war. War er über etwas verärgert? Oder wurde ihr Bruder schwer? Sie hatten ziemlich schnell gemerkt, dass der bewusstlose Mann nicht auf dem Pferd bleiben würde, also hatte Bertram beschlossen, ihn zu tragen. Ihr Hintern schmerzte vom Auf- und Abhüpfen auf seinem Pferd. Der harte Sattel war etwas, an das sie nicht gewöhnt war, da sie Banbury normalerweise ohne Sattel ritt.

„Wie weit ist es noch?", jammerte sie und bereute es, als er ihr diesen Blick zuwarf.

„Es wird länger dauern, wenn wir anhalten und deinen Hintern wieder aufwärmen müssen." Er hob eine Augenbraue.

Sie konnte die Hitze nicht aufhalten, die ihr in die Wangen stieg. Die Erinnerung daran, wie sie über seinem Schoß gelegen hatte, löste ein seltsames Kribbeln in ihrem Bauch aus. „Also, Bertram, was machst du beruflich?"

„Ich besitze ein Fachgeschäft und eine Lodge. Du wirst es sicher interessant finden."

Er musste ihre Überraschung als Angst missverstanden

haben, denn er fuhr fort: „Du und dein Bruder werdet in Sicherheit sein, das versichere ich dir."

„Darüber habe ich mir keine Sorgen gemacht", spottete sie und blickte nervös auf seine großen Hände. Sie mochten in Sicherheit sein, aber galt das auch für ihren Hintern?

Er grunzte und verlagerte Jake in seinen Armen. „Also, wohin wart ihr beide unterwegs vor eurem unglücklichen … ähm, Unfall?"

„Wir wollten nach Grimmberg, um die Heiratsvermittlerin zu treffen." Sie blickte zu Boden und murmelte: „Keiner von uns beiden hatte bisher viel Glück bei der Partnersuche in unserem Dorf, also hat ein Freund die Heiratsvermittlerin vorgeschlagen."

„Interessant." Er nickte. „Warum?"

„Warum was?", fragte sie verwirrt.

„Warum habt ihr Probleme, passende Partner zu finden? Du bist eine wunderschöne Frau."

Sie verdrehte die Augen und brummte. „Danke. Ehrlich gesagt, Jake sagt, ich sei zu, ähm, temperamentvoll."

„Anspruchsvoll? Hitzig? Brauchst oft eine gute, lange Tracht Prügel?" Er kicherte über ihre schockierte Reaktion. „Das kann ich mir vorstellen. Du musst den richtigen Mann finden. Mir scheint, du brauchst einen Mann, der genauso willensstark ist wie du."

Ein Mann wie Bertram? Sie umklammerte den Sattel fester mit ihren Beinen und erinnerte sich genau daran, wie sich seine Stärke auf ihrem nackten Hintern angefühlt hatte. Aber er war nicht grausam oder böswillig gewesen, als er sie übers Knie gelegt hatte, und er hatte sie danach sogar getröstet. Er war ganz anders als die Männer in ihrem Dorf. Ihr vorheriger Verehrer hatte zu sehr … „unter dem Pantoffel gestanden" war der Ausdruck, das sie gerne benutzte, um ihn zu beschreiben. Ihm wäre es nie in den Sinn gekommen, etwas so Barbarisches zu tun, wie ihr den Hintern zu versohlen. Glücklicherweise hatte Jake auf seine Mängel hingewiesen, und Jillian hatte den Mann weinend zu seiner Mutter zurückgeschickt.

Aber ihr letzter Verehrer war ein Lord gewesen, der finster, abscheulich und gemein war. Sie hatte seine Wut und die Macht gesehen, die er so gerne über den Rest der Dorfbewohner ausübte. Dem Schwein von einem Mann war nur sein Besitz wichtig, und er hatte überdeutlich gemacht, dass Jillian Teil davon sein sollte. Er hatte ihr sogar an die Brust gefasst und sie ohne Erlaubnis geküsst.

Jake war wütend gewesen, als er sie dabei erwischt hatte, wie sie zornig die Blumenbeete des Lords umgrub und Steine in Richtung der Fenster warf. Die meisten hatte sie leider verfehlt. Jake hatte ihre mageren Habseligkeiten eingepackt, Banbury fertiggemacht und sie auf den langen Weg zur Heiratsvermittlerin gezerrt.

Was für ein Mann war Bertram also? Er war definitiv kein Muttersöhnchen, das unter dem Pantoffel stand. Blieb also nur ein machthungriger Lord, oder? Nur die Zeit würde es zeigen. Sie zuckte mit den Schultern, fühlte sich unwohl und traurig und beschloss, das Thema zu wechseln.

„Und was ist mit dir, Bertram? Frau, Kinder?"

Sein Gesicht wurde steinern, dann wieder weicher. „Meine Verlobte ist vor ein paar Jahren für einen Dorftrottel in einer anderen Stadt abgehauen."

„Das tut mir so leid", keuchte sie.

„Schon gut", grinste er. „Von dem Geld, das ich für Haarprodukte gespart habe, habe ich mein Anwesen gebaut und lebe glücklich mit meinem ...", er hielt inne, „*Little*. Wir bekommen viele Besucher, also werden wir nicht einsam."

Er verlangsamte seinen Schritt und sah sie freundlich an. „Ich weiß, dass du dich schlecht wegen deines Bruders fühlst. Keine Sorge, wir kriegen ihn wieder hin."

Tränen füllten ihre Augen und sie nickte, dankbar, dass er sie verstand.

„Also gut. Die Lodge ist gleich um die Ecke. Ihr seid beide eingeladen, so lange zu bleiben, wie ihr wollt, solange ihr die Regeln befolgt."

Sie öffnete den Mund, um ihn zu fragen, welche Regeln er meinte, als sie um die Ecke bogen und die Lodge in Sicht kam. Herrenhaus traf es eher. Sie war riesig. Größer als fünf Häuser zusammen. Und sie war wunderschön und hell erleuchtet von Fackeln und Lichtern, mit einem riesigen Schild an der Vorderseite.

SPA NK, Fetisch-Shop und Play-Lodge
Komm rein, wärm dich auf.
Bleib und spiele.

WÄRME DURCHFLUTETE IHREN KÖRPER, als er vor den Türen anhielt und um Hilfe rief. Sofort umringten sie Helfer. Bertram stieg ab und hob sie mit starken Händen vom Pferd, und sie blickte in die braunen und bernsteinfarbenen Augen ihres Retters. Er war ein großer Mann mit dunklem, grau meliertem Haar und einer Aura gefährlicher Macht. Bertram wies die Sanitäter an, sich um Jake zu kümmern, während er sie an der Hand in den vorderen Laden führte.

Paddel, Peitschen, Gerten und andere Gegenstände, die sie nicht identifizieren konnte, hingen an den Wänden. Was waren das? Utensilien schmückten jeden Quadratzentimeter des Ladens. Ihr Blick wurde von wunderschönen Bildern von Frauen mit leuchtend roten, nackten Hintern angezogen. Manche weinten, manche lachten, manche waren vor Vorfreude angespannt, manche waren hingebungsvoll und zeigten die Nässe zwischen ihren Beinen. Sie fühlte sich so sehr zu ihnen hingezogen.

O mein Gott. Der Name der Lodge, Spa NK, ergab das Wort „spank". Dies war ein Ort, der sich auf das Hinternversohlen spezialisiert hatte.

Sie hätte Angst vor der „weltgewandten", sexy Umgebung haben sollen, die sie betreten hatte. Ihre Großmutter wäre wegen der „sündhaften, neumodischen" Atmosphäre, wie sie es genannt hätte, auf der Stelle gestorben. Aber das hier fühlte sich für sie realer an als all ihre 22 Lebensjahre im Dorf. Bertrams Tracht Prügel hatte mehr in ihr bewirkt, als sie erklären konnte. Und so peinlich es ihr auch war, es sich einzugestehen, der Gedanke an diese Frauen, die ihre Hintern zur Züchtigung anboten, ließ sie sich warm und komisch fühlen. Und es fühlte sich richtig an. Sie gehörte hierher.

„Daddy!"

Jillian drehte sich um und sah eine süße, rothaarige junge Dame, ungefähr in ihrem Alter, die sich in Bertrams Arme warf.

Sie umarmten sich einen Moment, bevor er sie wegen etwas schalt, ihr einen Klaps auf den Hintern gab und sie mit einem Auftrag wegschickte. Die hitzige Rothaarige warf ihr einen finsteren Blick zu, bevor sie zur Tür hinausstolzierte.

Jillian traf Bertrams Blick und trat an seinen Platz bei der Theke. Sie blickte auf das Schild über seinem Kopf. „B. B. Wolfe. Miteigentümer, Betreiber."

„Also, was denkst du?", fragte er.

„Es ist interessant." Sie zuckte unverbindlich mit den Schultern.

Seine Mundwinkel verzogen sich zu einem Grinsen. „Nun, ich bin froh, dass du es interessant findest." Er legte die Hände hinter den Kopf. „Du wirst eine Weile hier sein." Er blickte nach draußen auf den aufziehenden Sturm. „Wenn du ein braves Mädchen bist, lasse ich dich einige der Geräte ausprobieren." Er zwinkerte.

Sie biss sich auf die Lippe und sog den Atem ein, die Aufregung wuchs in ihr. Er hatte sie so gut durchschaut. Mit großen Augen schaute sie sich all die verschiedenen Geräte an, während sich ihr Hintern unwillkürlich zusammenzog. „Und was, wenn ich kein braves Mädchen bin?", flüsterte sie und leckte sich über die Lippen.

Sein gewaltiges, dröhnendes Lachen erschütterte die Dachsparren. „Kleines, du wirst eine Menge Prügel bekommen, solange du hier bist. Du hast die Wahl, welche Art du bekommst."

Er nahm ihre Hand und führte sie zur inneren Tür der Lodge. „Lass uns nach deinem Bruder sehen. Dann bringen wir dich unter. Dann" – sein Lächeln wurde breiter – „bekommst du deine erste Tracht Prügel als Gast. Willkommen im Spa NK", sagte er und sprach das „N" und „K" getrennt aus.

KAPITEL ZWEI

FAYE

Faye hob ihren Zauberstab in die Luft, verzog konzentriert das Gesicht und schickte einen Energiestoß von ihrem Herzen durch den Arm hinab, durch den Stab mit dem am Ende befestigten Kristall, zu dem auf dem Boden liegenden Heu. Sie öffnete die Augen, um nachzusehen. Die einzelnen Heuhalme wirbelten in einem Strudel durch die Luft, sanken aber wieder auf den Boden, ohne ihre Eigenschaften zu verändern.

Verdammt! Diesmal hätte es klappen müssen. Was war sie für eine Fee, wenn sie es nicht einmal schaffte, Heu zu Gold zu spinnen? Und die weitaus drängendere Frage: Wie sollte sie die Miete bezahlen?

Als wäre es eine Antwort auf ihre Gedanken, hörte sie das vertraute Pochen der schweren Faust ihres Vermieters an der Tür.

Er war die letzten sechs Wochen mit seiner Band auf Tour gewesen, und sie hatte seine Anrufe ignoriert, in denen er wissen wollte, warum sie ihre Miete nicht pünktlich überwiesen hatte. Sie schuldete ihm jetzt zwei Monatsmieten – dreitausend Dollar, die sie nicht hatte. Sie rührte sich nicht, in der Hoffnung, er würde wieder gehen.

„Faye? Ich weiß, dass du da drin bist. Mach auf!", dröhnte seine tiefe Stimme.

Ihr Herz schlug schneller. Cade Lupus brachte sie jedes Mal aus dem Konzept, teils, weil sie ihn attraktiv fand, und teils, weil sie ihn furchteinflößend fand. Sie schloss die Augen und versuchte es erneut mit einem Schwung ihres Zauberstabs in Richtung des Heus, aber als sie nachsah, hatte sich das Heu nicht einmal bewegt.

Verflucht.

Sie legte den Zauberstab ab, schloss ihre Werkstatt ab und schlurfte zur Tür, um sie für ihren heißen, bedrohlichen Vermieter aufzureißen. Mit seinen fast zwei Metern überragte er ihre zierliche Gestalt. Er trug seine schwarze Motorrad-Lederjacke, darunter das T-Shirt seiner Band, das sich über eine zum Anbeißen muskulöse Brust spannte.

„Oh, hallo!", versuchte sie gespielt überrascht und erfreut hervorzubringen, als wäre er auf eine Limonade vorbeigekommen, statt ihr wegen der Mietschulden den Hintern zu versohlen. Na ja, wahrscheinlich würde er sie einfach rausschmeißen, aber er sah aus wie der Typ Mann, der ordentlich austeilen konnte. Seine gepiercte Augenbraue und die silberne Ohrmanschette verliehen ihm ein hartes, gefährliches Aussehen. Seine breiten Koteletten erinnerten sie an Wolverine aus *X-Men*. Den sexy, einschüchternden Rock 'n' Roller hatte er definitiv drauf. Sie war vom ersten Tag an in ihn verknallt gewesen, aber er machte sie viel zu nervös, um auch nur ans Flirten zu denken.

Er lehnte sich an den Türrahmen und warf ihr einen „Versuch gar nicht erst, mich zu verarschen"-Blick zu.

„Was?", fragte sie und mimte Unschuld.

Er hielt die Hand auf. „Die Miete ist fällig. Überfällig, sollte ich sagen."

In einem Anflug von Verzweiflung fasste sie einen Plan. „Sicher. Komm rein." Sie trat einen Schritt zurück.

Er kam herein und schloss die Tür hinter sich.

„Setz dich aufs Sofa. Ich hole sie nur schnell, okay?"

Er brummte zustimmend und ließ sich auf die Couch fallen, während sie den Raum verließ und in ihre Werkstatt ging. Ihr Herz hämmerte wie wild gegen ihre Rippen.

Es war verrückt, aber es könnte funktionieren. Er würde es irgendwann herausfinden, aber sie brauchte nur ein paar Tage mehr. Sie brachte das Heu dazu, sich zu bewegen – was bewies, dass sie kurz davor war. Wahrscheinlich hätte sie seine Miete schon längst zusammen, wenn sie nicht beschlossen hätte, ihren Job im Coffeeshop zu kündigen, um sich Vollzeit auf die Alchemie zu konzentrieren. Nun ja, zu spät, sich jetzt darüber den Kopf zu zerbrechen. Sie nahm ihren Zauberstab, hielt ihn mit beiden Händen über ihr Herz und rief die Macht der Natur, das Reich der Devas und Pan an, um ihr bei diesem einfachen Zauberspruch zu helfen.

Sie steckte den Zauberstab in ihre Gesäßtasche und ging zurück ins Zimmer. „Hier, bitte." Sie griff in ihre Tasche, als wollte sie das Geld herausholen. Stattdessen zückte sie den Zauberstab und machte eine schlitzende Bewegung in seine Richtung. *Erinnerung gelöscht. Geld vergessen. Geh nach Hause.*

Es war eigentlich mehr ein Jedi-Gedankentrick als Feenmagie, aber in dieser Klemme würde es funktionieren.

Zu ihrem Entsetzen sah Cade jedoch nicht verwirrt oder vergesslich aus. Stattdessen heulte er vor Wut auf und griff nach seinen Füßen, als ob sie ihm Schmerzen bereiteten.

„Was hast du getan?", schrie er.

Sie sah auf seine Füße und schnappte nach Luft. Seine Motorradstiefel aus Leder waren verschwunden und seine

Füße waren nackt. Bloß, es waren keine menschlichen Füße mehr. Sie hatten sich in Schwimmflossen verwandelt.

„Äh … ähm … ich weiß es nicht!", gab sie zu.

Er stürzte sich vorwärts, packte sie und zog sie auf seinen Schoß, sodass sie von ihm abgewandt saß, während eine Hand ihren Hals umschloss und der andere Arm sich fest um ihre Taille schlang.

„Was. Hast. Du. Getan?" In seiner geknurrten Frage lag eine tödliche Warnung.

Aus irgendeinem Grund entschied ihr Körper, dass dies eine Verführung und keine ernsthafte Androhung von Gewalt war, denn er erhitzte sich und liebte das Gefühl, von ihrem heißen Vermieter festgehalten zu werden. Er roch nach Leder, Sandelholz und köstlichem Mann, und obwohl sein Arm fester als ein Stahlband war, hatte sich die Hand um ihren Hals nicht geschlossen. Sie konnte noch atmen. Er war also noch nicht bereit, sie zu töten.

„Ich weiß es nicht. Wirklich."

Er schien ihr nicht zu glauben. „Okay, kleine Hexe. Wir machen das auf meine Art." Er hob sie von seiner Hüfte und drehte sie bäuchlings über seine Oberschenkel. Seine Hand krachte auf ihren Hintern.

Sie schrie auf. „Au! Hey, das kannst du nicht machen!" Sie wand sich mit aller Kraft, um sich aus seinem Griff zu befreien.

Er klemmte ihre Beine unter eines seiner Beine und versohlte sie weiter. „Kann ich nicht? Wirklich? Sieht für mich nämlich so aus, als würde ich es gerade tun!"

„Nein, das kannst du nicht!" Ihre Brustwarzen wurden zu harten Knospen in ihrem BH. Hitze staute sich zwischen ihren Beinen. Sie hasste es, wie sehr sie von seiner Dominanz erregt wurde. „Hör auf! Lass das!"

Er schlug sie jedoch weiter und ignorierte ihre Proteste.

„Au!"

Er hörte auf und sie nahm an, er sei fertig, bis sie seine Hand unter ihrem Bauch spürte, die versuchte, den Knopf ihrer Jeans zu öffnen. Oh, Schicksal. „Niemals!"

„Du hast recht, Faye." Er hob sie hoch, sodass sie ihm gegenüberstand.

Ihre Beine zitterten, aber sie war sich nicht sicher, ob es aus Angst oder Erregung war.

Er fixierte sie mit einem ernsten Blick. „*Du* ziehst deine Hose für mich runter."

Ihre Wangen wurden heiß. „Verfi—" Etwas in seinem Blick ließ sie innehalten, bevor die Worte herauskamen. Seine goldenen Augen hatten einen gefährlichen Ausdruck, und sie hätte schwören können, dass er wie ein Hund geknurrt hatte.

Ihre Pussy zog sich zusammen. Dieser Kerl hatte die Alpha-Dominanz voll drauf. Sie holte Luft. „Es tut mir leid. Hör zu, es tut mir leid, ich wollte nur—"

Er schüttelte den Kopf. „Spar dir deine Erklärung für nach deiner Bestrafung." Seine Augen schienen im Licht zu leuchten. „Ich habe dir einen Befehl gegeben und ich will, dass er befolgt wird. Zieh deine Hose runter, kleine Hexe. Ich werde dir den nackten Hintern versohlen."

Etwas wand sich in ihrem Bauch. Feuchtigkeit tropfte zwischen ihren Beinen. Das war … demütigend. Beunruhigend. Aufregend. Sie hob das Kinn. „Das werde ich nicht."

„Glaub mir, Faye. Du willst nicht herausfinden, was passiert, wenn ich meine Beherrschung verliere. Eins … zwei …"

Etwas in seinem dunklen Blick ließ sie ihren Stolz aufgeben. Sie knöpfte ihre Hose auf, zog sie herunter und warf sich dann wieder über seinen Schoß, wo er wenigstens ihr errötendes Gesicht nicht sehen konnte.

„Den Slip auch", murmelte er, aber sie bemerkte einen amüsierten Unterton in seiner Stimme. Sie sog ihre Unterlippe zwischen die Zähne, als er ihr Höschen bis zu den Oberschenkeln herunterzog und seine große Hand auf ihren Hintern legte.

„Süß." Die Ruppigkeit verließ seine Stimme, als er einen Kreis auf ihre Pobacken strich.

Sie gab ein wütendes Geräusch von sich, was den gewünschten Effekt hatte, ihre Tracht Prügel zu beginnen. Er hielt sich nicht zurück und schlug sie mit einer Hand, die sich härter anfühlte als bloßes Fleisch und Knochen, und übersäte ihren zappelnden Hintern mit Schlägen, bis ihr gesamtes Hinterteil brannte. Sie umklammerte ein Kissen auf dem Sofa und biss hinein, um ihm nicht die Genugtuung ihrer Schreie zu geben, denn sie fühlte sich, als würde sie gleich sterben.

Immer wieder schlug er zu und pfefferte ihre Backen mit brennenden Hieben. Es schien Stunden zu dauern, obwohl es wahrscheinlich nicht mehr als einige Minuten waren.

CADE LIEBTE den Anblick seiner Handabdrücke auf Fayes himmlischem Hintern.

Er konnte nicht fassen, dass seine kleine Hexe von einer Mieterin gerade Magie an ihm angewendet hatte. Er hatte nicht einmal gewusst, dass sie ein übernatürliches Wesen war, geschweige denn, dass sie eine boshafte Ader in sich trug. Sie hatte immer einen etwas schusseligen, aber cleveren Eindruck gemacht mit diesem süßen, natürlichen Mädchen-Look.

Verdammt sei sie.

Aber das bedeutete nicht, dass er es nicht genoss, sie zu bestrafen. Sie hatte einen tollen Hintern, und die Quieklaute, die sie von sich gab, waren bezaubernd. Außerdem machte der Duft ihrer Erregung seinen Schwanz hart. Er beabsichtigte nicht, sie zu verletzen. Er musste ihr nur zeigen, wer das Sagen hatte, und sie dazu bringen, seine Flossen wieder in Füße zu verwandeln.

Er hörte auf und rieb über ihren geröteten Hintern. „Okay, was wolltest du mir sagen? Du wolltest nur …?"

„Ich wollte dich nicht in einen Frosch verwandeln!", schrie sie.

Er schlug auf die Rückseite ihres Oberschenkels, und sie zuckte zusammen und schnappte nach Luft. „In was wolltest du mich denn verwandeln?"

„In nichts!"

Er verpasste ihr eine weitere Salve an Schlägen, wobei er sich auf die Stellen konzentrierte, auf denen sie saß. „Lüg mich nicht an, Faye. Ich kann Lügen nicht ausstehen."

„Es ist die Wahrheit, ich schwöre es."

Er hob sie wieder hoch, damit er ihr Gesicht sehen konnte. Sie bedeckte ihre intimen Stellen mit den Händen. Ihre Pussy war direkt vor ihm, und der Duft ihrer Erregung übermannte seine Sinne.

Aber nein. Er durfte sich nicht von seiner Anziehung ablenken lassen. Er legte sein Gesicht in finstere Falten. „Du hast eine Minute, um deinen Zauber rückgängig zu machen, kleine Hexe."

Ihre Augen weiteten sich, die Pupillen verengten sich vor Angst. „Ah … in Ordnung", stammelte sie und begann, ihr Höschen hochzuziehen.

„Nein. Lass deine Hose und dein Höschen unten. Ich habe noch nicht entschieden, ob deine Tracht Prügel vorbei ist. Wir werden sehen, wie schnell du gehorchst."

Ihre Pupillen weiteten sich, als ob sie von seiner Dominanz erregt wäre, aber sie drehte sich weg und bot einen köstlichen Anblick, als sie sich bückte, um den Zauberstab aufzuheben, den sie fallen gelassen hatte, als er sie gepackt hatte. Ihre Beine spreizten sich und zeigten ihre hübsche, rosafarbene, entblößte Pussy, was seinen Schwanz in seiner Jeans hart werden ließ. Er riss seinen Blick los. Sie gehörte ihm nicht, er konnte sie nicht einfach nehmen.

Sie richtete sich auf und ihre Jeans rutschte ihr bis zu den Knöcheln. Sie bückte sich, um nach dem Hosenbund zu greifen.

„Äh-äh. Lass sie liegen. Deine Zeit läuft ab."

Sie schnellte wieder hoch und sah noch verängstigter aus. Sie schluckte, hielt eine Hand über ihren Schritt und richtete den Zauberstab auf ihn, wobei sie die Augen schloss. Als sie mit der Spitze des Zauberstabs eine Form zeichnete, spürte er einen sengenden Schmerz in seinen Füßen – den Flossen. Anstatt sich zu verwandeln, wuchsen sie und dehnten sich aus, bis sie fast dreißig Zentimeter breit und sechzig Zentimeter lang waren.

„Das ist nicht witzig!", brüllte er, zog ihren Oberkörper über seine Schulter und entriss ihr den Zauberstab. Er eignete sich perfekt als Instrument zum Versohlen, und er wandte ihn mit Gusto auf ihrem zusammengekniffenen Hintern an. Sie krallte sich mit den Nägeln in seinen Rücken, während er sie versohlte.

„Hör auf! Nicht mehr!", wimmerte sie und stampfte mit den Füßen. „Bitte!"

Er sah jedoch keinen guten Grund, aufzuhören. Sie hatte ihn mit Flossen verflucht und sich dann über seine Bitte lustig gemacht, sie zurückzuverwandeln. Obendrein schuldete sie ihm dreitausend Dollar Miete, von denen er annahm, dass sie sie nicht hatte. Also nein, diesmal würde er nicht aufhören, bis sie ihre Lektion gelernt hatte. Er hielt sie fest und bearbeitete sie mit dem Zauberstab in einem gleichmäßigen Takt, bis sie zusammenbrach. Er fuhr durch ihr erstes Schluchzen hindurch und bis ins zweite hinein.

„Es war ein Versehen", jammerte sie. „Ich wollte das nicht. Ich bin nur s-s-s-so schlecht in Magie!", schluchzte sie.

Er hörte auf, sie zu schlagen, und tippte ihr mit dem Zauberstab auf den Po. „Stimmt das?"

„Ja! Ich habe versucht, dich vergessen zu lassen, dass ich dir Geld schulde, nur für ein paar Tage, bis ich es auftreiben kann."

Er legte den Zauberstab weg und rieb mit der Handfläche über ihre heißen, geschwollenen Pobacken. Feuchtigkeit sickerte zwischen ihren Beinen hervor, was es schwer machte, sich zu konzentrieren. „Du hast versucht, mich etwas vergessen zu lassen, und stattdessen hast du meine Füße in Flossen verwandelt?" Er ließ Unglauben in seinem Ton durchklingen.

„Ich weiß, es klingt unmöglich, aber es ist wahr. Ich habe keine Ahnung, warum sich deine Füße in Flossen verwandelt haben oder warum sie sich nicht zurückverwandeln."

Er zog sie hoch, damit sie stand. Verdammt, sie war süß. Aber er behielt sein finsteres Gesicht bei. „Das ist die dümmste Geschichte, die mir je beim Eintreiben der Miete aufgetischt wurde."

Sie holte zitternd Luft, wischte sich über ihr verweintes Gesicht und zog ihr T-Shirt tiefer, um ihre Pussy zu verbergen. „Es ist wahr." Ihre Unterlippe schmollte auf eine Weise, die ihn dazu verleitete, hineinbeißen zu wollen. Oder vielleicht daran zu saugen. Sie irgendwie zu verwüsten.

Er zog sie auf seinen Schoß, ihr nackter Hintern traf auf seinen mit Jeans bekleideten Oberschenkel, ihr Höschen hing immer noch um ihre Beine. Er wollte sie zwischen ihnen streicheln. Ihr die Erleichterung verschaffen, nach der sich ihr Körper eindeutig sehnte.

„Es tut mir leid."

Er begnügte sich damit, ihren Oberschenkel zu streicheln. „Ich wusste nicht einmal, dass du eine Hexe bist."

„Ich bin keine Hexe!", rief sie aus, als wäre sie beleidigt.

„Nein?" Er hob ihr Haar an, um einen Blick auf ihre zierlichen Ohren zu werfen, und entdeckte, dass sie kleine Spitzen hatten. „Oh, richtig. Faye die Fee. Ich hätte es mir wohl denken können." Es war nicht der richtige Moment, um ihr zu sagen, dass ihre Ohren süß waren, aber er musste den Drang bekämpfen, sich vorzubeugen und daran zu knabbern.

Als hätte sie seinen Gedankengang mitbekommen, verengten sich ihre Augen, aber der Duft ihrer Erregung wurde stärker.

„Nun, Faye … was wirst du wegen meiner Füße unternehmen?"

„Gib mir nur ein oder zwei Tage – ich werde mich mit ein paar anderen Feen in Verbindung setzen, um herauszufinden, ob sie helfen können."

„Ein *Tag* oder zwei?", fragte er ungläubig. „Das glaube ich nicht. Ich will meine Füße zurück, und ich will sie sofort zurück."

Sie schluckte, ein frustrierter Ausdruck verzog ihr Gesicht. „Hör zu, du hast gesehen, was passiert ist, als ich versucht habe, es rückgängig zu machen – ich habe es nur noch schlimmer gemacht. Bis ich verstehe, was schiefgelaufen ist, kann ich dich nicht heilen. Willst du wirklich, dass ich es weiter versuche? Du könntest am Ende Füße von der Größe Pittsburghs haben."

Er stöhnte. „Passiert das wirklich?" Er stieß einen übertriebenen Seufzer aus. „In Ordnung, Folgendes werden wir tun. Du packst eine Tasche, denn du kommst mit mir. Bis meine Füße wiederhergestellt und deine Miete bezahlt ist, bist du offiziell meine Sklavin. Und jetzt geh."

Sie bewegte sich nicht, ihr Mund stand vor Schock offen.

Die Flossensache war beschissen, aber eine heiße kleine Fee auf Abruf bereitstehen zu haben, hatte definitiv einen gewissen Reiz.

Er zog eine strenge Augenbraue hoch. „Brauchst du noch

eine Tracht Prügel? Wenn ich einen Befehl gebe, erwarte ich, dass er befolgt wird. Geh. Jetzt."

Sie stand auf, aber stotterte, ihre Hände zu Fäusten geballt. „Das kannst du nicht – du – nein! Ich bin nicht deine Sklavin! Das ist nicht fair!"

„Fair? Du willst über Fairness diskutieren? Fair ist es, seine Miete am Ersten des Monats zu bezahlen. Fair ist es, seine Magie für sich zu behalten. Fair ist es, meine Füße *nicht* in Flossen zu verwandeln!"

Sie errötete und trat einen Schritt zurück. Mit einer Hand nach ihrem Höschen greifend, hielt sie auf halbem Weg inne und kam zurück, ihr Kinn gesenkt wie bei einem eingeschüchterten Welpen. „Darf ich jetzt meine Hose hochziehen?"

Etwas an diesem ersten Akt der Unterwerfung, den er ihr abgerungen hatte, ließ ihn steinhart werden. Er verlagerte sein Gewicht und versuchte, seinem Schwanz Platz zu verschaffen. „Ja, das darfst du, Faye. Wenn du versprichst, ein braves Mädchen zu sein und Befehle zu befolgen."

Sie beugte sich, um ihr Höschen zu greifen.

„Versprich es." Er machte seine Stimme scharf.

Sie hielt inne, das Höschen auf halber Höhe, und ihr Kopf schnellte herum, um ihn anzusehen. Er liebte das Flehen in ihren Augen. „Ich verspreche es", murmelte sie.

„Du versprichst was?"

Ein Teil von ihm hoffte, sie würde sich weigern, es zu sagen, damit er sie wieder über sein Knie legen und den Anblick ihrer sich zusammenziehenden und wogenden Pobacken auf seinem Schoß genießen konnte, die unter seiner Hand tanzten.

„Ich verspreche, ein braves Mädchen zu sein und Befehle zu befolgen."

Seine Mundwinkel zuckten nach oben. „Danke schön. Du darfst dein Höschen hochziehen, Faye."

Sie stapfte in Richtung ihres Schlafzimmers davon, und er hörte die Worte „… so ein Arschloch sein!", was ihn zum Schmunzeln brachte. Flossen statt Füße zu haben, war vielleicht für ein paar Tage gar nicht so schlecht, wenn er Faye hatte, um sie zur Unterwerfung zu erziehen.

KAPITEL DREI

JILLIAN

Mit großen Augen und mehr als nur ein wenig verlegen beobachtete Jillian das Geschehen im Speisesaal. Obwohl ihr gefiel, was sie sah, unterschied es sich so sehr von ihrem Leben im Dorf, und ihre Reaktion verwirrte sie. Es sollte ihr nicht so sehr gefallen, wie es der Fall war. Die Tische waren mit selbstbewussten, schönen Männern und Frauen besetzt, die ihre Mahlzeiten und die Unterhaltung genossen. Eine Band spielte leise auf der Bühne, während einige Leute sich auf der Fläche zwischen den Tischen im Takt wiegten. Doch die Aktivitäten, die das größte Interesse auf sich zogen, waren die lustigen und lebhaften Darbietungen des Servicepersonals. Die männlichen und weiblichen Kellner waren unterschiedlich gekleidet. Einige waren spärlich bekleidet und stellten ihre Reize zur Schau, was von den Gästen wohlwollend zur Kenntnis genommen wurde. Einige trugen Halsbänder und Armmanschetten. Jedes Mal, wenn ein Kellner an einem Tisch vorbeikam, streckte er oder sie den Hintern für einen oder zwei Klapse von den dominanten Gästen heraus. Eine Frau lag über dem Knie eines Gastes, dem die Temperatur seines Steaks nicht passte. Obwohl sie quietschte und strampelte, während er sie versohlte und schalt, hatte sie dennoch ein Lächeln im Gesicht, und die Aufregung war deutlich in ihren Augen zu sehen. Jillian schlug erneut die Beine übereinander und rutschte auf ihrem Sitz hin und her, wohl zum etwa fünfzigsten Mal in der letzten Stunde.

„Wie kommst du mit all dem zurecht, Jillian?", fragte Bertram sie und musterte sie nachdenklich.

Sie schluckte schwer. „Ich – ich glaube, es gefällt mir. Aber es ist sehr viel auf einmal. Wir haben Technologie in meinem Dorf. Der Bürgermeister und die Lords außerhalb meines Dorfes haben Handys, und ein paar haben sogar Autos. Aber der Rest von uns hält sich an die älteren Bräuche – nicht meine Entscheidung." Sie runzelte die Stirn. „Aber ich habe noch nie Frauen gesehen, die so offen mit ihren Körpern umgehen", sagte sie, leckte sich über die Lippen und zappelte unbehaglich. „Versteh mich nicht falsch, ich – es gefällt mir. Aber das ist so anders als in meiner Heimatstadt."

Er lachte. „Da bin ich mir sicher."

Sie liebte die Art, wie seine Augen aufleuchteten, wenn er lächelte. Winzige Bernsteinsplitter tanzten darin, veränderten den dunklen Farbton, und die Fältchen um seine Augen milderten seinen Blick.

„Hier ist ganz schön was los", sagte sie, während sie die Gäste lachen und scherzen sah und sich wünschte, sie könnte etwas von der Schwere loslassen, die auf ihrem Herzen lastete. „Ich bin mir nicht sicher, ob ich hierher passe."

„Jeder kommt aus einem anderen Grund hierher." Bertram nahm ihre Hand und drückte sie. „Einige nutzen ihre Fantasien, um dem echten Leben zu entfliehen, und einige nutzen ihr echtes Leben, um ihre Fantasien zu ignorieren." Er zuckte mit den Schultern. „Und einige wollen einfach nur die Freiheit genießen. Welche davon bist du, Jillian?"

Sie spürte ein Kribbeln ihren Rücken hinunterlaufen, als er ihren Blick traf. „Nochmals danke, dass du uns gerettet hast, Bertram."

„Es war mir ein Vergnügen. Alles davon." Er zwinkerte, und sie spürte, wie ihr bei der Erinnerung das Gesicht heiß wurde. Der Klaps, den er ihr gegeben hatte – ihr allererster –, würde ihr immer als das Ereignis in Erinnerung bleiben, das ihr die Augen für die Außenwelt geöffnet hatte, und er hatte ihr nicht so sehr missfallen, wie er es hätte tun sollen. Tatsächlich war die Hitze, die sie durchströmte, als sie an die Art und Weise dachte, wie seine warme Hand ihren nackten Hintern versohlt hatte, schändlich und falsch. Oder doch nicht?

Ein plötzlicher Gedanke kam ihr und sie wandte sich an Bertram. „Ich verstehe es nicht."

„Was verstehst du nicht?" Er legte den Kopf schief. „Die halbnackten Kellner? Das Hinternversohlen? Die Halsbänder? Die Paddel?"

„Nein." Sie schüttelte den Kopf. „Den Namen. „Spa NK." Sie sprach jede Silbe einzeln aus. „Dies ist eine Lodge, die sich an Leute wendet, die, ähm …" Sie spürte, wie ihre Wangen heiß wurden. „… Hinternversohlen mögen. Das verstehe ich. Aber warum der Name? Es ist ein großartiges Wortspiel, aber ich sehe kein Spa."

„Das ist auf der anderen Seite der Lodge", lachte er und beugte sich in ihren persönlichen Bereich. „Willst du das große, böse Geheimnis hinter all", er deutete um sich, „dem hier hören?"

„Ja. Bitte."

Er lehnte sich in seinem Stuhl zurück und winkte sie mit dem Finger näher. „Erinnerst du dich an die Ex-Verlobte, die ich vorhin erwähnt habe?"

Jillian nickte und spürte, wie sich die Vorfreude in ihr aufbaute.

„Shana liebte die schönen Dinge im Leben – Maniküre, Pediküre, Massagen und besonders, sich die Haare machen zu lassen. Sie hat mich überredet, im hinteren Teil meiner neuen Lodge ein Spa zu bauen. Sie hat sogar ihre beste Freundin als Masseurin und Stylistin eingestellt. Und diese Frau, Petra, hatte umwerfende Haare – lang, wirklich lang. Eines Tages, als Shana sich die Haare machen ließ, hat sie mir Widerworte gegeben und sich wie eine Göre aufgeführt. Also habe ich ihre Handgelenke mit Petras Haaren zusammengebunden und ihr mit ihrer eigenen Haarbürste den Hintern versohlt."

Sie lachte und presste die Hand auf den Mund, um ein verlegenes Schnappen nach Luft zu unterdrücken.

„Wie sich herausstellte, hat es ihr gefallen. Sehr sogar. Und Petra hat es so gut gefallen, dass sie ein paar ihrer ‚gleichgesinnten' Freundinnen mitbrachte, um zu ‚spielen', nachdem sie die Spa-Behandlungen beendet hatte. Und so wurde aus dem Spa das Spa NK. Wir haben ein paar Erweiterungen hinzugefügt, wie einen Kerker auf der anderen Seite der Lodge. Die originale Haarbürste ist immer noch da unten, wenn du sie ausprobieren willst." Er wackelte bei ihrem leisen Quietschen mit den Augenbrauen.

„Ich – ich werde darüber nachdenken. Ähm, danke." Sie widmete ihre ganze Aufmerksamkeit dem halbvollen Glas eiskalten Wassers vor sich. Oder war es halbleer? Es war ihr egal. Sie musste sich schnell abkühlen.

Als der Gesang begann, richteten sich alle Augen auf die Bühne, und die süßeste Stimme, die sie je gehört hatte, erfüllte den Raum. Eine hübsche Frau in einem einfachen, kurzen Kleid, ihr weißblondes Haar zu einem Chignon zurückgebunden, sang ein wunderschönes Lied über Liebe und Verlangen und Prinzen und Nachtigallen. Als sie ihr

Lied beendet hatte, verbeugte sie sich schüchtern und verließ die Bühne.

„Cindy, komm bitte her." Bertram winkte die hübsche Blondine zu sich. „Jillian, ich möchte dir die beliebteste Submissive und Entertainerin der Lodge vorstellen, Cindy E."

Sie streckte der süßen Frau mit den zärtlichen blauen Augen und dem breiten Lächeln die Hand entgegen.

„Oh, es ist so schön, dich kennenzulernen!" Cindy umarmte sie stürmisch und quietschte. „Bist du eine neue Submissive in Ausbildung? Singst du gern? Gehst du gern einkaufen? Ich liebe Einkaufen. Besonders Schuhe! Ich verlege meine oft", kicherte sie.

Jillian war überrascht, als sie feststellte, dass sie diese Frau bereits entzückend fand. Sie war so süß und einnehmend.

„Willst du später spielen? Ich habe um Mitternacht Feierabend", erklärte Cindy hoffnungsvoll.

„Ich – ich weiß nicht, was ich ..."

„Noch nicht, Cindy", unterbrach Bertram. „Ich lasse dich wissen, wann sie bereit zum Spielen ist."

Cindy schmollte und senkte den Blick. „Ja, Mr. Wolfe. Es war schön, dich kennenzulernen, Jillian." Sie lächelte und drehte sich um, um ihrem Boss ihren Hintern zu präsentieren.

Er hob den Saum ihres Rocks an und enthüllte ihre seidenweißen Höschen. Er pfefferte ihren Hintern mit Klapsen, und Cindy stöhnte vor Entzücken und bog ihren Rücken durch, als würde sie um mehr bitten. Als er sie schließlich fertig belohnt hatte, gab er ihr einen letzten Klaps und zog sie sanft wieder auf die Beine.

„Danke, Sir", sagte sie, ihr lächelndes Gesicht verriet Freude und Zufriedenheit.

„Es ist fast Mitternacht. Stemple besser aus, Cindy."

Sie nickte Jillian zu, dankte Bertram nochmals und eilte glücklich davon.

Er nahm Jillian am Arm und führte sie aus dem Speisesaal. „Willst du noch einmal nach Jake sehen, bevor ich dir dein Zimmer zeige?"

„Ja, bitte. Aber du musst nicht mitkommen. Ich erinnere mich noch an den Weg von unserem Besuch vor ein paar Stunden. Danke."

„In Ordnung. Ich werde ein paar Dinge überprüfen. Ich treffe dich dann gleich in der Krankenstation." Er ließ ihren Arm los und schritt zielstrebig zum hinteren Teil der Lodge.

Der Besuch bei Jake verlief gut. Er sah viel besser aus als zuvor. Er hatte eine kleine Bluttransfusion bekommen und ruhte sich nun bequem mit einem bandagierten Kopf und einem riesigen Grinsen im Gesicht aus, nachdem sie ihm von ihrer Zeit über Bertrams Knie berichtet hatte. Es war ihr peinlich, all das ihrem älteren Bruder zu gestehen, aber er neckte sie nur ein wenig damit, dass sie endlich ihren Meister gefunden hatte, und sie war so erleichtert, dass er sich erholte, dass sie es auf sich beruhen ließ. Sie umarmte ihn und versprach, ihm die Lodge zu zeigen, sobald er sich dazu in der Lage fühlte.

Als sie das Zimmer verließ, sah sie Bertram an einer Wand lehnen und auf sie warten.

„Ich habe etwas für dich." Er nahm ihre Hand und führte sie aus dem hinteren Teil der Lodge hinaus. Sie hielten an einem kleinen Stall, in dem sie Pferde, Heu und Reitausrüstung sah – und Banbury!

Sie quietschte und rannte los, um ihre Arme um den weißen Hengst zu schlingen. Er warf den Kopf zurück und schmiegte sich in ihr Haar.

„Ich bin so froh, dich zu sehen", flüsterte sie in seine Mähne und atmete seinen erdigen, warmen Geruch ein.

„Vielen Dank, dass du ihn gefunden hast, Bertram“, sagte sie und ließ den Hengst los, um den großen Mann hinter sich zu umarmen.

„Kein Problem. Du scheinst ein Händchen für Tiere zu haben, Jillian.“

Sie wandte sich wieder Banbury zu und streichelte sein weiches Fell. „Ich liebe Tiere. Alle Arten. Ich weiß nicht, sie rufen einfach nach mir und wollen geliebt werden. Außer Wölfe. Ich glaube, ich habe für Wölfe nicht mehr viel übrig.“ Sie drehte sich zu dem leisen Knurren um, das sie zu hören geglaubt hatte, sah aber nur Bertram dastehen, ohne jede Regung im Gesicht.

„Das kann ich verstehen, besonders nach den heutigen Vorkommnissen.“ Er bot ihr seinen Arm an. „Es war ein langer Tag. Bringen wir dich auf dein Zimmer.“

Sie gingen wieder hinein und einen neuen Flur entlang, den sie noch nicht gesehen hatte. Sie stolperte über etwas, aber Bertram stützte sie, bevor sie fiel.

„Was zum Teufel?“ Sie bückte sich, um den Schuh aufzuheben. Sie musterte den Flur und sah einen weiteren Schuh, einen Strumpf und einen Rock. „Sind das … Cindys Kleider?“ Sie bückte sich, um die Kleidungsstücke aufzuheben, und wunderte sich, warum jemand sich so unachtsam entkleidet hatte.

Bertram kicherte und führte sie zu einem Raum auf der rechten Seite. Er klopfte dreimal und wartete.

„Herein!“, kam die laute, energische Antwort von hinter der Tür. Er hielt Jillian die Tür auf, damit sie vor ihm eintreten konnte.

Ein Mann kniete vor einem Tisch voller Peitschen, Rohrstöcke und Paddel.

Bertram trat vor und rief einer Frau hinter dem durchsichtigen Vorhang zu. „Stiefmutter, unsere Freundin hat einige ihrer Wertsachen zurückgelassen. Würdest du bitte dafür sorgen, dass sie sie bekommt?"

Sie unterdrückte nur mühsam ihr lautes Keuchen, als die große, umwerfende Frau hinter dem Vorhang hervortrat. Das war nicht dieselbe süße Frau, die sie nur wenige Augenblicke zuvor hatte singen hören. Sie war ganz in Schwarz gekleidet, trug ein sexy Korsett und ein Bustier sowie schwarze, hohe Lederstiefel, ihr langes blondes Haar war verwuschelt und ihre vollen, schmollenden Lippen rot gefärbt.

„Sie ist die beste Domina im ganzen Land. Die Leute melden sich Monate im Voraus an, um eine Session mit ihr zu buchen", flüsterte Bertram ihr ins Ohr.

„Danke, Master Wolfe." Die große Blondine nickte. „Ich werde dafür sorgen, dass sie ihre Sachen bekommt. Sie kann ein wenig zerstreut sein, dieses Mädchen. Besonders wenn die Uhr Mitternacht schlägt." Ihre Stimme war tiefer und hatte einen seltsamen Akzent, der die Vokale in die Länge zog, wenn sie sprach.

Jillian hatte ihren Blick immer noch nicht von der neuen Frau vor ihr abwenden können. Die Verwandlung verblüffte sie.

„Dürfen wir fragen, wofür er bestraft wird, Stiefmutter?", fragte Bertram beiläufig, als der Mann auf der Strafbank festgeschnallt wurde.

„SMS schreiben beim Fahren seiner Kutsche, ein großes No-Go!" Sie riss den Kopf des Mannes hoch, um ihm in die Augen zu sehen. „Das bedeutet zusätzliche Schläge mit dem Rohrstock. Das weißt du, ja?"

„Ja, Mistress." Er stöhnte, als sie ihren Griff in seinem Haar festigte. „Ich meine, ja, Stiefmutter."

„Gut, wir beginnen. Entschuldigen Sie." Sie nickte Bertram und Jillian zu und wandte sich ihrer Aufgabe zu.

Als Jillian aus der Tür ging, hörte sie, wie ihr Name gerufen wurde, und drehte sich um. „J-ja, Stiefmutter?"

„Sie werden morgen Zeit mit dem süßen Mädchen Cindy verbringen, ja?"

„Ja, ja, natürlich", stammelte sie.

„Gut." Die Frau nickte und wandte sich ab.

Bertram schloss die Tür hinter ihnen und eilte mit ihr den Flur entlang, aber nicht, bevor sie die ersten Schreie hörte.

„Bett?", grinste er.

„Mmhmm", quietschte sie.

„Keine Sorge", sagte er, legte seine Arme um ihre Schultern und führte sie zu den Gästezimmern. „Die erste Nacht ist immer die schwerste."

Sie nickte und sank auf dem Weg gegen ihn.

„Hey." Er blieb plötzlich stehen. „Ich schulde dir immer noch eine Tracht Prügel."

SIE BETRAT die wunderschöne Suite und hielt den Atem an. Es war, als ob zwei verschiedene Welten miteinander verschmolzen wären. Rustikale Fackeln schmückten den kleinen Eingangsbereich und erinnerten sie an die kleinen Kopfsteinpflasterstraßen in ihrer Stadt. Sie konnte nicht sagen, ob sie echt waren oder nicht, aber sie tauchten den Sitzbereich in ein entspannendes Licht. Eine einfache Couch stand an einer Wand, gegenüber von einem Steinkamin, in dem bereits ein Feuer brannte und eine wunderbar duftende Wärme verbreitete. Es gab weiche Kissen, die mit einem Regenbogen von Farben und Perlenpailletten verziert waren. Ihre Lieblingsfarbe, Topas, leuchtete am hellsten. Auf einem kleinen Beistelltisch standen eine Flasche mit einer klaren, sprudelnden Flüssigkeit – eine Art Sekt, vermutete sie – und Kristallgläser.

An der anderen Wand befand sich eine Tür, die ins Schlafzimmer führte. Es wirkte einfach und bescheiden, aber dennoch frisch und sauber. Die dunkleren Wände und Vorhänge hielten das Licht draußen und machten den Raum so privat, wie sie es sich nur wünschen konnte.

Sie drehte sich zu Bertram um, der immer noch im Wohnzimmer stand, und bemerkte – es.

„Ein Spanking-Bock", sagte er, als würde er ihre Gedanken lesen.

Sie ging um ihn herum, spürte die glatte Textur des behandelten Holzes und roch die Eiche und den Lack. Die dunkel gepolsterte Oberseite verlieh ihm den Anschein, einigermaßen komfortabel zu sein, und die verstellbaren Beine mit den Fesseln ließen die Schmetterlinge in ihrem Bauch wieder flattern.

Sie stellte sich vor, wie sie über dem Bock lag und Bertram sie für etwas schalt, während er ihr den Hintern versohlte, bis er wund und herrlich rot war. Sie schauderte und drehte sich um, um seinen wissenden Augen zu begegnen. Sein graumeliertes Haar passte zu seinen dunklen Augen, in denen Goldsprenkel schimmerten.

„Wir probieren ihn irgendwann aus, wenn du bereit dafür bist, Jillian. Aber zuerst wärmen wir dich auf die altmodische Art auf." Er setzte sich auf die Couch, klopfte auf seinen Schoß und wurde plötzlich ernst. „Jillian, das hier ist ein sicherer Ort. Das Spanking und andere Aktivitäten geschehen einvernehmlich." Er räusperte sich.

„I-ich … Entschuldigung", stammelte sie. „Was hast du gesagt?"

Er kicherte und lockte sie mit seinen warmen Augen zu sich. „Ich habe dich gefragt, ob du willst, dass ich dir den Hintern versohle."

Sie nickte, schüchtern und verlegen.

„Benutze deine Stimme, bitte. Willst. Du. Dass ich. Dir den Hintern versohle?"

„Ja, Sir", flüsterte sie und stellte sich vor ihn. Gott, das war so peinlich. Warum konnte er sie nicht einfach über sein Knie zerren wie beim ersten Mal? Sie war sich nicht so sicher, ob es ihr gefiel, dem zuzustimmen. War sie deswegen ein Freak? Sie spürte die erste Träne ihre Wange hinunterlaufen. In den letzten 24 Stunden war so viel passiert.

Die lange, kalte Reise, dass Jake verletzt worden war – was allein ihre Schuld war –, in einem Schneesturm festzusitzen, an einem Ort, der sie so vollkommen verwirrte, sie aber auch lockte. Sie schmeckte die salzigen Tränen, als sie über ihre warmen Wangen und auf ihre Lippen liefen.

„Tut mir leid. Ich kann das nicht." Sie drehte sich um und begann, sich den Weg ins Schlafzimmer zu ertasten. Sie spürte die Bewegung hinter sich, als er sie in die Luft hob und unsanft über seinen Schoß warf. „Oomph!"

Der erste Schlag auf die Rückseite ihres Kleides war nicht hart, aber er und die plötzliche Position erschreckten sie. Er beugte sich vor, um ihr ins Ohr zu flüstern: „Sag Peter Piper, wenn es zu viel wird."

Sie nickte, dankbar, dass er die Führung übernommen hatte, und drückte sich auf seinen harten Schoß, legte ihre Wange auf die Polster und hob seinen Händen ihren Hintern entgegen.

BERTRAM

Er atmete tief durch und betete, dass er das Richtige tat. Das arme Ding war überfordert, erschöpft und überreizt. Und sie verstand nicht, wie sie nach dem fragen sollte, was sie sich so sehr wünschte. Ihr Körper sagte ihm ganz klar, was er wissen musste. Aber würde ihr Verstand ihr erlauben, das anzunehmen, was er ihr gab?

Er hob ihr Kleid und ihre Unterröcke hoch und rollte sie sanft auf ihrem Rücken zusammen. Er schlug mit festen Hieben auf ihren von der Unterhose bedeckten Hintern und setzte dabei nur ein Viertel seiner Kraft ein. Er wollte sie nicht verschrecken, sondern sie nur beruhigen und ihr Erlösung verschaffen. Nach jedem Schlag hob sie ihren Hintern zu ihm, als würde sie um mehr bitten. Er fragte sich, ob sie wusste, dass sie das tat.

Er achtete darauf, jeden Zentimeter ihres runden Hinterns aufzuwärmen, und begann, rosa Farbtöne unter ihrer dünnen, weißen Baumwollunterhose zu sehen. Sie brauchte die Erlösung, aber wie weit konnte er gehen, ohne sie zu verängstigen? Er legte seine Handfläche auf die Rückseite ihrer warmen Pobacken und rieb sie sanft. „Alles in Ordnung?"

Sie holte zitternd tief Luft und nickte.

Er ließ seine Hand auf ihren Hintern krachen, was sie aufspringen und quietschen ließ. „Benutze deine Stimme, Jillian."

Sie drehte ihren Kopf zu ihm, ihre grünen Augen blitzten vor Wut. „Ja, Sir! Mir geht es gut, Sir!"

Er lachte, erleichtert zu sehen, dass sie ihren Kampfgeist noch hatte. „Braves Mädchen." Er strich über ihren Hintern und genoss es, sie über seinem Knie zu haben, schätzte ihre Akzeptanz seiner Hand. „Aber wenn du das nächste Mal deine Stimme nicht benutzt …" Er ließ seine Handfläche schnell fünfmal hintereinander niedersausen, und sie schrie auf.

„Okay, okay, ich hab's kapiert! Stimme. Verstanden. Peter Piper, wenn es zu viel wird!", rief sie und legte ihren zitternden Körper wieder hin, kuschelte sich auf der Couch zurecht.

„Braves Mädchen." Er tätschelte ihren Po. „Willst du mehr?"

Sie nickte, fing sich aber rechtzeitig auf und sah ihm mit unvergossenen Tränen und Bedürftigkeit in die Augen. „Sir. Hör nicht auf, bis …" Ihre Wangen röteten sich. „Hör nicht auf, bis ich fertig bin." Sie biss sich auf die zitternde Lippe und drehte ihren Kopf auf der Couch zur Seite, wobei sie ihren Hintern hob.

Er zog ihre Unterhose bis zu den Knien herunter und legte seine Handfläche auf ihre rosa runden Backen. Seine Hand umschloss ihren knackigen Po. Wenn dies eine andere Zeit wäre, hätte er ihn gerne gestreichelt und gezwickt und seine seidige Glätte gespürt. Er schüttelte den Kopf. Dies war nicht die Zeit für lüsterne, wölfische Gedanken. Dies war die Zeit der Heilung.

Er holte tief Luft, hob seine riesige Hand und ließ sie krachend niedersausen. Er verpasste ihrer linken Backe drei harte Schläge, gefolgt von drei weiteren auf der rechten Seite, die mit jedem Satz härter wurden. Die festen, harten Schläge färbten ihren wunderschönen Hintern rot, mit Flecken in dunkleren Tönen. Diesmal schlug er tiefer, unter ihren Po, wo ihre Oberschenkel und Backen aufeinandertrafen.

Sie stöhnte und zitterte und zuckte zusammen, als er sie mit Präzision und Sorgfalt bearbeitete und keinen Teil ihres Hinterns und ihrer oberen Oberschenkel unberührt ließ.

„Biiiiittte! Höööör auf!", kreischte sie und legte ihre Hände schützend über ihren Po.

Er zog sie schnell auf die Füße und beobachtete die brodelnde Wut in ihrem Gesicht.

„Willst du es gut sein lassen, Jillian?"

Sie stampfte wütend mit dem Fuß auf und funkelte ihn an. „Nein, ich will es nicht gut sein lassen! Aber es hat wehgetan!"

„Spanking soll wehtun."

„Ich weiß", jammerte sie. „Aber du kannst nicht erwarten, dass ich ruhig daliege, während du auf meinen Arsch einprügelst. Außerdem", ihre Wangen röteten sich und sie sah auf den Boden, „habe ich nicht Peter Piper gesagt."

„Du hast recht. Du hast nicht Peter Piper gesagt." Er sah, wie sich ihre Augen auf den Spanking-Bock konzentrierten. „Komm her, mein Mädchen. Wir verpassen dir einen krönenden Abschluss."

Er führte die zitternde junge Frau zu dem Bock in der Ecke. „Dreh dich um", befahl er schroff.

Sie kehrte ihm den Rücken zu und hob ihr Haar an, als ob sie seinen nächsten Zug spüren würde.

Er schnürte schnell die Bänder am Rücken ihres Kleides auf und zerrte es ihr über den Kopf. Er zog ihre Unterröcke auf den Boden und sah, wie ihre Wut nachließ. Sie schützte sich und zitterte, nachdem er ihr Korsett entfernt hatte und sie nackt und verletzlich seinen Augen ausgesetzt zurückließ.

Sie war eine Schönheit, eine Augenweide. Die üppigen Kurven, die unter all diesen Schichten verborgen gewesen waren, erzeugten in ihm einen animalischen Drang, sie in Besitz zu nehmen. Ihre cremefarbenen Brüste hoben und senkten sich mit jedem Atemzug. Ihre Brustwarzen standen in der kühlen Luft steil auf, rosig und pink, und verlangten, geküsst zu werden. Er leckte sich die Lippen und fuhr mit der Zunge über seine spitzen Eckzähne.

Nein, jetzt war nicht die Zeit für seine animalischen Triebe. Im Moment musste er sich um die verletzliche, zitternde Frau vor ihm kümmern. Er winkte sie nach vorne und half ihr sanft, sich über den Holzbock zu legen. Er hob ihn an, sodass ihre Füße den Boden nicht mehr berührten und ihr Hintern in der perfekten Position war, damit er sich um ihre Bedürfnisse kümmern konnte. Ihre Beine spreizten sich, als sie nach vorne griff, um die Griffe zu halten und sich zurechtzurücken. Er konnte nicht anders, als erregt zu werden, bei der Fülle an Nässe, die er in der Falte ihres weißen Baumwollhöschens sah. Es war von ihrer Erregung durchtränkt. Er zog es ihr vorsichtig aus und hielt es sich unter die Nase. Der Geruch ihres blumigen Duftes lockte ihn, sich zu verwandeln.

Sein Knurren erschreckte sie, und sie sah ihn mit großen Augen an.

Er rief sein inneres Tier wieder zur Ordnung und hielt seine Hände in einer Geste der Sicherheit hoch. „Ich werde dir nicht wehtun, Jillian."

„Ich weiß." Sie schenkte ihm ein zaghaftes Lächeln und brachte ihre Beine in Position.

Er schnallte ihre Beine und ihren Oberkörper fest, um sie zu sichern, aber nicht zu eng. Er rieb mit der Hand über ihren glatten Hintern, der vom Aufwärmen noch rot und fleckig war. „Versuch, deinen Hintern nicht anzuspannen." Er schlug ihr ein paar Mal sanft auf die warmen Backen, bis sie sich entspannte. „Bist du bereit, Jillian?"

„Ja, Sir", nickte und murmelte sie atemlos.

JILLIAN

Diese Vorrichtung fühlte sich so fremd für sie an. Sie schätzte die Wärme und den Komfort des Polsters, das gegen ihren Bauch und ihren Intimbereich drückte. Sie schätzte auch die Riemen, die sie festhielten. Sie wusste nicht, ob sie sehr lange würde stillhalten können. Besonders, da sich die Haut auf ihrem Hintern gerade so straff anfühlte. Würde es schlimmer wehtun? Würde er etwas anderes als seine Hand benutzen?

Seine Hand tat höllisch weh – als ob sie zu einem großen Tier gehörte. Aber ein Teil von ihr wollte etwas Neues fühlen. Sie wollte weinen. Sie wollte all ihre Emotionen freisetzen. Und sie wollte sich sicher fühlen. Sie hoffte, Bertram konnte ihr das geben. Sie entspannte ihren Hintern und holte tief Luft. Als sie ihn hinter sich hörte, atmete sie wieder aus.

Sie hörte das dumpfe Klingeln und das Geräusch seines Ledergürtels, der durch seine Gürtelschlaufen glitt.

Er hielt den breiten Ledergürtel vor ihr Gesicht. „Du kannst ihn küssen und mir dafür danken, dass ich ihn auf deinem nackten Hintern benutze."

Sie spürte, wie ihr die Hitze in die Wangen stieg, als sich neue Wärme zwischen ihren Beinen sammelte. „D-danke, dass du m-meinen n-nackten Hintern versohlst", stotterte sie, plötzlich außer Atem, und küsste den Gürtel vor ihrem Mund. Das Leder roch wunderbar und fühlte sich geschmeidig und fest auf ihren Lippen an.

Er trat an ihre Seite, und sie beobachtete aus den Augenwinkeln, wie er seinen Arm über seinen Kopf hob.

Sie hörte das Zischen, als das Leder durch die Luft sauste und sich in ihre Backen biss.

„Ungh!", grunzte sie, als ein weiterer Feuerstreifen auf der rechten Seite ihres Hinterns ausbrach.

Schlag um Schlag brachte sie zum Wimmern und Zittern. Es tat so furchtbar weh. Sie war sich sicher, dass sie an dem Schmerz sterben würde. Gott sei Dank hatte er sie festgeschnallt, sonst wäre sie inzwischen sicher auf den Kopf gefallen. Sie war Bertram dankbar für alles, was er getan hatte, um sie zu retten und ihrem Bruder zu helfen und jetzt. *Das hier.*

Sie spürte die ersten Tränen aus ihren müden Augen entweichen und schluchzte auf. Ein weiterer Hieb knapp unter ihrem Hintern ließ sie vor Schmerz kreischen. „Es tut mir leid!" Noch ein breiter Feuerstreifen darunter. Sie stöhnte und versuchte, mit den Beinen zu treten – vergeblich.

„Was tut dir leid, Jillian?" Er schlug sie mit dem Gürtel, traf sie zwischen ihrer Pofalte, und sie erstickte an einem Schluchzer.

Er schlug sie noch dreimal schnell hintereinander, und sie schrie: „Alles! Es tut mir leid! Ich habe ihn verletzt! Alles meine Schuld!" Sie stöhnte und brach über dem Bock zusammen, unfähig, die Schluchzer zu unterdrücken, die ihren ganzen Körper erschütterten.

Sie spürte etwas Warmes, das ihren Körper umhüllte, und spürte seinen heißen Atem neben ihrer Wange. Er presste seinen Körper an ihren, gab ihr seine Wärme und seine Stärke, und sie fühlte sich endlich sicher. Sie schloss die Augen und achtete nicht darauf, wie er sie schnell abschnallte und in seine massiven Arme hob. Sie erinnerte sich kaum daran, wie er sie in ihr Schlafzimmer trug und sie in die warmen, flauschigen Decken einwickelte. Sie konnte die Hitze ihres geschundenen Hinterns auf der Kühle der Laken kaum spüren, während sie in einen tiefen Schlaf fiel.

Sie erwachte schreiend bei der Erinnerung an die Wölfe. Sie zitterte und versuchte, ihr rasendes Herz zu verlangsamen, konnte sich aber nicht beruhigen.

Sie sah Bertrams Schatten in der Ecke, in der er gesessen haben musste. Er eilte herbei und nahm ihren zitternden Körper in seine Arme, hielt sie fest, bis sie sich schließlich entspannte.

„Ich habe Angst", sie konnte den kläglichen Schrei, der aus ihrem Mund kam, nicht unterdrücken.

Er legte sie zurück ins Bett und legte sich in Löffelposition an ihren Rücken, hielt sie fest an seiner Brust.

„Ich verspreche dir, ich werde dich beschützen." Er schmiegte sich an ihre Wange. „Schlaf jetzt, Süße."

Zum ersten Mal seit sehr langer Zeit fühlte sie sich geliebt und sicher. Sie schlief zum rhythmischen Geräusch seines knurrenden Schnarchens ein, seine große Handfläche und sein haariger Arm fest um sie geschlungen. Obwohl sie noch nie zuvor so nah bei einem anderen Mann geschlafen hatte, spürte sie die Verbindung. Es fühlte sich richtig an. Und sie schlief gut.

KAPITEL VIER

Coral

Coral hielt inne, um etwas warmen Atem in ihre gefrorenen Finger zu hauchen. Sie musste ihre Handschuhe ausziehen, um an dem Belüfter herumzufummeln, der in einem ihrer Fischteiche den Geist aufgegeben hatte. Von allen denkbaren Zeitpunkten musste das verdammte Ding ausgerechnet mitten in einem Schneesturm streiken. Sie wollte nicht riskieren zu warten, bis der Schneefall aufgehört hatte, da sie nicht sicher war, wie hoch der Schnee dann liegen würde und ob sie es überhaupt noch zum Teich schaffen würde. Bis dahin konnten all ihre Fischfreunde tot sein.

Sie blickte zurück zur Lodge und hoffte, dass Mr. Wolfe nicht bemerkt hatte, dass sie draußen war. Er würde sie zwingen, wieder reinzukommen, und ihr dann eine endlose Predigt über die richtige Kleidung während eines Schneesturms halten. Mr. Wolfe leitete die Fantasy-Lodge und war wirklich ein unglaublicher Mann, aber sie konnte sich des Gedankens nicht erwehren, dass sie nur eine weitere Ergänzung seiner Sammlung von verlorenen Seelen war. Er sah das natürlich nicht so, und sie glaubte tatsächlich, dass er sich aufrichtig um sie sorgte. Coral kannte jedoch die Wahrheit. Sie war ein „kleines verlorenes Mädchen", das vor seiner bewegten Vergangenheit davonlief und sich versteckte, bis diese Vergangenheit aufhörte, nach ihr zu suchen. Aber wenn sie ganz ehrlich war, war sie eigentlich eine „kleine verlorene Meerjungfrau", und ihre bewegte Vergangenheit beinhaltete einen schlechten Handel mit einer zänkischen alten Meerhexe.

Mr. Wolfe wusste all das und hatte sie trotzdem mit offenen Armen in seiner Lodge willkommen geheißen. Zuerst hatte sie gedacht, er hätte Hintergedanken. Ihrer Erfahrung nach bekam man im Leben nichts geschenkt, und er leitete schließlich eine Sex-Lodge, die darauf spezialisiert war, die Fantasien der Gäste wahr werden zu lassen. Als sie angekommen war, war Coral gerade so verletzt und verletzlich gewesen, dass er sie vollständig hätte ausnutzen können. Sie war untröstlich und einsam gewesen und hatte nichts mehr gehabt, wofür es sich zu leben lohnte. Aber anstatt ihre Schwächen auszunutzen, hatte er vorgeschlagen, dass sie sich um das Aquarium kümmern sollte, das gerade im Hauptaufenthaltsraum installiert worden war. Seitdem waren zwei Fischteiche hinter dem Haus sowie zwei weitere Aquarien in anderen Bereichen der Lodge hinzugekommen.

Sie hatte ein Zimmer in der Lodge bezogen – ihre Deckung hoch und ihr Misstrauen noch höher. Aber das war vor über zwei Jahren gewesen. Inzwischen hatte sie sich in eine vertraute Routine eingelebt, in der sie sich um ihre erweiterte Fischfamilie kümmerte und im Dungeon der Lodge als hauseigene Sub spielte, wenn ihr danach war. Sie hatte der Liebe abgeschworen, aber sie war nicht tot. Sie spielte immer noch gerne.

Sie wurde aus ihren inneren Träumereien gerissen, als der Belüfter wieder zum Leben erwachte, und das leise

Summen schreckte sie auf. Sie verabschiedete sich schnell von ihren Fischen und versprach, sie wieder zu besuchen, sobald sie sich einen Weg durch den Schnee bahnen konnte. Als sie mit eisverkrusteten Stiefeln und Hosen zurück ins Haus stürmte, rannte sie direkt in Mr. Wolfe, der mit einem großen, bulligen Mann unterwegs war. Mr. Wolfe packte sie an den Schultern und fing sie auf, als sie von dem Aufprall schwankte. Corals Blick wanderte von Mr. Wolfes strengem Gesicht zu den amüsierten Augen des gutaussehenden Fremden. Sein Kopf war in einen Verband gewickelt und sein dunkles Haar stand an allen Ecken und Enden ab, aber es waren die gütigen Augen unter dem Verband, die sie in ihren Bann zogen. Blau wie der Ozean, den sie einst ihr Zuhause genannt hatte, und sie fühlte sich in seinem Blick verloren.

„Was hast du draußen gemacht?", fragte Mr. Wolfe und rüttelte sie leicht, was ihre Aufmerksamkeit zurück auf ihn lenkte.

„Der Belüfter hat wieder gesponnen. Ich wollte ihn nur zum Laufen bringen, bevor der Schnee richtig losgeht", antwortete sie.

Er blickte nach draußen auf den andauernden Schneesturm, dann zurück auf sie, gekleidet in einen Kapuzenpullover und eine leichte Leggings.

„Geh dich umziehen und trink etwas Warmes", befahl er.

„Ja, S-Sir", stotterte sie.

„Das nächste Mal, wenn ich dich ohne angemessene Kleidung in der Kälte erwische, wirst du dich über meinem Knie wiederfinden. Habe ich mich klar ausgedrückt?"

Sie öffnete den Mund, um etwas zu sagen, aber die Worte blieben ihr im Hals stecken. Schließlich stieß sie ein zustimmendes Quietschen aus und nickte.

Er verdrehte die Augen und deutete dann auf den gutaussehenden Fremden neben sich. „Das ist Jake Hill. Jake und seine Schwester Jillian werden eine Weile bei uns bleiben."

Mr. Wolfe wandte sich an Jake. „Coral kann dir auch zeigen, wo du alles findest, was du brauchst. Sie kennt die Lodge in- und auswendig, besser als die meisten. Nicht wahr, Coral?"

Beide Männer musterten sie nun, aber sie brachte ihre Stimme immer noch nicht zum Gehorchen. Sie nickte erneut zustimmend. Jake stieß ein tiefes Lachen aus, und Mr. Wolfe verengte die Augen, bevor er auf dem Absatz kehrtmachte und davonging, wobei er etwas über sture Frauen und Leute, die Hügel hinunterfallen, murmelte. Jake zwinkerte ihr zu, drehte sich dann um und folgte Mr. Wolfe den langen Korridor hinunter.

Coral stieß einen Seufzer der Erleichterung aus. Sie war auf eine weitere Predigt vorbereitet gewesen, und obwohl Mr. Wolfe seine Lodge mit harter Hand führte, hatte er ihr noch nie zuvor damit gedroht, sie zu versohlen. Bei dem Gedanken daran machte ihr Magen einen Satz. Und wer war dieser schöne Fremde, der vorübergehend hier eingezogen war?

JAKE

Bertram Wolfe führte Jake in sein Büro. Es war mit dunklen Holzpaneelen ausgekleidet, und dunkle Holzmöbel füllten den Raum. Jake war ein großer Mann, aber die Möbel im Raum strahlten eine solche Stärke und Macht aus, dass er ein wenig nervös wurde. Jake hatte dasselbe Gefühl wie als Junge, wenn er ins Büro des Schulleiters gerufen worden war, um dafür zur Rede gestellt zu werden, dass er den Mädchen an den Zöpfen gezogen hatte.

Bertram deutete ihm an, auf einem Stuhl mit hoher Lehne gegenüber von seinem Schreibtisch Platz zu nehmen. Jake ließ sich darauf sinken und sah Bertram erwartungsvoll an. Er konnte allein an der Art, wie die übrigen Angestellten und Gäste Bertram betrachteten, bereits erkennen, dass er ein gütiger Mann war, aber keiner, den man auf die leichte Schulter nehmen sollte. Das arme Mädchen, das er gerade getroffen hatte, schien er mit nur einem einfachen Blick in ihren schneebedeckten Stiefeln zum Zittern gebracht zu haben.

„Einschüchternd, nicht wahr?", fragte Bertram, blickte sich in der Umgebung um und Jake lächelte.

„Ein wenig", antwortete er.

„Gehört meinem Partner. Ich habe nicht viel für Büros übrig. Ein bisschen wichtigtuerisch für meinen Geschmack." Er hielt inne und warf Jake einen beruhigenden Blick zu. „Ich hoffe, du wirst dich hier wie zu Hause fühlen", begann Bertram.

Jake ließ einen Atemzug entweichen, von dem er nicht gewusst hatte, dass er ihn angehalten hatte. In einem Teil seines Gehirns hatte er wirklich das Gefühl gehabt, gleich für etwas gescholten zu werden. „Ich habe keine Zweifel, dass ich mich sofort wie zu Hause fühlen werde."

Bertram lächelte ihn an. „Der Grund für euren Besuch ist bedauerlich. Aber da ihr nun hier seid, um den Schneesturm abzuwarten, möchte ich, dass ihr beide alle Annehmlichkeiten genießt, auf die ihr Lust habt."

Jake dachte darüber nach. „Das Mädchen, das du mir gerade vorgestellt hast. Coral?"

Bertrams Züge verhärteten sich. „Sie ist keine Annehmlichkeit."

„Das habe ich nicht gesagt. Ich war nur neugierig auf sie. Sie ist so—"

„Stur?", beendete Bertram den Satz für ihn.

„Nein, ich wollte sagen—"

„Töricht?"

„Ich wollte sagen, wunderschön. Bezaubernd." Jake bemerkte die Wehmut in seiner eigenen Stimme und straffte die Schultern. Er wollte nicht schwärmen, schon gar nicht vor Bertram.

Der Ausdruck auf Bertrams Gesicht verriet, dass er Jakes Interesse bereits durchschaut hatte. „Oh ja, das ist sie auch. Wunderschön, bezaubernd, stur und töricht. Sie kann auch ziemlich sarkastisch und ein bisschen anstrengend sein." Er schob ein paar Papiere auf seinem Schreibtisch zurecht und blickte dann mit einem schiefen Grinsen zu Jake auf. „Sie ist eine meiner Lieblingsmitarbeiterinnen."

Jake lächelte bei dem Gedanken an die bezaubernde kleine Fee. Sie hatte langes rotes Haar, das ihr über die Schultern fiel, und eine zierliche Gestalt, aber hinter ihren funkelnden blauen Augen loderte ein Feuer. Er zweifelte nicht an Bertrams Einschätzung. Ihr devotes und zerknirschtes Auftreten war wahrscheinlich nicht die Norm für sie.

„Deshalb habe ich dich hierhergebracht. Ich wollte mit dir über sie sprechen", fuhr Bertram fort.

„Du willst mit mir sprechen? Über Coral?"

„Ja, Deine Schwester hat mir erzählt, dass ihr auf dem Weg zu einer Heiratsvermittlerin wart."

„Meine Schwester hat ein loses Mundwerk." Jake spürte, wie sich seine Nackenhaare sträubten. Was fiel Jillian ein, wildfremden Leuten von ihren Plänen zu erzählen?

„Ja, da sind wir uns einig. Ich glaube, deine Schwester könnte etwas Führung gebrauchen, aber das ist eine andere Angelegenheit."

Jakes Interesse war geweckt; wenn dieser Mann verrückt genug war, um zu versuchen, seine Schwester in Schach zu halten, dann konnte er sich auch anhören, was er zu sagen hatte.

„Coral, sie ist ein besonderes Mädchen", begann Bertram. Jake nickte. Das hatte er bereits erkannt, obwohl sie noch nicht einmal zwei Worte mit ihm gewechselt hatte. „Aber ich fürchte, ich habe sie ein wenig außer Kontrolle geraten lassen.“

Jake zog die Augenbrauen hoch. Er konnte kaum glauben, dass Bertram jemanden außer Kontrolle geraten lassen würde.

„Lass mich von vorne anfangen. Sie kam hierher auf der Suche nach einem Versteck.“ Bertram trommelte mit den Fingern auf den Schreibtisch. „Normalerweise nutze ich meine Lodge nicht gerne als langfristigen Zufluchtsort, aber ich konnte sie nicht abweisen. Sie war so …“, er lehnte sich in seinem Stuhl zurück, während er nach dem richtigen Wort suchte, „ … gebrochen.“

Jake ließ das auf sich wirken. Er konnte sich nur schwer vorstellen, dass das Mädchen, das er gerade im Flur getroffen hatte, dasselbe war, von dem Bertram jetzt sprach.

„Sie hat kaum mit jemandem gesprochen. Sie hat Stunden, manchmal Tage, in ihrem Zimmer eingesperrt verbracht. Sie war immer so traurig.“ Bertram hatte einen fernen Blick in den Augen, als er sich an die Vergangenheit erinnerte. „Als sie endlich aus ihrem Schneckenhaus kam, endlich etwas Lebensgeist zeigte, war ich bestrebt, dass sie so bleibt. Ich lege Wert auf gut diszipliniertes Personal. Ich zögere nicht, jemanden für sein Verhalten zu korrigieren. Aber bei Coral habe ich die Dinge schleifen lassen.“

„Bei allem Respekt, Sir, sie war ohne Mantel in der Kälte. Aber das würde ich kaum als außer Kontrolle bezeichnen“, sagte Jake.

„Das ist das geringste meiner Probleme. Sie hat den Kopf in den Wolken. Sie braucht eine kleine Lektion in Sachen Disziplin, besonders nach der Nummer, die sie neulich Abend abgezogen hat.“ Bertram schüttelte den Kopf. „Ich war für einen Tag nicht in der Lodge. Da bin ich zufällig auf dich und deine Schwester gestoßen. Coral wurde damit beauftragt, die Rezeption zu besetzen, weil wir etwas unterbesetzt waren – sonst wäre sie nie darum gebeten worden. Am Ende hat sie einen bekannten Kriminellen in die Lodge gelassen, und er hat alle Gästezimmer ausgeraubt."

„Sie konnte doch sicher nicht wissen, dass er ein Krimineller war?", fragte Jake. Er wusste nicht, warum er sie verteidigte, aber etwas in ihm wollte sie beschützen.

„Sie wusste es", fuhr Bertram fort, „oder sie hätte es gewusst, wenn sie aufgepasst und ihre Arbeit gemacht hätte."

„Was ist denn passiert?", fragte Jake und erinnerte sich, dass Bertram vorhin gedroht hatte, sie zu versohlen. Aus irgendeinem Grund behagte ihm der Gedanke an Bertrams Hände auf ihr nicht.

„Wir mussten versuchen, die Gäste zu besänftigen. Ich habe ihnen allen eine kostenlose Übernachtung gegeben."

„Nein, ich meinte mit Coral." Jake schluckte. „Wurde sie bestraft?"

Bertram zog eine Augenbraue hoch. „Ich stimme zu, das hätte sie werden sollen. Aber wie ich bereits erwähnt habe, fürchte ich, dass ich einen schrecklichen Präzedenzfall geschaffen habe. Während ich nicht zweimal darüber nachgedacht hätte, mir jedes andere Mitglied des Personals vorzuknöpfen, konnte ich mich einfach nicht dazu durchringen, sie richtig zurechtzuweisen."

„Also gab es keine Konsequenzen?"

„Sehr zum Leidwesen der anderen. Ich werde mir das ewig anhören müssen. Ich glaube, es verursacht einige Animositäten, weil sie glauben, Coral werde anders behandelt."

„Aber das wird sie ja", warf Jake ein.

„Ja, ich schätze, das wird sie", sagte Bertram und sah ihn eindringlich an, „aber ich beabsichtige, diese Situation jetzt sofort zu ändern."

„Ich?", fragte Jake und sah sich im Büro um, als erwarte er, die andere Person zu sehen, mit der Bertram sprach.

„Ja, du! Stell dich einfach vor. Lernt euch kennen.“

Jake konnte sich nicht des Gedankens erwehren, warum er so sicher klang, dass dies funktionieren würde.

„Und wenn sie nichts mit mir zu tun haben will?“, fragte Jake.

„Ich denke, sie wird etwas mit dir zu tun haben wollen“, antwortete Bertram. „Coral hat ein gutes Herz, aber sie hat den Kopf in den Wolken. Sie braucht eine feste Hand, und ich habe das Gefühl, du bist genau der richtige Mann, um sie ihr zu geben.“

„Warum ich?“

„Nach dem zu urteilen, wie deine Schwester sich verhält, würde ich sagen, du hast einige Erfahrung im Umgang mit widerspenstigen Frauen.“

„Ich habe meine Schwester nicht sehr gut im Griff“, erwiderte Jake.

„Dann haben wir beide ein Problem, bei dem wir uns gegenseitig helfen müssen“, räumte Bertram mit einem Nicken ein.

Jake wusste nicht genau, was das bedeuten sollte, aber er konnte sich denken, worauf das hinauslief. „Du willst, dass ich sie versohle? Weil du dich nicht traust?“

Bertram runzelte die Stirn. „Ich möchte, dass du ihr einen Grund gibst, ihr Herz wieder teilen zu wollen. Das ist etwas, wobei ich ihr nicht helfen kann.“ Bertram hielt einen Moment inne und begann dann von neuem: „Nun, lass mich dir genau sagen, was du tun sollst.“

CORAL

Nachdem sie geduscht und trockene Kleidung angezogen hatte, ging Coral in die Küche, um Milch für eine heiße

Schokolade aufzuwärmen. Sie blieb in der Tür stehen, überrascht von dem Mann, der am Herd stand.

„Möchtest du eine heiße Schokolade? Ich habe mir gerade eine Tasse gemacht." Jake lächelte sie an, als sie zögernd den Raum betrat. Sie hatte nicht erwartet, hier noch jemanden anzutreffen.

„Ja, danke." Sie drehte ihm den Rücken zu, während sie sich damit beschäftigte, Tassen aus dem Schrank zu holen. Sie brauchte eine Sekunde, um sich zu sammeln.

„Also, du arbeitest hier?" Er hatte sich wieder dem Herd zugewandt und rührte Schokolade in die kochende Milch. Sie nutzte die Gelegenheit, um ihren Blick über seine breiten Schultern, seinen muskulösen Rücken hinab zu seinem knackigen Hintern schweifen zu lassen. Er blickte über seine Schulter zu ihr, und seine Lippen verzogen sich nach oben, als er sie beim Starren erwischte.

Ihr Gesicht wurde vor Verlegenheit heiß, und sie zwang sich, Worte herauszubringen. „Äh, ja. Ich kümmere mich um die Fische." Sie schob die Tassen auf die Arbeitsplatte neben den Herd und zog sich zum hölzernen Esstisch in der Mitte des Raumes zurück.

Er füllte die Tassen und brachte sie dorthin, wo sie saß. „Die Fische?"

„Die Aquarien und Fischteiche. Ich warte sie für Mr. Wolfe." Sie schlang ihre Hände um ihre Tasse, um sie am Zittern zu hindern.

„Also, du arbeitest in keinen *anderen* Bereichen der Lodge?" Seine Stimme hatte einen Hauch von Enttäuschung.

„Nein", sie hielt inne, „also, ich werde zumindest nicht dafür bezahlt. Aber es gibt keine Regeln, die Mitarbeitern verbieten, mit den Gästen zu spielen. Bist du ein Gast?"

Er zuckte mit den Schultern. „Bei diesem Wetter komme ich nirgendwohin. Mr. Wolfe war so nett, meiner Schwester und mir vor dem Sturm Schutz zu bieten."

Sie nickte zustimmend und erinnerte sich daran, was Mr. Wolfe über Jake und seine Schwester gesagt hatte, die bei ihnen bleiben würden. „Was ist mit deinem Kopf passiert?"

Er legte eine Hand auf seinen Verband und runzelte die Stirn. „Ich bin gestürzt", sagte er, „dank meiner lieben Schwester."

„Ich habe auch ein paar solcher Schwestern", antwortete sie.

„Arbeiten die auch hier?"

„Sie wohnen nicht hier in der Gegend. Ich sehe sie nicht wirklich oft." Ein Stich des Bedauerns traf sie, und sie musste das Thema wechseln. „Dein Name ist Jake, richtig?"

Er streckte seine Hand über den Tisch, um ihre zu schütteln. „Ja, Jake. Und du bist die schöne Coral, wenn ich mich recht erinnere."

Sie spürte, wie ihre Wangen bei seinem Kompliment warm wurden. „Wenn wir unsere Schokolade ausgetrunken haben, hast du Lust auf die große Tour?" Normalerweise ließ sie sich nicht mit den Gästen ein, wenn sie nicht spielte, aber dieser schien anders zu sein.

KAPITEL FÜNF

JILLIAN

Jillian erwachte mit einem Brummen und einem Seufzer. Ihr Rücken war nicht mehr von ihrem großen Schlafpartner bedeckt. Ihr war kalt, sie fühlte sich einsam, und sie rollte sich auf den Rücken.

Aua. Ihr Hintern schmerzte von letzter Nacht. Sie schlug die Decke zurück und suchte den großen Spiegel im Bad. Wie sah ihr Hintern aus? Feuerrot, mit Striemen, Schnitten und Linien? So fühlte es sich jedenfalls an.

Sie drehte sich um und musterte sich im Spiegel. Es war noch ein Hauch von Rosa zu sehen und ein paar kleine rote Linien, aber erstaunlicherweise keine weiteren Spuren oder Blutergüsse. Sie hatte erwartet, einen üblen Flickenteppich aus Schwarz, Blau und Lila zu sehen.

Als sie eine wunde Stelle berührte, schauerte es sie, als sie die feuchte Spur zwischen ihren Beinen spürte. *Oh! Das Gefühl von letzter Nacht!* Es hatte ihr Zentrum gewärmt und ihren Bauch Purzelbäume schlagen lassen. Letzte Nacht war sie zu sehr damit beschäftigt gewesen, bei den Schmerzen nicht zusammenzuzucken, um diesem anderen Gefühl viel Beachtung zu schenken. Aber jetzt spürte sie es. Es ließ sich tief in ihrem Bauch nieder und machte sie fiebrig.

Ihre Erregung wurde stärker, als sie ihren Hintern sanft tätschelte. Sie kniff ihre Pobacken zwischen den Fingern. *Aua!* Die Hitze baute sich in ihrem Inneren weiter auf.

Taumelnd ging sie zum Bett und ließ sich auf den Bauch fallen. Sie dachte an Bertrams große Hände und an die Härte seiner Klapse auf ihren nackten Hintern. Sie rieb sich am Bettlaken, während ihre Hand leicht auf ihre Kehrseite klatschte. Vorsichtig, die wundesten Stellen auslassend, wärmte sie sich mit einer Minute schneller Hiebe und Kniffe auf.

Was, wenn Bertram sie jetzt gerade versohlen würde? „Mmm", stöhnte sie. Würde er sie ein freches kleines Mädchen nennen? Würde er ihr sagen, er würde ihren Hintern so hart versohlen, dass sie sehr lange nicht mehr bequem sitzen würde?

Ihr Puls beschleunigte sich, als sie nach hinten griff und ihren intimsten Punkt fand. Die Feuchtigkeit klebte an ihrem Finger – satt, nass, warm und köstlich.

Umständlich rollte sie sich auf den Rücken und stellte sich vor, wie sie wohl über Bertrams Knie ausgesehen hatte. Wie sie sich über seinem Schoß gewunden hatte. Ihr Hintern hell und rot, während er sie gründlich versohlte. Sie wollte weinen und ihn anflehen, aufzuhören. Aber nein, er würde nicht aufhören, bevor er mit ihr fertig war.

Sie bearbeitete ihren empfindlichen Kitzler heftig und verteilte ihre Feuchtigkeit. *Oh Himmel, was für eine wunderbare Folter.*

Während sie weiter strich und tastete, stellte sie sich ihre Tracht Prügel vor. Er würde die Nässe zwischen ihren Beinen sehen und tadelnd mit der Zunge schnalzen. *Unartiges Mädchen, wirst auch noch von deiner Tracht Prügel scharf.*

Er würde sie dieses Mal sanfter versohlen. Sie würde die Beine für ihn öffnen und ihn einladen.

Er würde seine Finger zwischen ihre Beine schieben und sie an ihrer Feuchtigkeit entlanggleiten lassen. Seine Augen würden sich verdunkeln.

Sie drückte ihren Finger in die warme, enge Nässe, und ihr Körper bebte vor Erregung. „Oh, Bertram, bitte mehr", flüsterte sie ins Kissen.

Ein heftiges Zittern überkam sie, als sich ihr Innerstes zusammenzog und sich um ihren Finger krampfte. Sie stöhnte, als sie ihren triefnassen Finger herauszog, und schüttelte sich vor Lust, wälzte sich auf dem Bett, bis sie sich schließlich beruhigt hatte.

Verlegen darüber, wohin sie ihre Gedanken geführt hatten, lag sie auf den zerknitterten Laken und rang nach Luft. Das hatte sie noch nie zuvor getan. Kopfschüttelnd ging sie ins Bad, um die Dusche anzustellen. Sie hatte nicht einmal an solche Dinge gedacht, vor Bertram, vor ihrer ersten Tracht Prügel. Sie stieg in die dampfende Dusche und spürte, wie das heiße Wasser über ihren Körper strömte und ihre schmerzenden Muskeln beruhigte.

Das Versohlen hatte sie erregt. War das komisch? War sie irgendwie ein Freak, weil sie so fühlte? Integrierten andere das Versohlen in sexuelle Lust? Bei ihrem kurzen Rundgang durch die Lodge hatte sie keine Zeichen von sexuellen Aktivitäten gesehen.

Oh Gott, was, wenn etwas nicht mit ihr stimmte? Sie begehrte den Mann, der sie versohlt hatte!

Bertram hatte ihren nackten Körper letzte Nacht gesehen, und er musste die Beweise ihrer Erregung gesehen haben. Fand er sie in der Hinsicht nicht attraktiv? War er einfach nur ein Gentleman gewesen? Oder spielte er einen Gentleman im Wolfspelz?

Das ist dumm, tadelte sie sich selbst. Er war die ganze Zeit, seit sie ihn kannte, nichts als freundlich und rücksichtsvoll gewesen.

Das musste bedeuten, dass er sie nicht begehrte. *Oh, wie peinlich.* Er hatte sie nackt gesehen und fühlte sich nicht im Geringsten zu ihr hingezogen. Das hatte er bei ihrem ersten Treffen gesagt. Sie war nicht kurvig genug. Sie wusste, dass ihre Brüste nicht so groß waren wie die mancher anderer Frauen und dass ihre Hüften nicht so kurvig waren. Sie war zierlich und hatte einen schlanken, sportlichen Körper.

Selbst heftiges Schrubben ihres Körpers mehrmals hintereinander linderte ihre Wut nicht. Wie konnte er es wagen, sich nicht für sie zu interessieren! Wie konnte er es wagen, sie dafür zu verurteilen, dass sie auf ihre Tracht Prügel stand und erst recht dafür, dass sie dadurch erregt wurde!

Je mehr sie darüber nachdachte, desto wütender wurde sie über ihre eigene Dummheit. Na gut, sie würde cool bleiben. So tun, als hätte letzte Nacht ihr nichts bedeutet. Sie würde sich für den Rest ihres Aufenthalts von Mr. Wolfe fernhalten. Und sobald dieser Schneesturm vorbei war, würden sie und Jake aufbrechen und ihre Reise fortsetzen, um Partner zu finden. Die Heiratsvermittlerin würde ihnen helfen, passende Gefährten zu finden, solche, bei denen das Versohlen nicht zum Alltag gehörte.

Sie zog sich schnell an. Jemand war so nett gewesen, ihr mehrere Outfits an die Schlafzimmertür zu hängen. Sie band ihr langes, dunkles Haar zu einem Pferdeschwanz und stürmte aus dem Zimmer. Erst würde sie nach Jake schauen. Dann Frühstück. Und dann würde sie den Rest des Tages diesen großen, bösen Mr. Wolfe meiden.

BERTRAM

Bertram riss die Tür der Lodge auf und stampfte den Schnee von seinen Stiefeln. Er hatte gedacht, ein Lauf durch den Schnee würde ihn abkühlen, aber er bekam dieses Bild nicht aus dem Kopf. Auf Zehenspitzen war er ins Zimmer geschlichen, um sie nicht zu wecken, und hatte sie dabei ertappt, wie sie sich selbst versohlte und verwöhnte. Es hatte ihn jede Unze Willenskraft gekostet, nicht in ihr Zimmer zu stürmen und über sie herzufallen. Ihm war das Wasser im Mund zusammengelaufen bei dem Gedanken, den köstlichen Nektar zu schmecken, den sie mit ihren eigenen Fingern verstrichen hatte. Er hatte aus dem Schatten zugesehen, bis er es nicht mehr ausgehalten hatte. Dann hatte er die Outfits, die er besorgt hatte, leise an die Tür gehängt und sich davongeschlichen, bevor sie merkte, dass er da gewesen war.

Nachdem er ein paar der Angestellten angeknurrt hatte, war er nach draußen gestapft und hatte seine Magie genutzt, um sich in seine andere Hälfte zu verwandeln, war eine Stunde lang umhergetrottet, bevor er begriff, dass es nichts brachte. Eiseskälte und strammer Auslauf in Wolfsform rissen es nicht raus. Es war Zeit, den menschlichen Ansatz zu versuchen – indem er selbst Hand anlegte.

Danach fühlte er sich endlich in der Lage, mit den Angestellten zu reden, ohne gleich jemandem den Kopf abzureißen, und betrat, ausgehungert und müde, den Speisesaal. Als er durch den vollen Raum blickte, wirkte alles normal, und Dominante gaben den submissiven Dienern abwechselnd Klapse. Aber etwas fühlte sich trotzdem falsch an. Wo war Redd? Er hatte sie gestern Abend nicht beim Abendessen gesehen. Es war nicht möglich, dass sie auf die Jagd gegangen war, nicht nach den genauen Anweisungen, die er ihr gegeben hatte. *Oder doch?*

„Perdonami, Signore Wolfe", sprach Pino, sein Portier, ihn

mit einer schüchternen Verbeugung an. Er trug ein Bündel Kleidung, und wenn Bertram richtig lag, wollte der junge Mann nicht, dass er sah, was er bei sich hatte.

„Guten Morgen, Pino, was hast du da?"

„Ähm, ich, äh …", stotterte der junge Mann und schaute sich verlegen um.

„Zeig es mir." Er beugte sich vor und konnte ein leises Knurren nicht unterdrücken.

Pino öffnete das Päckchen und zeigte ihm die roten Leggings und die Jacke aus Lycra, und Bertram wusste sofort, wem sie gehörten.

„Pino, hast du gesehen, wie sie hereinkam?"

Pino schluckte und stieß ein leises Quietschen aus. „Sie wissen, ich kann nicht lügen, Sir."

„Dann sag es mir." Er wich ein Stück zurück, um ihm etwas Raum zu geben. Er merkte, dass er den armen Kerl einschüchterte.

Pino nahm einen riesigen Schluck. „Also, ich habe sie gestern Abend weggehen sehen, als ich meine Runde fertig hatte. Ich habe um 22:00 Uhr frische Handtücher in ein paar der Zimmer gelegt."

Er nickte dem nervösen Mann zu, damit er fortfuhr.

„Nun, das sollten Sie sich ansehen, Sir." Der junge Mann drehte sich um und flitzte in Richtung der Suiten davon.

Für Bertram war es kein Problem, mit dem schlaksigen, marionettenhaften jungen Mann mitzuhalten. Seine Beine waren fast doppelt so lang wie die des Kleineren. Als sie um die Ecke bogen, sah er, wovon Pino gesprochen hatte.

Nasse Fußabdrücke, die vom Hintereingang kamen. Größe 7, wenn er richtig schätzte. Weiblich.

Er ballte die Fäuste und zwang sich, die Beherrschung nicht zu verlieren.

„Also, als ich heute Morgen die nassen Fußabdrücke gesehen habe, habe ich bei ihr geklopft, um sicherzugehen, dass es ihr gut geht." Pino blickte zu Boden und nestelte an seinen Händen.

„Weiter."

„Sie hat im Handtuch die Tür aufgemacht und gesagt, sie sei gerade erst reingekommen, und äh … sie hat gesagt, ich soll es Ihnen nicht sagen."

Bertram nickte und ballte die Fäuste, grub seine Krallen in die Handflächen, während ein tiefes Grollen aus seiner Kehle drang.

Pinos Gesicht verfärbte sich scharlachrot, während seine Augen sich vor Angst weiteten. *„Mi dispiace, signore.* Ich glaube, ich hab diesmal das ganze Blut rausbekommen. Es tut mir leid, Sir", quiekte er, und seine kurzen Beine zitterten.

„Ich verstehe, Pino. Danke für deine Ehrlichkeit. Du kannst zu deinen Aufgaben zurückkehren."

„Grazie, signore." Er rannte so schnell davon, wie ihn seine Beine trugen.

Bertram zählte bis zehn und atmete ein, dann ließ er den Atem wieder los. Dann klopfte er an die Tür, drei schnelle Schläge.

„Wurde auch Zeit, Pino. Was hat so …" Die junge Frau mit den erdbeerblonden Haaren verstummte, als sie sah, dass er es war, und zog den Bademantel fester um sich. „Oh. Hi, Daddy."

„Little Redd." Er schritt in den Raum und schloss die Tür. Er nahm das chaotische Aussehen des Zimmers in sich auf und beobachtete, wie sie nervös das Bett machte. „Na, wie läuft dein Tag? Irgendwas Interessantes?" Er setzte sich auf die Bettkante und sah zu, wie sie herumflatterte und schmutzige Kleidung und Handtücher aufhob.

„Ähm, nichts Spannendes, Daddy. Immer derselbe Kram. Du weißt schon. Eingesperrt mitten im Blizzard. Langweilig!" Ihre Augen trafen seine nicht.

„Also hast du meinen Befehl nicht missachtet und bist in der Lodge geblieben, richtig? Keine Jagd?"

„Nein, Sir. Du hast ganz ausdrücklich gesagt: Bleib während des Blizzards in der Lodge. Nicht jagen."

„Und was ist dann das hier?" Er reichte ihr das Outfit, liebevoll gereinigt und gebügelt von ihrem kleinen Verehrer Pino.

Ihre Augen wurden groß, und sie drehte eine rote Haarsträhne, als suche sie fieberhaft nach einem Ausweg aus ihrer Lüge.

„Na, Kleines?"

Ihr gesträhntes Haar hellte sich zu einem fast kirschroten Ton auf, passend zu ihren vor Verlegenheit geröteten Wangen, und sie ging zum Angriff über. „Meine Güte, was hast du für große Ohren, Daddy!"

„Damit ich besser hören kann, wie du mir widersprochen und im Blizzard auf Monsterjagd gegangen bist, meine Liebe."

„Du hast ja keine verdammte Ahnung, wie es ist, zwei ganze Tage wegen eines bescheuerten Blizzards in diesem Laden eingesperrt zu sein! Da draußen lauert das Böse und fällt über Unschuldige her, noch mehr, seit ich hier festhänge!" Sie stemmte die Hände in die Hüften und funkelte ihn trotzig an. „Ich habe letzte Nacht eine vierköpfige Familie vor Ghulen gerettet. Sie haben mich gebraucht."

Er stand auf und spürte, wie die Wut in ihm pochte. „Pass auf deine Sprache auf, junge Dame, und sprich respektvoll."

„Beiß mich doch!" Ihre Augen verdunkelten sich, und ihr Haar loderte, als stünde es in Flammen.

„Falsche Antwort." Er riss sie zu sich heran, legte sie fest über das Fußende des Bettes und schob ihren Bademantel so zurecht, dass er ihren ganzen Körper bedeckte – bis auf die eine Stelle, zu der er Zugang brauchte.

„Nein, das kannst du nicht machen!" Sie ruderte mit den Armen und warf den Körper hoch.

Mit aller Kraft ließ er seine Handfläche auf ihren nackten Po niederkrachen, hinterließ einen riesigen Handabdruck, der beide Backen bedeckte.

Sie kreischte: „Neeeeeein, Daddy!"

Er versetzte ihr wieder und wieder Hiebe und legte fast seine ganze Stärke in die Schläge, sodass ihr weißer Hintern in kurzer Zeit rot wurde.

„Bitte, Daddy, es tut mir leid!", wimmerte sie. „Ich— musste—raus!", japste sie im Stakkato zwischen den harten Klatschen. Sie sackte über dem Bett zusammen und fing an zu weinen, ihr Körper bebte.

Er wusste, er hatte sie hart rangenommen. Fast bis an ihre Grenze. Er hob seine schluchzende Submissive hoch und hielt sie auf seinem Schoß, während sie sich einrollte und an seiner Schulter ausweinte. Er hielt sie fest. „Sch, sch, ist gut. Ich verzeihe dir."

Sie schniefte und hob den Kopf, ihre tränengefüllten Augen ließen ihm fast das Herz brechen. Als er zugestimmt hatte, das kleine Teufelsweib als seine platonische *Little* aufzunehmen, war sie 18 gewesen und eine Gefahr für sich selbst. Drei Jahre später war sie immer noch eine Gefahr, und er sorgte sich mit jedem Tag mehr um sie. Er liebte seine „Little" so sehr, wie ein Daddy eine Sub nur lieben konnte. Und er hatte sie aus mehr als einem Grund nicht in diesem Schneesturm draußen haben wollen. Er konnte sie nicht beschützen, wenn er sie nicht aufspüren konnte. Und er verlor den Großteil seines Geruchssinns während eines Schneesturms. Er würde sterben, wenn seiner kleinen Prinzessin etwas zustieße.

„Daddy", kam ihre zaghafte Stimme gedämpft von seiner Schulter, an die er ihr Gesicht gepresst hatte, um sie zu trösten.

„Ja?“ Er ließ sie los und sah in ihre sorgenvollen Augen, so viel älter, als sie mit 21 Jahren hätten aussehen sollen.

„Daddy, es tut mir leid, dass ich dir nicht gehorcht habe. Ich wollte, dass du stolz auf mich bist. Und ehrlich gesagt fühle ich mich in der Lodge ein bisschen eingesperrt.“

„Ich verstehe.“ Er wuschelte ihr durchs Haar. „Mir geht's genauso. Wir müssen einen Kompromiss finden. Vielleicht fühle ich mich besser, wenn wir jemanden finden, der bereit ist, mit dir zu gehen. Und wenn du mir sagst, wohin du gehst – ehrlich. Und es würde helfen, wenn du auch anfängst, dein Handy mitzunehmen.“ Er warf ihr einen strengen Blick zu.

„Okay, aber da ist noch mehr“, sagte sie zögernd.

„Sag's mir.“ Er nickte ihr zu, weiterzumachen.

„Ich hätte nicht so mit dir reden sollen. Ich war unhöflich, respektlos, und du hast nichts davon verdient. Ich habe ausgeteilt, weil ich wütend und beschämt war.“

Er zog sie auf die Füße. „Danke, süßes Mädchen.“ Er küsste sie auf den Kopf. „Du weißt, ich muss deine Strafe zu Ende bringen.“

Sie nickte und nahm das Lexan-Paddel von der Wand. Ihren Benehmenskorrektor, wie er es genannt hatte, als er es zur Erinnerung aufgehängt hatte. Sie reichte ihm das Paddel und beugte sich wieder über das Bett. „Es tut mir leid, Daddy.“

Er sah zu, wie sie sich zurechtlegte und die Augen schloss, am ganzen Körper zitternd, während sie ihre kleinen Hände in die Bettdecke in krallte. „Wie viele, Redd?“, fragte er, während er das Paddel in seinen Händen wärmte.

„Zehn, Sir?“

„Das klingt nach einer guten Zahl. Zähl mit und wiederhole: ‚Ich werde meinem Daddy nichts verheimlichen.‘“ Er ließ das Paddel auf ihren bereits roten Po niedersausen und sah zu, wie sie das Gesicht verzog und mit einem Grunzen ausatmete.

„Eins. Ich werde meinem Daddy nichts verheimlichen."

Er setzte den nächsten harten Schlag auf die Stelle unterhalb ihres Pos, und sie wimmerte und weinte: „Zwei, Daddy! Ich werde meinem Daddy nichts verheimlichen."

Drei und vier erledigte er rasch auf der Mitte ihres Pos. Sie schluchzte hemmungslos, stampfte mit ihren kleinen Beinen und hämmerte auf den Boden, während sie die Zahl zusammen mit dem Satz ausrief.

Fünf, sechs, sieben und acht setzte er an die Seiten jeder zitternden Pobacke, wo sie am wenigsten verfärbt schienen, und er runzelte die Stirn, während er zusah, wie seine Kleine sich vor Schmerz wand.

„Biiiiiitte, Daddy! Es tut mir sooooooo leid!", schriek sie.

Er fuhr ihr sanft mit den Fingern durchs Haar und rieb ihr den Rücken, ließ sie zu Atem kommen. Er beugte sich über sie, fand ihr Lieblingsstofftier, eine schwarz-weiß gestreifte Katze namens Mr. McBeakington, und legte es in ihre zitternden Hände.

Sie schluchzte und drückte ihren kleinen Freund an ihr Gesicht.

„Redd, wir beenden es mit zwei weiteren. Die letzten zwei werden die härtesten sein, und du wirst sagen: ‚Ich werde nicht respektlos sein.' Verstehst du?"

„J-ja, Daddy", stotterte sie und presste das Stoffkätzchen fest an ihre Wange.

„Los geht's. Die letzten zwei." Er ließ das Lexan mit drei Vierteln seiner Kraft herabsausen und sah zu, wie die Stelle vor seinen Augen erst weiß und dann lila wurde.

„Neuuuuuuun, Daddy!", würgte sie. „Ich werde nicht respektlos sein!"

„Der letzte, Baby." Er suchte nach dem am wenigsten malträtierten Teil ihres Pos. Er war dunkelrot, mit einigen blauvioletten Flecken, die er hasste. Ihre Sitzstelle würde am schlimmsten wehtun, aber er würde keine der Blutergüsse berühren, die sich auf ihrem Po bildeten. Er mochte zum Teil Wolf sein, aber er war kein Tier.

Er ließ das Lexan mit weniger Kraft direkt auf die Stelle zwischen Po und Oberschenkel niedersausen und sah, wie sie das Gesicht zusammenkniff. Sie stampfte mit den Füßen, krallte ihr Stoffkätzchen fest und stieß einen müden, herzzerreißenden Schrei aus. „Zehn! Ich werde dich nicht respektlos behandeln, Daddy! Versprochen!"

Er warf das Paddel weg, hob sein kleines Mädchen in die Arme und hielt sie, während sie schluchzte.

„Es tut mir leid, Daddy. Es tut mir leid", wimmerte sie.

Er küsste ihren Kopf und wickelte die Decken um sie. „Sch, sch, es ist vorbei, meine süße Little Redd. Es ist vorbei. Daddy verzeiht dir. Zeit, dir selbst zu verzeihen."

Sie schniefte und rollte sich in seinem Schoß zu einer engen Kugel zusammen, hielt ihr Stoffkätzchen an die Nase und strich mit seinem weichen schwarz-weißen Fell an Bertrams Wange entlang.

„Wann legst du dir mal ein cooles Tier zu, einen Hund zum Beispiel?" Er schnappte sich ihr Kätzchen und kitzelte ihre Wange. „Katzen sind ekelhafte, selbstgefällige, flauschige Viecher. Nicht cool wie große, starke Hunde – treu, verlässlich—"

„Stinken, wenn sie nass sind", fiel sie ihm ins Wort und kicherte über sein leises Knurren. „Oh, Daddy, du weißt doch, in meinem Herzen ist nur Platz für einen stinkigen Hund." Sie umarmte ihn und tat so, als würde sie schnurren, während sie die Stoffkatze an seiner Kieferlinie entlang rieb.

Als er eine Stunde später ging, schlief sie fest mit Mr. McBeakington in den Händen, auf dem Bauch liegend, mit einem süßen, engelsgleichen Ausdruck im Gesicht. Er küsste sie auf die Stirn und empfand Reue, dass eine so junge Frau nur im Schlaf friedlich aussah, ohne den gehetzten Blick in ihren Augen. Und fast immer nach einer harten Tracht

Prügel. Er hasste es, sie so zu versohlen. Aber er hatte vor drei Jahren geschworen, dass er sie beschützen würde, auch vor sich selbst.

Er schloss ihre Tür, hängte das Schild *Bitte nicht stören* an die Klinke und ging den Flur hinunter, in der Hoffnung, dass sein Job heute endlich mal etwas Positives mit sich bringen würde.

KAPITEL SECHS

$\mathcal{J}$AKE

Jake lehnte an der Theke, während Coral ihre Tassen ausspülte. Zwischen ihnen hatte sich ein lockeres Gespräch entwickelt, und er bewunderte die zierliche, rothaarige Schönheit, wie sie am Spülbecken die Ärmel hochkrempelte. Sie erstarrte, als er mit einem Finger das Muster der Tattoos nachfuhr, das ihren Arm hinauflief.

„Das sind ein paar ziemlich interessante Kunstwerke, die du da hast." Er ließ seinen Finger über den Wellen auf ihrem Unterarm ruhen. Sie waren alle mit schwarzer Tinte gestochen und hatten ein eindeutig maritimes Thema.

Sie zuckte bei seiner Berührung zurück, ihre Wangen röteten sich und sie schob ihre Ärmel wieder nach unten. „Die sind schon sehr alt." Sie drehte das Wasser ab und ließ die ungespülten Tassen im Becken zurück. Doch als sie sich ihm zuwandte, war die Spur von Angst, die er zuvor flüchtig gesehen zu haben glaubte, verschwunden. Sie schenkte ihm ein strahlendes Lächeln. „Bereit für die Tour?"

„Leg los", sagte er. Er grinste zurück, obwohl er den

Drang verspürte, sie in seine Arme zu schließen und ihr zu befehlen, ihm all ihre Probleme zu erzählen.

Sie war eine geheimnisvolle kleine Nymphe. Sie schien sich sehr anzustrengen, ihre Deckung aufrechtzuerhalten, aber er hatte das Gefühl, er könne durch all ihre Schutzmauern hindurchsehen. Er wollte ihr näherkommen, ihre weichen Lippen schmecken und die Gelegenheit haben, mit seiner Zunge über die ganze Länge ihres Körpers zu fahren. Was dachte er sich nur? Er hatte dieses Mädchen gerade erst kennengelernt. Er verlangsamte absichtlich seine Schritte, sodass er etwas hinter ihr ging, als sie ihn einen langen Flur entlangführte.

Er spürte, wie sein Puls sich beschleunigte, als seine Augen über ihren Körper wanderten. Er hatte noch nie zuvor so auf eine Frau reagiert. Lag es an Coral oder an der Kopfverletzung? Er legte eine Hand an seine noch immer empfindliche Wunde. Vielleicht hatte der Stoß gegen den Kopf etwas durcheinandergebracht.

Dann verweilten seine Gedanken bei seinem Gespräch mit Bertram. Er schien überzeugt, dass er und Coral perfekt zusammenpassen würden und dass er nur einen Weg finden musste, eine Verbindung zu ihr aufzubauen. Bertram hatte gesagt, es würde nicht leicht sein, ihr Vertrauen zu gewinnen, aber er wollte es zumindest versuchen.

Jake blieb abrupt stehen, um nicht mit Coral zusammenzustoßen, als sie anhielt. Sie legte ihre Hand auf den Türknauf vor sich und wandte sich mit einem Funkeln in den Augen an ihn. „Das ist mein Lieblingsort in der ganzen Lodge. Bist du bereit?"

Sie ließ die Tür sanft hinter ihnen zufallen, bevor sie Jake die Treppe hinunter in den untersten Teil der Lodge führte. Die Lodge selbst wirkte wie jedes andere Gasthaus in den Bergen. Es gab eine Reihe privater Gästezimmer für die Besucher, aber es gab feine Unterschiede zwischen dieser

Lodge und vielen anderen. Und einer davon fand sich am Fuße dieser Treppe.

Mr. Wolfe, der Gründer und Inhaber der Fantasy-Lodge, war ein solider Geschäftsmann, aber er hatte auch ein Faible für Kink. Deshalb befand sich im Keller neben dem Weinkeller ein waschechter BDSM-Dungeon. Als Coral ihn zum ersten Mal entdeckt hatte, war sie außer sich vor Freude gewesen. Es war der einzige Ort, an dem sie ihrer inneren devote Seite wirklich freien Lauf lassen konnte.

Dieser Mann, Jake, mit seinen starken Armen und seinen Augen, die ihre Seele zu durchdringen schienen, interessierte sie. Sie hoffte, sie würde ihn herumführen und ihn zum Mitspielen überreden können. Das Schlimmste, was er sagen konnte, war ‚Nein‘, und dann wüsste sie zumindest, dass sie ihre Zeit nicht verschwenden musste. Sie wusste nur zu gut, wie es war, ihre Zeit in jemanden zu investieren, der sie einfach verließ, sobald sich eine bessere Option bot. Ihre körperliche Reaktion auf Jake war beinahe animalisch. Sie wollte seine Hände auf sich spüren, aber es musste auf ihrem Terrain sein. Hier unten konnte sie nach ihren Regeln spielen, und Herzensangelegenheiten waren streng tabu.

Sie warf einen Blick über ihre Schulter, um ihm ein Lächeln zu schenken, und begann dann, die Steinstufen hinabzusteigen, während er dicht hinter ihr folgte. Der Bereich war gut beleuchtet, ohne grell zu wirken. Als sie den Dungeon zum ersten Mal besucht hatte, hatte sie gedacht, er würde dunkel und düster sein, aber die Fackeln, die an den Wänden brannten, spendeten viel Licht. Sie ließ ihren Blick über den Raum schweifen. Die Wände leuchteten im Schein der Fackeln. Das Andreaskreuz stand in der Ecke und wirkte in diesem Teil des Raumes bedrohlich. Coral schauderte bei dem Gedanken an das letzte Mal, als sie an dieses dunkle, polierte Holz gefesselt gewesen war; aber die Art, wie Jake es mit Misstrauen beäugte, verriet ihr, dass sie heute wohl einen Bogen darum machen würden.

Es gab ein paar Prügelbänke, jede aus dunklem Holz oder aus Stahl und Leder gefertigt. Ein Tisch in der Mitte des Raumes war mit gepolstertem Leder bezogen und hatte an den vier Ecken Lederfesseln. Sie atmete den Duft ein und ihre Brustwarzen wurden unter ihrem Shirt hart. Es gab auch ein paar intime Sitzecken, in denen sich die Gäste zwischen dem Spielen entspannen konnten.

Sie blickte zu Jake hinüber, der den Schrank in der Ecke musterte. Er trat einen Schritt näher an sie heran. „Das ist dein Lieblingsort?" Er zog ungläubig eine Augenbraue hoch, und sie machte sich auf seinen Spott gefasst.

Sie senkte den Blick und schlang schützend die Arme um ihre Mitte.

„Was ist da drin?"

Sie sah auf und bemerkte, dass er den Kopf in Richtung des Schranks neigte und sein Gesicht von Neugier gezeichnet war. Es gab also doch noch Hoffnung für ihn.

„Spielzeuge!" Sie konnte die Aufregung in ihrer Stimme nicht unterdrücken, und er kicherte über ihre Antwort.

In der Lodge selbst mangelte es nicht an Spielzeugen; tatsächlich hingen viele davon direkt im Haupteingang. Die meisten Besucher der Lodge schienen eine Vorliebe für Prügel zu haben. Aber Coral fand, dass die Spielzeuge im Dungeon anders waren; sie konnten solches Vergnügen und solchen Schmerz hervorrufen, sie gleichzeitig in Ekstase versetzen oder bestrafen. Ihr Magen zog sich bei dem bloßen Gedanken zusammen, dass Jake ein solches Instrument an ihr benutzen könnte.

Sie riss die Türen auf und trat zurück, um die Auswahl an Peitschen, Paddeln, Stöcken und Gerten zu bewundern.

„Hast du die alle schon ausprobiert?"

„Nein, nicht alle", antwortete sie ehrlich. Da drin gab es

ein paar schwere Holzpaddel, die sie mehr verängstigten als erregten.

Jake streckte die Hand aus und fuhr mit ihr über die Länge einer ledernen Reitgerte, und sie spürte, wie sich ihr Beckenboden vor Verlangen zusammenzog.

„Also, ich nehme an, dein Freund gibt dir den Hintern voll?“

Sie schüttelte den Kopf. „Ich habe keinen Freund.“

Er nahm die Gerte herunter und schlug sie sich ein paar Mal gegen den Oberschenkel. Er zog bei ihrer Antwort eine Augenbraue hoch. „Du hast gesagt, das sei dein Lieblingsteil der Lodge. Mit wem kommst du hier runter? Zufälligen Männern?“

Sie versuchte nicht zusammenzuzucken, als seine Worte sie trafen. Sie reckte das Kinn vor und war bereit, ihm die Meinung zu sagen, weil er über sie urteilte, aber als sie ihm in die Augen sah, sah sie kein Urteil. Stattdessen sah sie etwas, das eher dem Mitleid ähnelte. *Na, verdammt.* Das brachte sie aus dem Gleichgewicht, und sie platzte mit einer ehrlichen Antwort heraus: „Manchmal auch mit zufälligen Frauen.“

Er brach in schallendes Gelächter aus, und sie stand da und starrte ihn an.

„Sagst du immer das Erste, was dir in den Sinn kommt?“ Er lachte immer noch, als er näher an sie herantrat.

„Nein“, erwiderte sie und schlang abwehrend die Arme um sich. „Es ist nur, ich … ich …“

Er unterbrach ihre Worte, indem er eine Hand um ihre Taille legte und sie an sich zog.

„Schon gut. Ich wollte nur wissen, ob du einen Freund hast, das ist alles. Der Rest geht mich wirklich nichts an.“ Er drückte ihr einen Kuss auf den Scheitel, und sie lehnte ihren Körper an seinen.

„Ich experimentiere nur gern." *Noch mehr Wahrheit.* Er riss ihre Schutzmauern nieder. „Ich date nicht."

„Nie?" Er blickte auf sie herab.

„Nie." Sie schüttelte entschieden den Kopf. Sie spürte, wie ihre Wangen heiß wurden, als er die Stille andauern ließ und ihr Gesicht musterte.

„Na gut", antwortete er schließlich, „womit sollen wir zuerst experimentieren?"

Jake ließ sie auf einer schwarzen Ledercouch nieder, die in einer Ecke des Dungeons versteckt war, die Reitgerte immer noch in der Hand. Coral setzte sich auf die andere Seite der Couch, außer seiner Reichweite. Er rückte auf das mittlere Kissen und zog sie dann näher zu sich heran.

„Erzähl mir, warum das dein Lieblingsort ist."

Sie sah überrascht zu ihm auf, als wäre sie erschrocken, dass er ihr eine Frage stellte.

„Was ist es an diesem Raum, das dich immer wieder hierherkommen lässt?", drängte er sie zur Antwort.

Sie ließ die Stille zwischen ihnen hängen und sagte dann: „Weil mir hier unten niemand Fragen stellt."

Er unterdrückte ein Lachen über ihre trotzige Antwort. Sie hatte zwar seine Frage beantwortet, ihn aber gleichzeitig auch von sich gestoßen. „Vielleicht wollte dich sonst noch niemand kennenlernen, mit dem du hier unten warst." Er legte seine Hand unter ihr Kinn und drehte sie zu sich.

„Vielleicht", räumte sie mit einem Schulterzucken ein. „Ich glaube, so ist es mir lieber."

„Nun, ich würde gern ein Spiel spielen."

Ihre Augenbrauen hoben sich bei seiner Aussage und ihr Mund verzog sich zu einem schiefen Lächeln. „Was für ein Spiel?"

„Ich will mehr über dich erfahren. Je mehr du mir also gibst, was ich will, desto mehr werde ich dir geben, was du willst."

„Was macht dich so sicher, dass du weißt, was ich will?“ Ihre Stimme wurde heiser und sie lehnte ihren zierlichen Körper näher an ihn.

Er lehnte sich zurück, damit er ihr direkt in die Augen sehen konnte. „Ich verlasse mich nur auf eine Ahnung“, sagte er. „Also, willst du spielen oder nicht?“

Coral biss sich auf die Unterlippe, während sie seinen Vorschlag in Gedanken abzuwägen schien. Aber ihre Körpersprache verriet, dass sie ihre Entscheidung bereits getroffen hatte. Er konnte sehen, wie sich ihre harten Brustwarzen durch ihr dünnes Shirt abzeichneten.

„Okay, ich spiele mit“, sagte sie. „Aber nur, weil ich den Rest des Nachmittags frei habe“, fügte sie hastig hinzu.

Er lächelte sie an und legte die Gerte neben sich auf die Couch. „Braves Mädchen“, sagte er, während er mit den Händen über ihre Arme strich. „Ich werde dir ein paar Fragen stellen. Beantworte sie so ehrlich wie möglich. Deine Ehrlichkeit wird belohnt werden.“

„Und wenn ich nicht ehrlich bin?“

„Keine Belohnungen für unehrliche Mädchen.“ Er schenkte ihr ein neckisches Lächeln, als die Röte in ihre Wangen stieg. Er beugte sich vor und flüsterte: „Mädchen, die lügen, werden bestraft.“

Sie schluckte und sog tief Luft ein. Er verunsicherte sie und erregte sie zugleich.

Jake hielt ihre Arme fest. „Erste Frage. Wann warst du das letzte Mal hier unten?“

„Ähm, gestern?“

„Du klingst dir da nicht so sicher.“

„Es war gestern“, sagte sie selbstsicherer. „Ja, definitiv gestern. Nächste Frage.“

Er lachte über ihr neu gewonnenes Selbstvertrauen. „Es werden keine schweren Fragen sein. Entspann dich einfach und beantworte sie ehrlich.“

Sie nickte zur Antwort und er begann von neuem. „Mit wem bist du hier runtergekommen?"

„Das geht dich wirklich nichts an." Sie kniff die Augen zusammen, aber ihr verächtlicher Blick wich bald der Überraschung, als er an ihrem Arm zerrte und sie mit dem Gesicht nach unten über seinen Schoß zog.

Sie stieß einen Quietschlaut aus, als er ihren Hintern mit vier harten Schlägen eindeckte. Dann ließ er sie los und richtete sie wieder neben sich auf der Couch auf.

„Willst du es noch mal versuchen?" Er zog herausfordernd eine Augenbraue hoch.

„Ich verstehe nur nicht, warum dich das etwas angeh—"

Er begann, sie wieder nach unten zu ziehen, als ihre Augen sich vor Panik weiteten.

Sie versuchte, sich zurückzuziehen, und antwortete schnell: „Ein Gast, er war ein Gast in der Lodge."

„Siehst du, das war doch nicht so schwer." Er ließ ihren Arm los und strich mit einer Hand über ihr langes Haar, das ihr über die Schulter fiel. „Hattest du dieses Techtelmechtel in deiner Freizeit?"

„Welches Techtelmechtel?"

„War es Freizeit, oder hättest du etwas anderes tun sollen?"

Sie zögerte.

„Nur eine Antwort. Ich weiß, du weißt, dass Zögern dich nicht in eine vorteilhafte Lage bringen wird", erinnerte Jake sie.

„Hat Mr. Wolfe dich dazu angestiftet? Er sagte, er sei nicht wütend auf mich."

„Glaubst du, er sollte wütend sein?", bohrte Jake nach.

„Ja, er hat das Recht, wütend auf mich zu sein. Ich habe es vermasselt, schon wieder. Wenn es einer der anderen gewesen wäre, wäre die Hölle los gewesen."

„Erzähl mir, was passiert ist, Coral."

Sie schüttelte den Kopf und versuchte, sich auf die andere Seite der Couch zurückzuziehen. Er zog sie mit festem Griff wieder zu sich heran und hievte sie erneut über seinen Schoß. Er ließ seine Hand auf dem Gesäß ihrer Jeans ruhen, bis sie anfing, sich gegen ihn zu winden.

„Bitte", sie warf ihre Hand zurück und versuchte, seine Schläge abzuwehren. „Ich erzähle es dir."

Er hielt seine Hand still, aber ein Arm blieb fest über ihrem unteren Rücken geklemmt.

„Lässt du mich wieder aufstehen?"

„Nein, du kannst von genau da antworten. Ich habe das Gefühl, dass wir mit dieser Position noch nicht fertig sind."

Sie stieß einen Seufzer aus und begann zu reden. „Ich sollte eigentlich die Rezeption besetzen. Normalerweise arbeite ich nicht vorne, aber alle waren beschäftigt. Ein Mann kam herein und stellte sich als Robbie vor. Ich habe später gemerkt, dass er auf einigen Steckbriefen in der Lodge abgebildet war. Er bat um eine Führung und ich zeigte ihm die Lodge. Danach ist er gegangen – aber nicht, ohne die meisten Gästezimmer leerzuräumen und alle Wertgegenstände mitzunehmen, die er finden konnte."

„Warum hast du ihn nicht von seinen Steckbriefen wiedererkannt? Hängen die irgendwo, wo du sie gesehen hättest?" Jake rieb mit der Hand über ihren Po und spürte die Wärme seiner Züchtigung durch den Stoff ihrer Jeans dringen. Er würde sie bald ausziehen, um ihre Reaktionen besser einschätzen zu können.

„Die hängen überall an den Pinnwänden in der Lodge. Ich habe sie mir nur nie wirklich angesehen", flüsterte sie. Jake unterstrich ihre Antwort mit zwei harten Schlägen.

„Aua!", schrie sie auf. „Hat Mr. Wolfe dich dazu angestiftet? Er hat mir gesagt, dass er nicht böse ist. Er sagte, es war ein ehrlicher Fehler." Ihre Schultern bebten und sie begann zu weinen.

Jake zog sie hoch und setzte sie auf seinen Schoß. Sie weinte in sein Hemd, während er ihr den Rücken rieb.

„Er hat mir gesagt, dass er nicht böse ist. Aber ich konnte merken, dass er es war. Ich weiß nicht, warum ich immer wieder dumme Sachen mache." Sie atmete zittrig ein, redete aber sofort weiter: „Wenn Redd oder einer der anderen den Dieb hereingelassen hätte, wäre die Hölle los gewesen, aber mich lässt er einfach vom Haken."

„Du willst nicht vom Haken gelassen werden?"

„Es gibt mir das Gefühl, als würde er sich nicht mit mir befassen wollen, als gäbe es für mich sowieso keine Hoffnung."

Jetzt hatte er die Wahrheit. Mr. Wolfe hatte ihm gesagt, dass er sich nicht wohl dabei fühlte, die kleine Fee selbst zu disziplinieren. Sie war so geschunden und gebrochen zu ihm gekommen, dass er sie nur beschützen wollte. Aber er erkannte, dass es jemanden geben musste, der sie leitete. In seinem Zögern, sie zu korrigieren, verletzte Mr. Wolfe sie.

Er strich ihr das Haar aus dem Gesicht und wischte ihre Tränen mit seinem Daumen weg. Sie war sogar schön, wenn sie weinte; ihre Augen bekamen durch die Feuchtigkeit eine besondere Leuchtkraft.

„Schh, es ist jetzt alles gut." Jake fuhr mit der Hand ihren Rücken auf und ab, und sie schmiegte sich enger an ihn.

„Warum bist du so nett zu mir?" Sie lehnte sich zurück und sah ihm ins Gesicht.

„Du erwartest nicht, dass Leute nett zu dir sind?"

Sie zuckte als Antwort mit den Schultern.

„Es ist nicht so, dass Mr. Wolfe seine Zeit nicht mit dir verschwenden will." Sie riss den Kopf herum, um ihn anzuse-hen. Er hatte wieder ihre volle Aufmerksamkeit. „Er findet, du bist etwas Besonderes. Er findet, du verdienst jemanden, der erkennt, wie besonders du bist."

Sie saß auf seinem Schoß, sah ihn an, starrte aber durch ihn hindurch.

„Er macht sich Sorgen, weißt du", fuhr er fort.

„Sorgen? Dass ich noch mehr Leute hereinlasse, die uns ausrauben?" Ihre Stimme wurde wieder zittrig. „Ja, das ist so eine Art Risiko."

Er konnte nicht widerstehen; er beugte sich vor und küsste ihre Stirn. „Ich glaube, du verstehst nicht, was ich dir zu erklären versuche", sagte er. „Mr. Wolfe war weniger besorgt über die Tatsache, dass du einen berüchtigten Plünderer in die Lodge gelassen hast, als darüber, dass du so abgelenkt warst, dass du es nicht bemerkt hast."

Eine Röte kroch von ihrer Brust ihren Hals hinauf und ihre Wangen wurden wieder rosa.

„Er will nur nicht, dass du verletzt wirst. Du musst besser aufpassen."

Er lehnte sich zurück und beobachtete, wie sie das verarbeitete. Sie kaute auf ihrer Unterlippe, dann hob sie den Blick und sah ihn wieder an.

„Was machst du, das dich die ganze Zeit so ablenkt?"

Sie verbarg ihr Gesicht an seiner Brust und schüttelte den Kopf. „Ich weiß nicht", murmelte sie.

„Ich glaube, du weißt es doch", sagte er, als er seine Hand um ihr langes Haar wand und daran zupfte, sodass sie gezwungen war, ihn wieder anzusehen. Er versuchte, ihr einen strengen Blick zuzuwerfen, aber sie sah so süß und zerknirscht aus, dass er sie beinahe vom Haken gelassen hätte.

„Ich spiele gern Spiele auf meinem Handy", sagte sie schnell und schlug dann eine Hand vors Gesicht.

Er lachte beinahe über ihr Geständnis. Er ließ ihr Haar los und ließ sie sich wieder an ihn kuscheln, diese kleine Nymphe mit den Tattoos und einem vernarbten Herzen, die einen Räuber hereinließ, während sie ein Spiel spielte.

Sie drückte sich zurück, setzte sich auf, um ihm wieder ins Gesicht zu sehen, ein entschlossener Ausdruck auf ihrem Gesicht. „Wirst du mir jetzt also wieder den Hintern versohlen?" Sie verschränkte die Arme vor der Brust und funkelte ihn an.

Diese Frage überraschte ihn. „Wie kommst du darauf?"

„Nun, du wurdest offensichtlich geschickt, um mich dafür zu bestrafen, dass ich den Räuber hereingelassen habe. Wirst du mich nun dafür bestrafen, dass ich unaufmerksam war?" Sie warf ihm einen herausfordernden Blick zu, und er versuchte, nicht zu lachen.

„Oh, Süße", er schüttelte den Kopf, „das war nicht einmal annähernd eine Bestrafung." Ihre Augen weiteten sich, als er sprach. „Aber wenn du eine Bestrafung willst, komme ich dem gerne nach."

KAPITEL SIEBEN

FAYE

Faye warf ihre Sachen in eine Reisetasche, ihr Herz hämmerte und ihr Hintern brannte. Cade holte sie ab, um sie zu seiner Sklavin zu machen.

Seine Sklavin.

Bedeutete das *Sex*sklavin?

Wenn man bedachte, wie sehr er es offenbar genossen hatte, ihr den Hintern zu versohlen, vermutete sie, dass es so war.

Seine Stimme erklang von der Tür und ließ sie zusammenfahren. „Ich will, dass du einen kurzen Rock und das engste T-Shirt einpackst, das du hast."

Jep. Sexsklavin.

Sie stemmte die Hände in die Hüften und wirbelte zu ihm herum. „Das ist doch nicht dein Ernst."

Er grinste. Sie hatte ihn noch nie zuvor lächeln sehen und ertappte sich dabei, wie sie auf seine strahlend weißen Zähne starrte. Die Eckzähne waren lang und spitz und wirkten fast wie Reißzähne.

Ihre Pussy zog sich zusammen. Warum schien dieser Mann eine Art Macht über ihren Körper zu haben?

„Ich mache keine Witze, kleine Fee. Wenn ich eine Sklavin im Haus haben will, kann ich sie anziehen, wie es mir gefällt."

Sie stellte sich vor, wie er sie mit gespreizten Gliedern an ein Bett fesselte und sich über sie hermachte.

Als ob er ihre Gedanken lesen könnte, lachte er. „Keine Sorge. Ich nehme nie, was mir nicht angeboten wird." Sie hörte Angeberei in seinem Tonfall, als würde sich ihm niemals eine Frau verweigern. Sie war sich sicher, dass es stimmte. Wahrscheinlich warfen sich ihm jeden Abend Fangirls an den Hals.

Bei dem Gedanken stieg ein Stachel der Eifersucht in ihr auf und schnürte ihr die Kehle zu.

Sie schnaubte und drehte ihm den Rücken zu, packte aber die verlangten Sachen ein. Das kribbelnde Brennen ihres Hinterns hielt sie davon ab, ungehorsam zu sein.

Sie packte das Tagebuch ihrer Mutter und ihren Zauberstab ein. Sie zog eine warme Jacke an, warf sich die Reisetasche über die Schulter und ging zur Haustür. „Ich bin fertig."

„Braves Mädchen." Er trat mit platschenden Schwimmflossen von hinten an sie heran und nahm ihr die Tasche von der Schulter.

Sie umklammerte sie und weigerte sich, sie ihm zu geben. „Ich kann sie selbst tragen", schnappte sie.

Er legte den Kopf schief und musterte sie. Für einen kurzen Moment dachte sie, er würde ihr wieder den Hintern versohlen, doch dann zuckte er mit den Schultern. „Wie du meinst."

Er führte sie hinaus zu seinem Motorrad, das sie mit Besorgnis betrachtete. „Ist das Ding in New Kristiandom wirklich sicher? Sind die Straßen nicht die meiste Zeit des Jahres zu verschneit?"

„Bete lieber, dass ich mit diesen Schwimmflossen fahren kann", brummte er, schwang sein Bein darüber und versuchte, die riesigen Anhängsel auf den winzigen Fußrasten zu positionieren. „Wenn ich nicht schalten kann, musst du lernen, damit zu fahren."

Sie hielt den Mund und hoffte, dass er es selbst schaffen würde.

„Na, steig schon auf", schnappte er, als sie nur dastand und zusah.

Sie schluckte und kletterte hinter ihn, unsicher, was sie mit ihren Händen tun sollte. Sie wusste nur, dass sie sie nicht um seine Taille schlingen würde.

„Halt dich fest."

Das Motorrad machte einen Satz nach vorn. Sie schrie auf, ihre Arme flogen nach vorne, um sich an seiner Jacke festzukrallen, als ihr Kopf durch den Ruck nach hinten fiel. Der kalte Wind ließ ihre Augen tränen und ihre Atemwege brennen. Sie gab ihren Widerstand auf, schlang ihre Arme um Cades Leib und drückte ihr Gesicht gegen seinen Rücken, um sich vor dem Wind zu schützen.

Als sie bei ihm ankamen, klapperten ihre Zähne vor Kälte. Völlig durchgefroren konnte sie sich nicht vom Motorrad bewegen, selbst als Cade abstieg und es auf den Ständer lehnte.

„Fürs Motorradfahren ist eine Lederjacke das einzig Wahre", bemerkte Cade, als er ihre zusammengekauerte, zitternde Gestalt sah. Er beugte sich hinüber und hob sie vom Motorrad, als würde sie nichts wiegen, setzte sie ab und ging auf seine Tür zu. Sie schien sich immer noch nicht bewegen zu können und stand auf dem vereisten Gehweg, während sie seinem sich entfernenden Rücken nachsah. Er drehte sich um und runzelte die Stirn, und sie erwartete, dass er einen Befehl oder eine Drohung bellen würde, aber stattdessen ging er zu ihr zurück, warf sie sich über die Schulter und trug sie in sein kleines Haus, die Reisetasche baumelte an seinen Füßen – äh, Flossen – herab.

Er setzte sie auf den Füßen ab, zog seine Lederhandschuhe und ihre Fäustlinge aus und umschloss ihre eiskalten Hände mit seinen riesigen, warmen.

Sie ertappte sich dabei, wie sie zu ihm aufblickte und seine Augenfarbe bewunderte, die mehr bernsteinfarben als braun war, mit goldenen Iriden, die zu leuchten schienen. Ein Schauer, der nichts mit der Kälte zu tun hatte, durchfuhr ihren Körper. Sie lehnte sich vor, ihre Brustwarzen wurden hart, ihre Klitoris schwoll an, nur weil er seine großen Hände über ihre gelegt hatte.

„Oh, du frierst ja." Er bemerkte ihr Zittern. Er nahm eine Decke vom Sofa, warf sie ihr um die Schultern und wickelte sie fest ein. „Ich drehe die Heizung auf."

Sie nickte, unfähig zu sprechen. Sie sah sich in seinem kleinen Haus um. In einer Ecke standen seine Musikinstrumente – Koffer über Koffer in verschiedenen Größen und Formen. Sie wusste, dass seine lokale Band in den letzten Jahren an Popularität gewonnen hatte und ihre Tourneen sie über den ganzen Kontinent führten. Sie ging zu ihren Konzerten, wenn sie in der Stadt spielten, blieb aber nie, um Hallo zu sagen, da sie sich nicht durch die Schar von bewundernden Frauen kämpfen wollte, die an ihm hingen.

Obwohl sie seine Sklavin sein sollte, setzte er einen Teekessel auf und machte ihr eine Tasse dampfend heißen Kakao, den er ihr in die Hände drückte.

„Danke."

Er grinste. Ihr gefiel sein Lächeln. All die Miesepetrigkeit, die er bei ihr zu Hause an den Tag gelegt hatte, schien verflogen zu sein, außer wenn er Schwierigkeiten mit den Schwimmflossen hatte und ihr dann einen filmreifen Blick zuwarf. „Ich kann dich nicht gebrauchen, wenn du erfroren bist. Es tut mir leid, ich hätte bedenken sollen, wie kalt dir auf dem Motorrad werden würde. Ich bin für dich verantwortlich und habe die Witterung nicht berücksichtigt."

„Du bist für mich verantwortlich? Wie kommst du denn darauf?"

Seine Lippen verzogen sich zu einem sexy Grinsen. „Na ja, du bist meine Sklavin und ich bin dein Meister. Wenn ich also das Sagen über dich habe, sollte ich besser für deine Sicherheit sorgen, oder?"

Sie verlagerte unruhig das Gewicht von einem Fuß auf den anderen, da seine Worte sie erregten.

„Geh und zieh das T-Shirt und den Rock an. Ich habe die Heizung aufgedreht, also sollte dir nicht kalt werden."

Sie verzog das Gesicht, nahm aber ihre Tasche. „Wo soll ich mich umziehen?"

„Du kannst mein Schlafzimmer benutzen, denke ich. Du schläfst auf der Couch."

Sie stampfte ins Schlafzimmer, zog ihre Jeans und ihren Pullover aus und schlüpfte in das verlangte Outfit.

„Also, gehen wir die Regeln durch", sagte er, als sie zurückkam. „Du wirst mich jederzeit ‚Meister' nennen. Wenn du mich nicht richtig ansprichst, bekommst du den Hintern versohlt. Du wirst jederzeit respektvoll mit mir sprechen, oder du bekommst den Hintern versohlt. Und am wichtigsten, ich erwarte sofortigen Gehorsam bei jeder meiner Bitten."

Sie starrte ihn mit offenem Mund an, die Hände zu Fäusten geballt. Er musste verrückt sein. „Fahr zur Hölle!", zischte sie.

Der Ausdruck der Freude auf seinem Gesicht erschreckte sie fast so sehr wie die Geschwindigkeit, mit der er sie packte, sie sich auf dem Sofa über den Schoß legte und ihren Rock hochschlug.

„Das gefällt dir!", kreischte sie empört.

Er gluckste, als er ihr das Höschen herunterzog. „Ja, das

tut es." Er begann, ihr den Hintern zu versohlen. Er schlug bei Weitem nicht so fest zu wie bei ihr in der Wohnung, aber ihr Hintern brannte immer noch von dem Einsatz ihres Zauberstabs. Sie griff nach hinten und versuchte, sein Ziel zu verdecken. Er packte ihr Handgelenk und bog es ihr geschickt auf den Rücken. „Ich liebe es, Hintern zu versohlen, und zufällig hast du den süßesten Arsch, den ich je gesehen habe."

Sie sollte nicht erregt sein. Schmerz war schon immer etwas gewesen, das sie um jeden Preis vermieden hatte. Doch obwohl sie keine Tracht Prügel wollte, hatte sich ihr verräterischer Körper in geschmolzenes Metall verwandelt, ein Rinnsal der Erregung lief zwischen ihren Beinen hervor und ein heißer Impuls brachte ihre Oberschenkel dazu, sich zu öffnen.

Cade hielt inne und strich mit der Hand über ihre zuckenden Pobacken. „Ich kann deine Erregung riechen, Faye", murmelte er. „Was hat dich angemacht, die Tracht Prügel oder zu hören, dass ich deinen süßen Arsch liebe?"

Ihre Pussy zog sich zusammen und sie vergrub ihr Gesicht im Sofakissen. Das konnte nicht wahr sein.

Er gab ihr einen harten Klaps, der ihr ein Quietschen entlockte. „Ich habe dir eine Frage gestellt!"

CADE

Seine süße kleine Fee verbarg ihr Gesicht vor ihm. „Ich weiß es nicht!"

Er zog sie hoch, um sie zwischen seinen Knien zu positionieren. Er zog das Höschen, das um ihre Oberschenkel hing, bis zu ihren Knöcheln hinunter. „Steig raus, kleine Fee. Das wirst du nicht tragen, solange du unter Hausarrest stehst."

Ihr Gesicht, das bereits gerötet war, färbte sich noch dunkler. „Du kannst nicht … ich will nicht …" Ihre Augen füllten sich mit Tränen und er roch den metallischen Geruch von Angst. Er bereute sofort, sie verärgert zu haben, und zog sie auf seinen Schoß.

„Schh, schh. Alles ist gut." Er schlang seine Arme um sie und legte ihren Kopf auf seine Schulter. „Du bist hier sicher, kleine Fee. Du brauchst keine Angst zu haben. Ich habe es ernst gemeint, als ich sagte, ich würde nicht nehmen, was du nicht anbietest. Und ich werde dich nur bestrafen, wenn du meine Regeln brichst."

Sie schniefte an seinem Hals. Der salzige Geruch von Tränen mischte sich mit dem verblassenden Moschus ihrer Erregung.

„Bist du immer noch sauer auf mich?", schniefte sie.

Sein Herz zog sich zusammen. Es kümmerte sie?

„Nein … nicht wirklich. Es war wirklich ein Versehen?"

„Ich schwöre bei Pans Flöte."

Er strich in einem Kreis über ihren Rücken. „Dann ruf einfach etwas von Pans Magie an und gib mir meine Füße zurück, okay?"

„Das werde ich." Sie hob den Kopf. „Ich verspreche es, ich werde es herausfinden."

Er schubste sie zurück auf die Beine. Sie griff nach dem Höschen an ihren Knöcheln. „Äh-äh. Was habe ich gesagt? Kein Höschen. Ich will deinen wunderschönen Arsch nackt und verfügbar, damit ich dich sofort korrigieren kann."

Sie richtete sich auf und hielt ihren rosa Rüschenrock vorne nach unten, als hätte sie Angst, er würde einen Blick auf ihre Pussy erhaschen. Das machte ihn natürlich umso neugieriger, und er neckte sie, indem er den Saum anhob und seinen Kopf tief beugte, um hinaufzuspähen. „Was versteckst du denn da? Ich bin mir ziemlich sicher, dass deine Pussy genauso wunderschön ist wie dein Arsch."

„Sie ist nicht rasiert!“, platzte sie heraus und sah verlegen aus.

Er lachte. „Du stehst nicht aufs Trimmen, was?“

„Nein, ich … äh … wir … ähm … normalerweise sieht sie niemand außer mir.“

Seine Augenbrauen schossen in die Höhe. „Du hast keinen Sex?“

Sie schüttelte den Kopf.

„Nie?“

„Nein. Haben wir nicht.“

„*Wir*? Im Sinne von Feen? Du machst wohl Witze! Kleine Naturgeister, beherrscht von Pan, dem Gott der Ausschweifung?“

Sie verschränkte die Arme. „Nicht, bevor wir bereit sind, uns fortzupflanzen.“

Er kniff die Augen zusammen. „Quatsch.“

„Es ist die Wahrheit. Was weißt du denn schon?“

„Frech. Dafür werde ich dir den Hintern versohlen.“

Sie sprang außer seiner Reichweite zurück, und er lachte über ihre Flinkheit.

„Entschuldige dich, und vielleicht lasse ich es durchgehen.“

„Verzeih mir, Meister.“ Sie hob die Seiten ihres Rocks und machte einen Knicks.

Verdammt, sie war süß. Er lachte wieder. „Geh in die Küche und mach uns Abendessen, Sklavin.“

Sie blickte finster drein, doch er roch den frischen Duft von Erregung und kicherte, als sie davonstolzierte. Er hörte sie in der Küche herumhantieren und hoffte, dass ihre Kochkünste besser waren als ihre Zauberfertigkeiten. Oder vielleicht sollte er hoffen, dass sie nicht der Typ war, der absichtlich in sein Essen spuckte. Er schaltete den Fernseher ein und legte seine Flossen auf den Couchtisch, wobei er sich demonstrativ zurücklehnte, während sie arbeitete.

Eine Stunde später lief ihm bei dem köstlichen Duft das Wasser im Mund zusammen.

Faye kam ins Zimmer. „Wo bewahrst du die Tischsets auf?" Sie stemmte wieder eine Hüfte in die Seite und ihre wohlgeformten Beine stachen unter dem rosa Rock hervor. Jetzt, wo er sie ansah, schien es so offensichtlich, dass sie eine Fee war. Ihre riesigen Augen standen weit auseinander und hatten ein ungewöhnliches Immergrünblau – fast lavendelfarben. Sommersprossen sprenkelten ihre kleine Stupsnase. Ihr honigfarbenes Haar fiel in langen Ringellocken über ihren Rücken. Und obwohl er sich nie für den Typ gehalten hatte, der auf Jungfrauen stand, machte ihn das Wissen, dass sie noch nie mit einem Mann zusammen gewesen war, irgendwie begierig darauf, derjenige zu sein, dem sie sich hingab. Und er kaufte ihr nicht ab, dass Feen keinen Sex hatten. Das war das Lächerlichste, was er je gehört hatte.

„Meister?", sagte sie sarkastisch.

„Huh?"

„Wo bewahrst du die Tischsets auf?" Bei seinem leeren Blick fuhr sie fort: „Weißt du, um den Tisch für das Abendessen zu decken?"

„Oh, ich, äh, habe nichts derart Schickes."

„Tischdecke?"

„Ähm … du könntest ein Laken nehmen, schätze ich", sagte er. „Ich würde es dir holen, aber …" Er deutete mit einem geheuchelt hilflosen Schulterzucken auf die Flossen.

Sie verdrehte die Augen. „Wo soll ich nachsehen?"

„Wo soll ich nachsehen, Meister?", korrigierte er sie. „Und verdreh nicht noch einmal die Augen, sonst bekommst du meine Holzlöffel zu spüren. Im Schrank im Badezimmer."

Sie verdrehte die Augen halb und schien es sich anders zu überlegen, indem sie ihr Gesicht abrupt von ihm abwandte, als sie ins Badezimmer marschierte, um ein Laken zu holen. Ein paar Minuten später war seine Küche wie verwandelt:

Der Tisch war elegant wie in einem Restaurant gedeckt und das Essen, das sie auf seinen Teller legte, brachte ihn fast zum Kommen.

„Oh mein Gott", sagte er, als sie ein mit Speck umwickeltes Filet mit Blauschimmelkäsekrümeln vor ihn stellte und dann eine große Portion gemischtes Gemüse auf seinen Teller schaufelte. „Ich wusste gar nicht, dass ich Blauschimmelkäse habe."

„Hattest du auch nicht. Ich habe es geschafft, etwas Cheddar zu verwandeln. Ich bin nicht völlig talentfrei. Nur wenn es darauf ankommt, schätze ich."

Er schnitt in das Steak, das blutig gebraten war, so wie er es mochte, und die roten Säfte flossen auf seinen Teller. „Du bist nicht talentfrei." Er schob sich einen riesigen Bissen in den Mund. „Das ist köstlich", sagte er mit noch vollem Mund. „Du bist eine unglaubliche Köchin."

Ihre Lippen verzogen sich nach oben, als sie sich einen zierlichen Bissen von ihrem eigenen Steak abschnitt.

„Du isst Fleisch?"

„Dachtest du, Feen wären Veganer?"

„Ich weiß nicht, baumumarmende, naturverbundene Typen, ja."

„Nun, ich tue so, als wäre dies Fleisch aus nachhaltiger Weidehaltung. Nimm mir nicht die Illusion."

„Bei der Menge an Fleisch, die ich esse, könnte ich mir niemals Rindfleisch aus Weidehaltung leisten, besonders wenn meine Mieter ihre Miete nicht bezahlen."

Seine Begeisterung für das Essen befriedigte sie. Sie wollte wirklich nicht, dass er wütend auf sie war, besonders angesichts des Meister-Sklaven-Spiels, das er spielte.

„Was ist also deine Vorstellung von den Pflichten einer Sklavin? Kochen und Putzen?"

Cade verschlang sein Essen weiterhin mit Begeisterung. „Für den Anfang. Und ich möchte deinen Plan hören, wie du meine Füße reparieren willst."

Sie holte tief Luft. „Nun ..."

Seine Augen verengten sich. „Du hast keine Ahnung, oder?"

Sie sank in ihrem Stuhl zusammen. „Nicht wirklich."

„Nicht wirklich, was?"

Sie blickte verwirrt auf. Er wischte sich den Mund mit einer Serviette ab. „Nicht wirklich ...?" Er legte eine Hand an sein Ohr.

„Meister!", rief sie aus, als sie ihn endlich verstand. „Nicht wirklich, Meister."

„Das ist das letzte Mal, dass ich dich mit einer Verwarnung davonkommen lasse. Nur weil du gerade das beste Essen meines Lebens gemacht hast."

Seine Dominanz brachte sie dazu, sich zu winden, aber sein Lob wärmte ihren ganzen Körper.

Er blinzelte und blickte zu den Lichtern auf. „Ist es hier gerade heller geworden?"

„Oh", sagte sie und duckte sich in ihren Stuhl. „Nein. Ich habe nichts gesehen."

„Faye", sagte er in einem perplexen Ton, „komm her."

Sie hob die Augen und er nickte, als wollte er bestätigen, dass er wirklich wollte, dass sie aufstand und zu ihm kam.

Sie tupfte sich die Mundwinkel mit ihrer Serviette ab, schob ihren Stuhl zurück und ging mit schneller schlagendem Herzen zu seiner Seite des Tisches.

Er drehte sich seitlich auf seinem Stuhl und zog sie an der Taille zwischen seine Knie. „Hast du mich gerade angelogen?"

Ihre Beckenbodenmuskeln zogen sich zusammen und sie

trat von einem Fuß auf den anderen. Wie sollte sie es überleben, unter einem Dach mit Cade Lupus zu leben und ihre Jungfräulichkeit zu bewahren? Der Mann strotzte nur so vor Dominanz und sie fand das attraktiv. Nein, mehr als attraktiv – magnetisch. Sie knabberte an ihrer Unterlippe und überlegte, wie sie ihm antworten sollte.

„Sieh mich an." Sein Ton war eher überredend als schroff.

Sie blickte unter ihren Wimpern zu ihm auf.

„Hast du die Lichter heller werden lassen?"

Ihr Gesicht wurde warm. „Ja, das passiert manchmal."

„Warum passiert das?" Er blickte sie mit gespanntem Interesse an, was es ihr unmöglich machte, nicht länger zu erröten.

Sie zuckte mit den Schultern und ihr Blick glitt zur Seite.

„Sieh mich an. War es, weil ich dich gelobt habe?"

Überwältigt von dem verzweifelten Drang, ihr Gesicht mit den Händen zu bedecken, blickte sie Cade finster an und zuckte aus seinem Griff zurück. Er machte einen Satz nach vorn, als sie sich umdrehte, und packte sie um die Taille, bevor sie auch nur einen Schritt machen konnte.

„Sehr unartig", sagte er ihr ins Ohr und klang dabei erfreut. Sie trat und wand sich, als er sie zum Sofa trug, sie am Ende absetzte und ihren Oberkörper über die Armlehne drückte. Sie richtete sich auf, sobald seine Hände sie losließen, aber er drückte sie prompt wieder nach unten und ergriff beide ihrer Handgelenke hinter ihrem Rücken mit einer seiner Hände. Er schlug ihren Rock hoch und gab ihr mehrere harte Schläge.

„Au! Hör auf!", schrie sie.

Das Klimpern seines Gürtels ließ sie erstarren und beendete all ihr Ringen.

„Braves Mädchen", ermutigte er sie. „Wenn du dich deiner Bestrafung fügst, wird es viel einfacher für dich."

„Keine Bestrafungen mehr", stöhnte sie. Ihr Hintern tat von vorhin noch weh.

„Antworte mir vernünftig und du *könntest* meinem Gürtel entgehen."

Sie hielt vollkommen still, während kurze Atemzüge ihre Brust hoben und senkten. „Ja, Meister." Sie schaute nicht über die Schulter, wusste aber irgendwie, dass er grinste.

„Hatte ich recht? Werden die Lichter heller, wenn du dich gut fühlst?"

Sie ließ alle Anspannung in ihrem Körper los und ließ ihren Kopf kapitulierend auf das Sofakissen sinken. „Ja, Meister", gab sie zu.

„Darfst du deinen Meister anlügen, wenn er dir eine Frage stellt?"

„Nein, Meister."

„Darfst du dich abwenden, wenn du nicht entlassen wurdest?"

„Nein, Meister."

„Wie viele Schläge verdienst du deiner Meinung nach für das Lügen und das Weggehen, ohne entlassen worden zu sein?"

„Keine?", schlug sie vor.

„Falsche Antwort." Der Ledergürtel knallte auf ihre verletzlichen Pobacken, woraufhin sie nach Luft schnappte.

„Fünf mit dem Gürtel und dabei belassen wir es", sagte er. „Nur weil die Sache mit den Lichtern so süß ist." Er schlug ihr erneut mit dem Gürtel auf den Hintern. „Zähl sie."

„Eins!"

„Eins, *Meister*. Das versuchen wir noch einmal."

„Ach, komm schon!"

Er schlug sie erneut.

„Eins, Meister", grummelte sie.

„Nein, der war dafür, dass du respektlos gesprochen hast.

Wir fangen bei eins an, wenn du bereit bist, dich zu unterwerfen."

„Was, wenn ich niemals bereit bin, mich zu unterwerfen?", schnaubte sie und fühlte sich wie ein bockiger Teenager.

„Dann werde ich dir für den Rest deiner Zeit hier alle Kleider wegnehmen."

„Du bist ein echter Mistkerl", sagte sie.

Er zog sie auf die Beine, wirbelte sie herum, sodass sie ihm gegenüberstand, und packte den Saum ihres T-Shirts, als wollte er es ihr ausziehen.

„Nein!", kreischte sie und riss es wieder nach unten. „Ich unterwerfe mich, ich unterwerfe mich. Ich unterwerfe mich!"

Er trat zurück und verschränkte die Arme vor der Brust. „Zeig es mir." Sein Gesichtsausdruck war unversöhnlich.

Ihre Yoni wurde feucht. Sie wusste nicht, wie er es meinte, dass sie es ihm zeigen sollte, aber sie drehte sich um, beugte ihren Körper wieder über die Armlehne des Sofas, griff nach hinten, um ihren Rock anzuheben und ihren nackten Hintern anzubieten. „Okay!", trällerte sie.

Der Gürtel schwang, bevor sie es erwartet hatte, und sie quietschte auf und zuckte zusammen. Er hielt sie nicht mehr mit den Handgelenken hinter dem Rücken fest, sondern überließ es ihr selbst, die Position zu halten. „Eins, Meister! Danke, Sir, darf ich noch einen haben?"

Seine Hand drückte auf ihren Rücken und er verpasste ihr drei weitere in schneller Folge. „Werd nicht frech zu mir."

„Entschuldigung! Tut mir leid, Meister!"

„Wir fangen wieder bei eins an."

„In Ordnung", quiekte sie. Ihre Beine begannen zu zittern und ihre Fassung drohte zu bröckeln.

Er peitschte mit dem Gürtel über ihren Hintern.

„Eins, Meister."

Wieder leckte das Leder über ihre nackte Haut.

„Zwei, Meister."

Noch dreimal ließ er den Gürtel mit Präzision niedersausen und zog gnadenlos Striemen über ihren Hintern, während sie bis fünf zählte.

„Steh auf und dreh dich um, Faye“, sagte er.

Sie gehorchte, hielt ihr Kinn gesenkt und den Blick nach unten gerichtet. Er nahm ihr Kinn in die Hand und hob es an, bis sie ihn ansah. „Deine Tracht Prügel ist vorbei.“ Er küsste ihre Stirn.

Tränen schossen ihr in die Augen, und verlegen versuchte sie, den Kopf einzuziehen, aber er öffnete seine Arme, schlang sie um sie und gab ihr die Stabilität, die sie brauchte, um ihr Zittern zu beruhigen.

„Das tat weh“, beschwerte sie sich, als sich das Zittern legte.

Er neigte ihr Gesicht wieder zurück. „Ja, das soll es auch. Hast du deine Lektion gelernt?“

Sie wollte eine freche Antwort geben und „nein“ sagen, aber sie hatte Angst vor weiteren Schlägen, was bedeutete, dass sie die Lektion tatsächlich gelernt hatte. „Ja, Meister“, gab sie zu.

„Komm, setz dich wieder an den Tisch. Ich wärme dein Essen auf.“

Wie die Tatsache, dass er sie nach der Motorradfahrt gewärmt hatte, fand sie seine Aufmerksamkeit im Widerspruch zu seiner harten „Meister“-Nummer widersprüchlich und süß.

„Ich bin schon fertig, aber danke“, sagte sie.

„Es tut mir leid, dass das dein Abendessen ruinieren musste“, sagte er. „Aber ich glaube an sofortige Konsequenzen.“

Verlegen unterdrückte sie den Drang, ihm für seine sofortigen Konsequenzen gegen das Schienbein zu treten. Oder zumindest dafür, dass er darüber sprach.

KAPITEL ACHT

JILLIAN

„Danke für deine Hilfe, Jillian." Cindy nahm einen weiteren schmutzigen Teller vom Tisch.

Jillian sah sich im kürzlich geräumten Speisesaal mit all den schmutzigen Tischen um. „Natürlich. Ich hatte ja nicht viel anderes zu tun, als zu essen, zu schlafen und herumzulaufen und zu versuchen, nicht im Weg zu sein. Redd wirft mir ständig böse Blicke zu."

„Sie ist nur eifersüchtig", sagte Cindy.

„Eifersüchtig worauf?"

„Ich habe keeeeeeine Ahnung!", säuselte die süße Blondine.

Jillian beschloss, das Thema fallen zu lassen. „Na gut, das sieht nach einer Menge Arbeit aus. Musst du das immer alles allein machen?"

Cindy sang und wirbelte mit einem Stapel Geschirr in den Händen herum. „Natürlich nicht. Die Vögel helfen mir." Sie kicherte über Jillians schockierten Blick. „Ich mache nur Spaß, Jillybean."

„Mein Bruder nennt mich auch so." Jillian grinste.

Ein mitfühlender Ausdruck huschte über Cindys Gesicht. „Also, wie geht es Jake?"

„Er erholt sich sehr gut. Ich habe ihn heute Morgen mit der Frau reden sehen, die das Aquarium leitet. Ich habe ihn wegen seines komisch aussehenden, bandagierten Kopfes aufgezogen und er hat gedroht, mich übers Knie zu legen." Sie verzog das Gesicht. „Ich schätze, es geht ihm besser. Und dieser Ort bringt ihn auf viel zu viele Ideen. Wir müssen hier so schnell wie möglich weg."

Sie sah sich im riesigen Speisesaal um. „Also hast du normalerweise Hilfe, oder? Du musst diese Art von Aufräumarbeiten nicht allein machen?"

„Eigentlich helfen sonst noch ein paar andere mit. Aber ein Mädchen ist richtig krank. Ich glaube, sie hat die Grippe, die Arme." Cindy zuckte teilnahmsvoll mit den Schultern. „Und Redd schläft ihren Spanking-Kater aus."

„Einen was?" Jillian ließ beinahe einen Teller fallen.

Cindy kicherte, drehte eine weitere Pirouette und tanzte fröhlich in die Küche. „Ein Spanking-Kater ist, wenn du so lange und so hart versohlt wirst, dass du in diese glückselige Ruhe verfällst, aus der dich nichts mehr aufwecken kann, nicht einmal dein pochender Hintern." Ihre blauen Augen funkelten spitzbübisch. „Redd wurde gestern Abend erwischt, als sie sich rausschleichen wollte, und Mr. Wolfe hat ihr ordentlich den Hintern versohlt." Sie stellte das Geschirr in die Spüle voller Seifenblasen. „Mmmm, ich hätte so gerne einen Spanking-Kater. Und Subspace. Oh, und einen Orgasmus!" Ihre Wangen röteten sich vor Aufregung.

„Du hast also noch nie etwas davon erlebt? Nicht einmal, während du hier warst?"

Die beiden Frauen begannen, schmutziges Geschirr zu spülen, während Cindy ihre Geschichte erzählte. „Ehrlich gesagt, weiß ich nicht, ob ich jemals irgendetwas davon erlebt habe." Sie zuckte mit den Schultern. „Ich hatte einen

Kutschenunfall und eine Kopfverletzung. Meine Vergangenheit ist immer noch ziemlich verworren. Mr. Wolfe hat mich aufgenommen. Er gab mir eine Unterkunft, brachte mir bei, eine Submissive zu sein, und ließ mich als Serviererin und Entertainerin bleiben." Sie kicherte. „Er bezahlt mich mit Geld und Spanking."

Jillian konnte sich nicht erklären, warum dieser Gedanke sie eifersüchtig machte. „Also versohlt Mr. Wolfe dich und die anderen Submissiven, und er hat eine … Tochter, die ungefähr in unserem Alter ist?" Auch das verwirrte sie. Er konnte nicht älter als Anfang dreißig sein.

Cindy sprang anmutig durch die Luft und griff nach einem Abtrockentuch. „Er trainiert alle Submissives und spielt ab und zu mit. Manchmal verhängt er auch Strafen."

„Bist du jemals von ihm bestraft worden, Cindy?" Bei dem Gedanken spürte sie ein Kribbeln an ihrem Hintern.

„Oh nein! Ich bin jemand, der es immer allen recht machen will. Ich kann den Gedanken nicht ertragen, dass jemand wütend auf mich ist." Die süße Blondine hatte einen abwesenden Blick in den Augen, während sie tanzend und summend beim Aufräumen half.

„Ich verstehe diese Sache mit der Tochter immer noch nicht. Er ist nicht alt genug, um ihr Vater zu sein."

Cindy kicherte wieder. „Sie ist nicht seine Tochter, sie ist sein ‚Little'. Er hat sie aufgenommen und angeboten, sich wie ein Daddy um sie zu kümmern. Keine sexuellen Beziehungen. Nur Daddy und Little."

Wenn er bereits ein Little und eine ganze Reihe von Submissives zum Versohlen hatte, brauchte er sie definitiv nicht. Warum fühlte sich ihr Herz plötzlich so schwer an? „Ähm, Cindy. Würdest du mir gerne mehr über das Spanking beibringen? Weißt du, ähm, ein wenig spielen?"

„Klar!", quietschte sie vor Freude und umarmte sie nass

und seifig. „Wir können uns den Dungeon ansehen, nachdem wir mit dem Aufräumen fertig sind."

Plötzlich kam ihr ein Gedanke. „Cindy, hat Stiefmutter jemals Zeit für kurzfristige Sessions?"

„Ich weiß nicht", Cindy runzelte die Stirn. „Sie arbeitet nach Mitternacht. Ich habe sie noch nie wirklich getroffen."

„Aber sie ist … du bist …", stammelte sie und versuchte, die richtigen Worte zu finden. „Also, wann hat Stiefmutter hier angefangen zu arbeiten?"

„Oh, ungefähr zur gleichen Zeit wie ich", sagte Cindy unbekümmert. „Ich würde sie so gerne einmal treffen. Ich habe gehört, sie ist wundervoll! So schön, so dominant, so offen für alle Arten von sexuellen Aktivitäten." Sie errötete. „Ich würde liebend gerne einiges von dem ausprobieren, was sie tut."

Da Jillian nicht wusste, wie sie ihrer neuen Freundin die Situation erklären sollte, beschloss sie, es dabei zu belassen. Sie umarmte Cindy und strich ihr eine Strähne ihres weißblonden Haares hinters Ohr. „Keine Sorge. Eines Tages wirst du sie treffen, und du wirst all diese aufregenden Dinge ausprobieren können."

„Ich träume von ihr, weißt du?" Ihre Lippen zitterten und ihre rosigen Wangen konnten ihre Verlegenheit nicht verbergen.

Jillian nahm sie bei der Hand. „Komm schon. Lass uns spielen gehen."

DER DUNGEON WAR WIE NICHTS, was sie je zuvor gesehen hatte. Sie waren die riesige Steintreppe hinuntergegangen und in den kühlen, offenen Bereich gelangt. Er war groß und dunkel und ein wenig überwältigend, bis Cindy einige der Fackeln anzündete.

„Sie haben hier unten richtige Elektrizität, aber Mr. Wolfe zieht es vor, die Atmosphäre zu bewahren, also benutzen wir die Fackeln", erklärte Cindy.

Die dunklen Steinwände nahmen einen rötlichen Schimmer an, als das Licht auf sie traf, was sie weniger einschüchternd machte. Ein kühler Luftzug berührte Jillians Wangen und der Geruch von Leder erregte sie. Genauso hätte sie sich einen Dungeon vorgestellt, nur dass es keine Gefängniszellen gab. Aber an den Wänden hingen Fesseln, und Holzvorrichtungen, die wie Pranger aussahen, säumten die Seiten des Raumes. Jillian stellte sich vor, dass die Anordnung der prangerartigen Vorrichtungen Platz für mehrere Spieler bot, die den Bereich gleichzeitig nutzen konnten, und sie bemerkte, dass einige Ecken für eine gewisse Privatsphäre mit Vorhängen abgetrennt waren.

Cindy zeigte auf die einzelnen Teile und erklärte sie, als sie weiter in den Dungeon vordrangen. „Im Moment ist es ruhig. Die meisten Leute spielen nicht gern mit vollem Magen. Aber in ein oder zwei Stunden wird hier richtig was los sein."

Jillian nickte und versuchte, sich in dem großen, dunklen Raum nicht überfordert zu fühlen.

Cindy führte sie am Andreaskreuz vorbei und kicherte bei der Holzbank mit dem Phallus. „Das würde ich eines Tages gerne ausprobieren."

Jillian spürte die Wärme in ihren Wangen. Bertram könnte sie nach einer langen, harten Tracht Prügel darauf positionieren. Ihr heißer Hintern würde sich weiterhin wie versohlt anfühlen, während sie auf dem glatten, harten Gerät auf und ab hüpfte.

Cindy blieb schließlich an einer einfachen Bank stehen. „Okay, ähm, was möchtest du zuerst machen?"

„Ich weiß nicht. Ich hatte gehofft, du wüsstest, was zu tun ist." Sie lachte über sich selbst. Wie dumm von ihr zu denken, die süßeste, unterwürfigste Frau in der Lodge würde auch nur in Erwägung ziehen, sie zu versohlen. „Ähm, könntest du mir zeigen, wie man sich selbst versohlt?"

„Klar!" Cindy schnappte sich die kleine Holzbürste vom Tisch neben der Bank und legte sich aufgeregt darüber. „Was ich gerne mache, ist, mich zuerst aufzuwärmen, über meinem Kleid." Sie begann, auf die Rückseite ihres Kleides zu schlagen.

Jillian spürte ihren Hintern kribbeln, als Wärme ihre Körpermitte erfüllte. „Kann ich es jetzt versuchen?"

Cindy strahlte sie an, sprang von der Bank und reichte ihr die Holzbürste. „Schöne, kleine, gleichmäßige Schläge, okay?"

Jillian nickte und beugte sich über die Bank. Es dauerte ein paar Versuche, bis sie endlich ihren Hintern traf.

„Es könnte besser funktionieren, wenn du jetzt dein Kleid hochziehst", schlug Cindy zaghaft vor.

Sie schob ihr Kleid über ihre Hüften und versuchte es erneut, traf aber immer noch nicht ganz so, wie sie es wollte. „Cindy, könntest du, ähm, mir helfen?"

Ihre Freundin wurde scharlachrot und wich mit aufgerissenen Augen zurück. „Oh, um Himmels willen, nein. Ich habe keine dominante Ader in mir!"

Jillian sah entsetzt zu, wie Cindy sich an den Kopf fasste und hin und her schwankte. „Ich-ich kann das nicht. Mein Kopf tut weh. Es tut mir so leid."

„Ist alles in Ordnung, Cindy?" Sie streckte die Hand nach ihrer Freundin aus, aber diese hielt ihre Hände hoch, um sie abzuwehren.

„Ich-ich gehe an die frische Luft. Ich bin gleich wieder da." Cindy rannte davon, sie verwirrt und besorgt zurücklassend.

Sie wusste nicht, was sie tun sollte. Sollte sie ihr folgen und nachsehen, ob es ihr gut ging, oder sollte sie ihr etwas

Freiraum geben? Sie bückte sich, um die Haarbürste aufzuheben, die auf den Boden gefallen war, wischte sie mit den bereitliegenden antiseptischen Tüchern ab und legte sie zurück auf den Tisch. Sie wollte gerade nach ihrer Freundin sehen, als Cindy auf sie zugehüpft kam.

„Schau mal, was ich gefunden habe." Sie reichte ihr eine Notiz, die in großen, wunderschön geschwungenen, dunklen Buchstaben an sie adressiert war.

Du wirst mich heute Nacht um 1:00 Uhr in meinem Spielzimmer treffen.

Stiefmutter

„Was steht da?" Cindy beugte sich glücklich vor und stieß einen Jubelschrei aus, nachdem sie es gelesen hatte. „Juhu! Ich habe das auf der Treppe gefunden, als ich wieder runterkam."

„Okaaaay … danke."

„Gern geschehen." Cindy hob die Hände in die Luft und streckte sich glücklich. „Oh! Schau mal, was ich noch gefunden habe!" Sie wandte sich dem dünnen Mann zu, der eingetreten war.

Er war tadellos in einen dreiteiligen Anzug mit Krawatte gekleidet und blasser als jeder Mann, den sie je gesehen hatte. Er wirkte kalt und gebieterisch.

Cindy stellte sie einander vor. „Jillian, das ist Meister Bram. Er ist ein Dominanter und einer unserer besten Kunden. Er kommt jeden Monat für eine ganze Nacht. Leider ist er wegen des Schneesturms hier gestrandet, also sehen wir ihn jetzt den ganzen Tag und die ganze Nacht", zwitscherte sie fröhlich.

„Danke, meine Liebe." Er nickte Cindy zu und wandte

sich Jillian zu, um ihr einen Kuss auf den Handrücken zu hauchen.

Sein Kuss fühlte sich so kalt an, dass es sie schockierte. „S-schön, Sie kennenzulernen, Sir", knickste sie.

„Du wünschst, dominiert zu werden?" Seine Augen durchbohrten ihre und ließen sie atemlos und verängstigt zurück. Sie fühlte sich von seiner Anwesenheit so fasziniert, dass sie sich nicht bewegen konnte.

Er strich ihr über die Wange und stieß sie zur Bank. „Nimm deine Position ein, meine Liebe."

Sie unterdrückte ein Würgen und die Galle, die ihr in der Kehle hochstieg. Sie hatte Todesangst.

Sie quietschte auf, als er ihre Röcke hob. „Ich … ich …"

„Das genügt, Meister Bram."

Sie zuckte bei dem Klang von Bertrams rauer Stimme zusammen, dankbar für seine Anwesenheit. Auf zittrigen Beinen stand sie auf und ging hinüber, um Cindy zu umarmen, und spürte, wie ihr mit jedem Schritt, den sie zwischen sich und den blassen Meister mit den leuchtend gelben Augen brachte, wärmer wurde.

Meister Bram richtete seinen finsteren Blick auf Bertram, der wütend auf sie zustürmte.

„Guten Tag, Meister Wolfe. Sie unterbrechen meine Spielzeit."

„Sie ist neu in der Szene und nicht bereit für *Ihre* Art von Spiel", sagte Bertram und zeigte mehr Zähne als gewöhnlich.

„Wie Sie wünschen." Der blasse Mann wandte sich den beiden Frauen mit einer Verbeugung zu. „Ich verabschiede mich, meine Damen." Jillian war sich sicher, dass sein boshaftes Lächeln ihre Träume für die kommenden Nächte heimsuchen würde. Sie blickte zu Boden, unfähig, seinen kalten Augen zu begegnen, und als sie aufsah, war er verschwunden.

Als die Wärme wieder in ihren Körper strömte, traf sie Bertrams wütenden Blick. „Ähm, habe ich etwas falsch gemacht?" Sie blickte nervös von Bertram zu Cindy.

Er fuhr sich aufgeregt durch die Haare und richtete seinen wütenden Blick auf Cindy. „Cindy weiß, dass der Dungeon nichts für Anfänger ist. Sie weiß auch, dass sie beim Spielen eine Aufsichtsperson braucht."

Cindy senkte den Blick zu Boden und ihre Unterlippe zitterte.

Jillian spürte, wie sie in sich zusammensank, als er seine verdunkelten Augen auf sie richtete. „Habt ihr mich verstanden, meine Damen?" Er schritt vor und nahm ihre beiden Kinne in seine Handflächen.

„Ja, Sir", quietschten beide gleichzeitig.

„Umdrehen und an der Bank festhalten", befahl er ihnen beiden.

Jillian beeilte sich zu gehorchen, während Cindy unter Tränen dasselbe tat. Sie spürte die kühle Luft an ihrem Hintern, als Bertram ihren Rock hochzog und ihn in den Bund ihrer Unterwäsche rollte. Dann packte er ihr Höschen und zog es ihr zwischen die Pobacken. Er musste dasselbe bei Cindy getan haben, denn sie hörte ihr hohes Quietschen.

Er nahm die kleine Holzbürste und verlor keine Zeit, Cindys Hintern damit zu bearbeiten.

Jillian fühlte mit dem armen Mädchen, das schniefte, wimmerte und weinte. Doch plötzlich war es vorbei, und sie war diejenige, die die Hitze seines Zorns zu spüren bekam. Ihr Hintern schmerzte so sehr, als er schnell einen harten Schlag nach dem anderen folgen ließ. Sie konnte die Hitze auf ihrer armen Kehrseite spüren, während er ihnen beiden abwechselnd mit der harten Bürste den Hintern versohlte.

„Ihr geht nicht allein in den Dungeon, habt ihr mich verstanden, meine Damen?" Er verpasste ihnen beiden eine

Reihe von Schlägen, die Jillian schaudernd und wimmernd zurückließen, während Cindy weinte.

„Ja, Sir! Ja, Sir!", schrien beide.

„Ihr spielt nicht mit jemandem, bei dem ihr euch unwohl fühlt." Diesmal waren alle seine Schläge auf sie gerichtet, und sie stöhnte. Sie tänzelte auf ihren Füßen und versuchte, seinen strafenden Schlägen zu entkommen. „Was war dein Safeword, Jillian?" Er hielt inne, und sie holte zitternd tief Luft.

„Ich … ich hatte keins."

„Falsche Antwort."

Sie schrie auf, als er seinen schmerzhaften Angriff auf ihrem wunden Hintern fortsetzte. „Es tut mir leid! Es tut mir leid! Es wird nicht wieder vorkommen!", schrie sie und versuchte, sich wegzuwinden, aber er drückte sie wieder in Position.

„Verdammt richtig wird das nicht wieder vorkommen. Halt dich von diesem blutsaugenden Bastard fern!" Er gab ihr fünf weitere harte Schläge und ließ sie los.

Sie richtete sich auf, als er ihren Rock aus ihrer Unterwäsche zog und ihn grob wieder herunterfallen ließ. „Aua!" Sie konnte das Wimmern, das über ihre Lippen kam, nicht unterdrücken.

Er nahm Cindy in eine feste Bärenumarmung und beruhigte sie. „Ist schon gut. Ich bin nicht böse auf dich. Ich hatte nur Angst." Er küsste sie auf die Stirn und wischte ihr mit seinem Hemdsärmel die Tränen weg. „Spiel nicht wieder im Dungeon, ohne dich vorher bei mir zu melden, okay? Und halte dich von Master Bram fern."

„Ja, Master Wolfe." Cindy sank auf die Knie und umklammerte sein Bein.

Er massierte einen Moment lang ihren Kopf und hob sie dann auf die Füße. „Okay, Cindy, warum hältst du nicht dein

Nickerchen? Du bist wahrscheinlich müde von dem langen Tag."

„Ja, Sir. Danke."

Er richtete seine dunklen Augen auf Jillian, und sie hielt zitternd den Atem an. „Es tut mir leid. Ich werde nächstes Mal vorsichtiger sein."

„Braves Mädchen. Für dich gelten die gleichen Regeln wie für Cindy, okay?"

Sie spannte sich an, als er sich vorbeugte, um sie kurz zu umarmen. Sie nickte. „Ja, Sir."

Die beiden Frauen sahen ihm nach, wie er aus dem Kerker stürmte.

„Das war also eine echte Bestrafung", flüsterte Cindy.

„Jep." Jillian nickte und rieb sich den Hintern, um den Schmerz etwas zu lindern.

„Ich glaube, das hat mir nicht besonders gefallen." Cindy schüttelte den Kopf.

Jillian lachte und umarmte ihre Freundin. „Mir auch nicht. Lass uns für den Rest des Tages Everybody's Darling sein."

Sie gingen Arm in Arm aus dem Kerker, ohne die eifersüchtigen Augen zu bemerken, die sie aus den Schatten beobachteten.

BERTRAM

Bertram war mit seinen Nerven am Ende, und er wusste es. Zwischen seinem eigenwilligen „Little", das während eines Schneesturms mit einem hungrigen Vampir eingesperrt war, seinem lüsternen Verlangen, nachdem er Jillians nackten Arsch wiedergesehen hatte, und der Sorge um sie und Cindy hatte er das Gefühl, ihm würde gleich der Kragen platzen – oder er würde jemandes Haus umblasen.

Gott, was hat sich die Frau nur dabei gedacht? Er verstand, dass Cindy manchmal etwas flatterhaft sein konnte. Deshalb hatte er ihr gesagt, sie solle immer eine Anstandsdame dabeihaben. Aber Jillian? Sie schien so verzweifelt darauf aus zu sein zu spielen und zu erkunden, und doch kam sie nicht zu ihm.

Warum verpasste ihm dieser Gedanke einen Schlag in die Magengrube? Wahrscheinlich, weil er die temperamentvolle Brünette mochte. Mehr, als er sollte. Er spürte das starke Bedürfnis, bei ihr zu sein, als sei sie dazu bestimmt, seine Gefährtin zu sein. Aber das war dumm. Er knurrte und schob einen Wagen mit Handtüchern aus dem Weg. Solche Paarungen gehörten ins Reich der Märchen.

Er musste mit Jillian reden und reinen Tisch machen. Er sah sie um die Ecke biegen und Cindy umarmen, bevor sie in seine Richtung kam, tief in Gedanken versunken, und ihn nicht einmal bemerkte.

Er räusperte sich und erschreckte sie damit. „Entschuldige, können wir reden?"

„Sicher." Sie schluckte und folgte ihm in ein leeres Spielzimmer.

„Ich muss mich für mein Verhalten entschuldigen. Ich hätte dir nicht so den Hintern versohlen dürfen. Ich habe die Beherrschung verloren, und ehrlich gesagt, war das nicht mein Recht. Du hattest mir keine Erlaubnis gegeben, und du arbeitest nicht hier. Ich hätte das nicht tun dürfen."

„Du hattest Angst?" Sie sah ihn verwirrt an.

„Der Dungeon ist nicht der beste Ort, um zu lernen, wie man submissiv ist. Du musst es langsam angehen lassen. Lerne, was du aushalten kannst. Baue Vertrauen zu deinem dominanten Partner auf. Spielen ist in Ordnung, aber du musst dabei auf Nummer sicher gehen."

„Und der blutsaugende Bastard?" Sie verdrehte die Augen und grinste.

Er wollte sie sich wieder übers Knie legen, aber er kratzte jeden Rest Geduld zusammen, den er noch hatte, und begnügte sich mit seinem „Blick".

Zufrieden mit ihrer Reaktion setzte er sich auf einen Hocker. „Master Bram ist eine andere Art von Dominant. Er braucht besondere Subs, die auf seine … besonderen Bedürfnisse und … Vorlieben eingehen können."

„Okay." Sie nickte.

„Wirst du mir verzeihen, dass ich dir ohne deine Zustimmung den Hintern versohlt habe, Jillian? Es wird nicht wieder vorkommen. Darauf hast du mein Wort."

Sie schlang die Arme um ihren Körper, blickte zu Boden und flüsterte etwas, das er nicht ganz verstehen konnte.

„Sprich lauter, bitte, Jillian. Ich kann dich nicht verstehen."

Sie erwiderte seinen Blick, ihre grünen Augen weit und verletzlich. „Was, wenn ich dir nicht immer meine Zustimmung geben will?"

„Dann werde ich dir nicht den Hintern versohlen."

Sie ging im Zimmer auf und ab und atmete laut aus. „Nein. Das meine ich nicht! Ich meine, was wäre, wenn du könntest …" Sie zappelte sichtlich unbehaglich. „Was wäre, wenn du mich über dein Knie legst, auch ohne dass ich dir meine Zustimmung gebe? Und was wäre, wenn ich immer noch nicht wollte, dass du, ähm", ihr Gesicht rötete sich, „mir den Hintern versohlst, du es aber trotzdem getan hast?"

Er musste ihr klarmachen, dass er sie nicht verletzen oder sie zu etwas zwingen würde, was sie nicht wollte. „Das werde ich nicht tun. Nur noch einvernehmliches Spanking. Ich verspreche es."

Anstatt erleichtert auszusehen, blitzten ihre Augen wütend auf. „Was, wenn es das ist, was ich will? Oder brauche?", sagte sie leiser.

Oh. Endlich verstand er. Er ging zu ihr, nahm ihre kleine

Hand in seine und küsste sie. „Jillian, das ist nicht das, worauf diese Lodge basiert. Sie basiert auf einvernehmlichem Fetisch. Du bittest um nicht-einvernehmliches Spanking, und das kann ich dir nicht antun."

Ihre Unterlippe zitterte. „Aber wenn ich sage, dass es für die ganze Zeit, die wir hier sind, in Ordnung ist, dann hättest du meine pauschale Zustimmung. Du könntest mir den Hintern versohlen, wann immer du Lust dazu hast und wann immer ich es brauche. Selbst wenn ich es nicht wollte." Sie sah ihn mit großen Augen an, verlegen, aber hoffnungsvoll.

Er schüttelte den Kopf und wich einen Schritt von ihr zurück. Seine Verlobte hatte ihn verlassen, weil sie den disziplinarischen Aspekt ihrer Beziehung nicht mochte. Aber das war es, was Bertram brauchte, eine vielseitige Spanking-Beziehung, mit sexuellen und weniger sexuellen Spankings. Er musste das Sagen haben. Es war nicht einmal seine Wolfsseite, die danach verlangte. Sein dominanter Charakter verlangte danach.

Und Jillian hatte darum gebeten, dies zu versuchen, obwohl sie neu in der Szene war und ihn gerade erst kennengelernt hatte. Aber so sehr es ihn auch reizte, so sehr es sich auch richtig anfühlte, er musste sie beschützen, bevor sie sich in etwas verrannte. Vielleicht könnten sie das später versuchen, nachdem sie sich besser kennengelernt hatten.

Er seufzte. „Du bittest um eine besondere Art von Beziehung, für die, glaube ich, keiner von uns bereit ist. Noch nicht."

„Schön." Ihre Augen verengten sich. „Ich werde mich um meine Bedürfnisse selbst kümmern, danke. Ich werde Master Bram suchen gehen." Sie sah ihn bockig an.

Er knurrte und packte sie grob an den Schultern. „Wenn du zu Master Bram gehst, dann helfe mir Gott, werde ich …"

„Wirst du was?" Sie riss sich aus seinem Griff und warf ihm einen durchdringenden Blick zu. „Mir den Hintern versohlen?“ Sie verdrehte die Augen, schnaufte und ging zur Tür.

„Jillian. Ich will die Grenzen nicht verwischen und dich verwirren. Ähm, das ist schlecht fürs Geschäft.“ Ihm wurde klar, dass das das Schlimmste war, was er hätte sagen können, als sie ihren kühlen Blick auf ihn richtete.

„Es tut mir leid, dass meine Anwesenheit schlecht für deine Geschäftsbeziehungen ist. Guten Tag, Mr. Wolfe.“ Sie ging steif aus dem Zimmer und schloss die Tür hinter sich.

Scheiße.

ER SCHRITT eine lange Bahn im äußeren Flur auf und ab und bellte den gestressten Zimmermädchen Befehle zu, besonders dem einen, das ständig bei der Arbeit einschlief. Nach dreißig Minuten Auf- und Ablaufen und Wüten fühlte er sich immer noch nicht geerdet. Tatsächlich schrie er so viel, dass er den armen Pino erschreckte, der auf seiner Flucht eine Spur von Handtüchern hinterließ.

„Okay, genug damit, die Angestellten zu erschrecken, Papsi.“ Redd sprang ihm auf den Rücken und drückte spielerisch seinen Hals.

Er trug sie ins Wohnzimmer, warf sie auf eine Couch und knurrte, während er sich über ihren Körper beugte. Er riss ihren Arm hoch, grub seine Finger in ihre Achselhöhle und kitzelte sie gnadenlos.

„Hör auf, Daddy!“ Ihre Schreie und ihr Lachen hallten durch den Raum.

„Versuchen wir mal deine Rippen, kleines Mädchen.“ Er kitzelte sie, bis sie glücklich um Gnade winselte. „Gibst du auf, kleine Jägerin?“, grinste er boshaft auf ihr Engelsgesicht hinab. „Als Nächstes könnten wir deinen Bauch versuchen.“

„Nein! Neeein!", kicherte sie und schlug seine Hände weg. „Ich gebe auf. Ich gebe auf!"

Er hob sie in seine Arme, setzte das zerzauste „Little" auf seinen Schoß und rieb seine raue, kratzige Wange an ihrer.

„Nicht der Bart, Daddy. Nein", schmollte sie und kicherte ihn an.

Sie holten ein paar Augenblicke lang Luft und kuschelten sich aneinander.

„Danke. Das habe ich gebraucht. Also, was hast du gesagt, Redd?"

Sie stieß sich von seinem Schoß ab und warf ihm einen strengen Blick zu. „Du kriegst schon wieder diesen irren Blick. So wie wenn du dich gefangen fühlst und kurz davor bist, deine wölfische Seite an allen um dich herum auszulassen. Du hast mir gesagt, ich soll dich darauf ansprechen." Sie stemmte die Hände in die Hüften. „Etwas frische Luft würde dir guttun. Warum machst du nicht dein Ding und gehst eine Weile auf die Jagd?"

Er schüttelte den Kopf. „Es schneit ziemlich stark da draußen. Ich werde wahrscheinlich kein Glück haben, etwas zu finden."

„Aber der ‚Atmosphärenwechsel'", das letzte Wort sprach sie überdeutlich aus, „würde dir guttun. Vielleicht hast du ja Glück." Sie zuckte mit den Schultern.

„Okay, danke, dass du auf mich aufpasst." Er stand auf und wuschelte ihr durchs Haar.

„Ich passe nicht nur auf dich auf. Du hast Rory wieder zum Weinen gebracht."

„Na ja, sie sollte aufhören, bei der Arbeit einzuschlafen", murmelte er. „Okay, okay, ich gehe raus. Behalte bitte die Rezeption im Auge."

„Ja, Daddy." Sie warf ihm einen spitzbübischen Blick zu. „Und diesmal trockne dich bitte ab, bevor du in meine Nähe kommst. Der Geruch von nassem Hund ist so widerlich." Sie quietschte und sprang seinem herannahenden Schlag aus dem Weg.

„Frauen", murmelte er und ging zur Hintertür. „Auf die Jagd wollen wir gehen …", sang er leise vor sich hin und schlüpfte hinaus in die eisigen Temperaturen.

KAPITEL NEUN

CADE

Cade stand auf und versuchte, sich umzudrehen, aber irgendwie verfing sich eine Flosse in der anderen, und er fiel voll auf seinen Hintern.

Faye kicherte.

Er kniff die Augen zusammen. „Hast du das mit deiner Magie verursacht?"

Sie hob beschwichtigend die Hände. „Nein, ich habe nichts getan, ich schwöre es." Dass sie die Lippen einzog, konnte ihre Belustigung kaum verbergen.

„Das ist nicht witzig", knurrte er und rappelte sich auf. „Ich sollte dir den Hintern versohlen, weil du lachst."

Sie bedeckte ihren Po. „Oh nein, ich kann kein Spaning mehr vertragen, Cade, bitte. Es tut mir leid, dass ich gelacht habe."

Er funkelte sie böse an, stapfte aber zum Sofa und ließ sich darauf fallen. „Räum das Geschirr ab", sagte er mit einer herrischen Geste. Sein Befehl war unnötig, da Faye bereits auf halbem Weg zum Tisch war, um geschickt das Geschirr zu stapeln und zur Spüle zu tragen. Sie spülte und trocknete jedes Teil, räumte alles weg und wischte den Tisch ab.

„Hast du einen Hund?", fragte sie und deutete auf die Hundeklappe in seiner Hintertür.

„Hatte ich mal", log er.

„Muss ein großer gewesen sein."

„Jep, ein Wolfshund. Also, was ist dein Plan, damit ich meine Füße wiederbekomme?", verlangte er zu erfahren, sein Ego vom Sturz noch immer gekränkt.

„Ich werde, äh … einfach ein paar Nachforschungen anstellen, bevor ich noch etwas versuche. Weißt du, damit ich es nicht wieder vermassele."

„Na ja, was für Nachforschungen?"

„Ähm, na ja, du weißt schon – Sachen nachschlagen." Sie holte einen Besen hervor und begann ungefragt, seine Böden zu fegen.

Er konnte es kaum glauben. Sie übertraf jede Fantasie von einer Sklavin, die er je gehabt hatte – und er hatte mehr als nur ein paar davon gehabt. Fantasien, keine echten Sklavinnen. Das war das erste Mal, dass er das Glück hatte, sich all die lüsternen Träume seiner Jugend erfüllen zu können. Na ja, fast alle. Sie hatte ihn noch nicht angefleht, sie zu nehmen, was immer noch ganz oben auf seiner Wunschliste stand. Faye Godmeyers Hitzegrad war jenseits von Gut und Böse.

Im Moment hatte er jedoch das Gefühl, dass sie ihm einen Bären aufband. „Wo schlägst du das nach?"

„In einem Buch, okay?", fauchte sie.

„Das hast du jetzt nicht gesagt", sagte er mit einem scharfen, warnenden Unterton.

Ihre Hand flog zu ihrem Po. „Entschuldigung, Meister."

Er sah sie finster an. „Hast du das Buch bei dir?"

„Ja, Meister."

Er hörte den leichten Sarkasmus in der Art, wie sie

„Meister" sagte, aber sie hatte die Grenze gerade so nicht überschritten, also sprach er sie nicht darauf an.

„Also, genug geputzt. Geh und hol das Buch."

„Lass mich nur erst den Boden wischen."

„Bring mir das Buch und ich schaue nach, während du wischst."

„Auf gar keinen Fall", rief sie, „— Meister."

„Warum nicht?"

„Weil es ein persönliches Tagebuch ist, nicht für deine Augen bestimmt."

„Faye, ich verliere die Geduld mit dir. Geh und hol das Buch und schlag den Zauber nach."

Sie pfefferte den Besen mit einem Klirren zurück in den Schrank und holte den Wischmopp und den Eimer hervor. „Es ist kein Zauber", sagte sie mit zusammengebissenen Zähnen. „Ich bin keine Hexe. Ich bin eine Fee. Na ja, eine Halb-Fee jedenfalls." Die letzten Worte waren gemurmelt.

„Du bist nur eine Halb-Fee? Ist das der Grund, warum deine Magie so schlecht ist?"

Die Lichter begannen zu blinken, wurden heller und dann wieder dunkler. Obwohl es draußen schneite, hörte er einen lauten Donnerschlag durch das Haus rollen. Offenbar hatte er die Fee – nein, die *Halb-Fee* – verärgert.

Sie füllte den Wischeimer, ignorierte seinen Befehl, ihn stehen zu lassen und das Buch zu holen, und begann, den Boden so heftig zu wischen, dass er dachte, sie würde die Fliesen rausreißen.

„Hast du einen Plan, wie du das herauszufinden kannst, oder nicht?"

Sie hob weder den Kopf von ihrer Arbeit noch antwortete sie ihm, sondern schrubbte einfach weiter mit kräftigen Zügen den Boden, bis sie jeden Zentimeter mindestens dreimal bearbeitet hatte.

„Ich rede mit dir, Sklavin."

Sie ignorierte ihn, nahm den Eimer und den Mopp und ging in sein Badezimmer, wo sie den Schrank unter dem Waschbecken aufriss und anfing, Reinigungsmittel herauszuholen.

„Was ist dein Plan, Faye?", fragte er und erhob die Stimme, damit sie ihn über ihr hektisches Schrubben im Badezimmer hinweg hören konnte. „Du hast keinen, oder? Du hast keine Ahnung, wie du meine Füße zurückverwandeln kannst."

Die Lichter wurden dunkler.

„Du hast es vermasselt, und du kannst es nicht wiedergutmachen."

Drinnen fielen Regentropfen, und der Ficus im Topf neben der Couch welkte vor seinen Augen.

Er fuhr sich mit den Fingern durchs Haar und erkannte, dass er zu hart gewesen war. Er stand auf und watschelte ins Badezimmer, wo Faye die Badewanne schrubbte. Ihr geröteter Hintern lugte unter dem rosa Rock hervor und der freie Blick auf ihre Pussy ließ ihn hart werden. Er hörte ein Schniefen.

„Okay, genug geputzt", sagte er sanft. „Komm her, Faye."

Sie hörte auf zu schrubben, drehte sich aber nicht um und rührte sich nicht von ihrer Position über der Wanne. Offensichtlich hatte sie keine Ahnung, wie köstlich sie aus seiner Perspektive aussah, sonst würde sie ihre Unschuld nicht so gefährden.

„Komm her, Baby." Er schaffte es, sich mit seinen riesigen Flossen in das kleine Badezimmer zu quetschen, um sie von den Knien zu ziehen und in seine Arme zu rollen. „Nicht weinen. Wir finden das schon raus, zusammen, okay? Komm her, Süße."

Er ging zurück ins Wohnzimmer und ließ sich mit ihr in seinen Armen auf die Couch fallen, während sie mit ihren Tränen sein Hemd durchnässte. Er strich ihr über den Rücken und schmiegte ihren Kopf an seine Brust. Als sie aufhörte zu weinen, fragte er: „Was ist mit anderen Feen? Du hast erwähnt, dass du mit jemand anderem darüber reden wolltest."

„Ich kenne eigentlich keine anderen Feen."

„Aber du hast gesagt–"

„Ich habe gelogen. Es tut mir leid … bitte-versohl-mir-nicht-den-Hintern?", flehte sie mit leiser Stimme und sah ihn mit großen, flehenden Augen an.

Es war unmöglich, ihr irgendetwas abzuschlagen, wenn sie diesen Dackelblick aufsetzte. „Ich werde dir nicht den Hintern versohlen", gab er nach. „Danke für deine Ehrlichkeit jetzt. Aber was ist mit deinen Eltern?"

„Meine Mutter ist gestorben, als ich zehn war, bevor meine Kräfte erwacht sind, also hatte sie keine Chance, mir beizubringen, wie man sie benutzt."

„Ah. Und dein Vater ist ein Mensch."

„Ja."

„Wann hast du deine Kräfte bekommen?"

„In der Pubertät."

„Du hast also seitdem einfach versucht, alles allein herauszufinden? Wie alt bist du?"

„Sechsundzwanzig. Ja. Ich habe tatsächlich ein Buch – es war das Tagebuch meiner Mutter. Es ist keine ,Anleitung' oder so, aber es gibt mir eine Ahnung davon, wie sie ihre Magie benutzt hat."

„Wo ist das Tagebuch?"

„Ich habe es mitgebracht."

„Ist das das Buch, das ich nicht sehen sollte?"

„Ja. Weil es persönlich ist."

„Ich verstehe. Okay, kleine Fee. Wie wäre es, wenn ich dir das Tagebuch bringe und du hier auf der Couch etwas liest, bevor du einschläfst? Vielleicht fällt dir ja etwas ein."

„Meinst du?" Sie klang hoffnungsvoll.

„Ich hoffe es verdammt noch mal", murmelte er, befreite

sich aus ihrer Umarmung und warf die Decke über ihre zierliche Gestalt.

Er fand das Tagebuch und holte auch einen Schuhkarton mit Schmuck hervor, den seine Ex-Freundin zurückgelassen hatte. „Benutzen Feen magische Steine? Weißt du, Kristalle und so?"

FAYE

Sie setzte sich auf, um in die Schachtel zu spähen, die Cade ihr in den Schoß legte. Darin befand sich ein Haufen Schmuck, meist mit großen Halbedelsteinen. Sie spürte die Intelligenz in den Steinen, die Lieder, die sie sangen. Sie zog einen klobigen Amethystanhänger in Form eines Donuts heraus und hielt ihn an ihr Herz.

„Hilft es?", fragte er.

„Ich weiß nicht", flüsterte sie. „Ich glaube schon. Es scheint, als ob er mit mir spricht. Er will helfen."

Cade hob eine Augenbraue, aber er kommentierte es nicht. Sie wunderte sich, mit welcher Leichtigkeit er ihre Magie akzeptiert hatte. Sie hatte ihr ganzes Leben damit verbracht, ihre spitzen Ohren und ihre Fähigkeiten vor Menschen zu verbergen, die es nicht verstanden hätten, und doch hatte es ihn nicht aus der Fassung gebracht.

„Wem gehören die?"

Er zuckte mit den Schultern. „Mir, schätze ich. Dir, wenn du etwas davon willst."

„Wem haben sie früher gehört?", drängte sie und spürte eine Geschichte.

„Ich habe sie für meine Ex-Freundin gekauft, also hat sie sie hiergelassen, als sie bei Tom, Dick und Harry eingezogen ist."

„Bei allen dreien?"

„Ja. Sie haben so eine Art Polyamorie-Ding am Laufen –
ich weiß nicht. Das ist nicht mein Ding. Ich bin der Typ, der
sich fürs Leben paart – mit nur einer Frau."

Irgendetwas an seinen Worten ließ die Haare an ihren
Armen aufstellen. „Dachtest du, sie wäre deine Gefährtin?"

Seine Oberlippe kräuselte sich und sie glaubte, ein knur-
rendes Geräusch tief in seiner Brust zu hören. „Ich habe
einen Fehler gemacht", murmelte er und stand auf.

„Tut mir leid, ich wollte kein heikles Thema ansprechen."

Er schüttelte kurz den Kopf. „Ist es nicht." Er deutete mit
der Hand auf die Schachtel. „Bedien dich – nimm alles, wenn
es dir gefällt. Ich würde es lieber sehen, dass du dich daran
erfreust, als …" Er schüttelte wieder kurz den Kopf, dann sah
er sie an. „Ich mag dich, Faye. Es tut mir leid, dass ich wegen
all dem ein Arschloch war."

Sie wusste nicht, warum seine Entschuldigung sie erröten
lassen sollte, aber ihr Gesicht wurde warm. „Ähm, danke,
schätze ich."

Er zeigte mit dem Finger auf sie, sein teuflischer Blick
war zurück. „Das bedeutet nicht, dass du nicht immer noch
unter Hausarrest stehst."

„Ja, Meister." Sie grinste. Trotz der Hölle, durch die er sie
geschickt hatte, erregte sie das Herr-und-Sklavin-Spiel
genauso sehr wie ihn, und zu hören, dass er ein „sich fürs
Leben paaren"-Typ war und nicht der Playboy, für den sie
ihn gehalten hatte, machte ihn noch hundertmal attraktiver.

Als er in seinem Schlafzimmer verschwunden war, zog
sie ihren Schlafanzug an, putzte sich die Zähne und kehrte
zum Sofa zurück. Sie ließ das Tagebuch liegen. Die Wahrheit
war, dass sie es vorwärts und rückwärts gelesen hatte und
nichts über magische Fehler darin gefunden hatte. Sie rollte
sich auf der Couch zusammen, hielt den lila Edelstein gegen
ihr Brustbein gedrückt und schloss die Augen.

Sie wachte frierend auf. Dunkelheit durchdrang Cades

Haus, und er schlief offensichtlich mit heruntergedrehtem Thermostat. Sie zitterte unter der dünnen Decke. Sie stand auf und schlich zum Schrank, wo sie das Laken für die Tischdecke gefunden hatte, aber Decken fand sie keine. Vielleicht hatte Cade eine zusätzliche am Fußende seines Bettes. Sie hörte ein leises Schnarchen aus seinem Schlafzimmer, dessen Tür einen Spalt weit offen stand.

Sie schlich in sein Zimmer und spähte in die Dunkelheit. Sie konnte nichts sehen. Sie stieß gegen das Fußende seines Bettes und tastete auf der Matratze nach der Decke. Cade zuckte zusammen, und gleichzeitig hörte sie ein schreckliches, tierisches Knurren und spürte einen dumpfen Aufschlag auf dem Boden, als er nur wenige Zentimeter von ihr entfernt landete.

Sie schrie überrascht auf, als sie von einem dicken Arm um die Taille von den Füßen gerissen wurde und in der Luft baumelnd gehalten wurde.

„Faye? Was ist los?", verlangte er mit einer rauen, schlaftrunkenen Stimme.

„Es tut mir leid!", quiekte sie. „Ich wollte nur eine Decke holen – es ist kalt auf der Couch."

Cade schien keine Probleme damit zu haben, im Dunkeln zu sehen, denn seine riesige Handfläche landete hart auf ihrem Hintern. „Überrasch mich nicht, wenn ich schlafe", knurrte er. „Es ist gefährlich, sich an mich heranzuschleichen." Er warf sie in sein Bett.

„Was machst du da?" Sie stützte sich auf die Knie, um wieder herauszuklettern. Er kroch hinter ihr ins Bett, legte einen schweren Arm über ihre Taille und zog sie fest an seine Vorderseite, in Löffelchenstellung.

„Schlaf weiter. Ich halte dich warm", murmelte er, sein Atem kehrte bereits zum langsamen Seufzen des Schlafs zurück.

Sie lag lange Zeit still da und wog ab, ob es weise war, neben einem Mann zu schlafen, den sie allzu attraktiv fand. Aber selbst, wenn sie sich aus Cades eisernem Griff hätte befreien können, wollte sie die köstliche Wärme seines Bettes … und seines Körpers nicht verlassen. Sie war sich jedes Details scharf bewusst – das Gewicht seines Arms über ihrer Taille, das Gefühl, wie sich seine Brust beim Atmen gegen ihren Rücken hob, sein Geruch, der sie umgab. Sie musste vorsichtig sein. Bei dem Tempo, das sie vorlegten, würde sie ihn am nächsten Tag anflehen, ihre Jungfräulichkeit zu nehmen, und dann wäre jede Hoffnung verloren, seine Füße zu reparieren.

FAYE

Sie wachte auf, als Cades Hand unter ihrem Schlafanzugoberteil ihre Brust umfasste. Schnell entwickelte sich die Berührung zu einer köstlichen Folter ihrer Brustwarze zwischen seinen Fingern weiter. Sie drehte den Kopf, um nach ihrem Vermieter zu sehen, nur um festzustellen, dass seine Augen noch geschlossen waren, als würde er sie im Traum befummeln.

Seine Augen flatterten auf. „Mmm", sagte er und schenkte ihr ein breites Grinsen.

„Du warst nicht einmal wach, als du angefangen hast!", beschuldigte sie ihn. „Du wusstest nicht einmal, wen du da begrapschst, oder?"

„Na und? Ich weiß es jetzt, und es ist genau die, an der ich meine Hände haben will", sagte er mit einem anerkennenden Brummen, während seine Hand über ihren flachen Bauch strich, gefährlich nahe an ihrer Mumu.

Sie keuchte, ein Teil ihres Gehirns schrie sie an, sofort aus dem Bett zu steigen, der andere lähmte ihren Körper, weil er keine einzige Sekunde der unglaublichen Empfindungen verpassen wollte, die Cade hervorrief.

Er drückte seine Hüften gegen ihre, sein harter Schwanz wollte an der Aktion teilhaben. Sie erstarrte. Er zog seine Hüften zurück.

„Schh… keine Sorge. Ich habe dir versprochen, dass ich nichts tun werde, was du nicht willst." Seine riesige Hand umfasste ihren Schamhügel über ihrer Schlafanzughose.

„Oh … oh!" Sie wand sich. Sein Kopf senkte sich, seine Zunge zuckte über ihre entblößte Brustwarze und ihre Fußsohlen wölbten und ihre Zehen sich kräuselten sich. Daher kam also der Spruch. Oh Gott, er sorgte definitiv dafür, dass ihre Zehen sich kräuselten.

„Faye." Er hob den Kopf und blies leicht über ihre Brustwarze.

„Ja?", krächzte sie.

„Ich werde nicht mit dir schlafen. Ich will dir nur ein gutes Gefühl geben. Lässt du mich?"

Ihr Verstand war leer. Nichts in ihr konnte das Wort „Nein" über ihre Lippen bringen.

Cade legte seine Lippen wieder auf ihre Brustwarze und sog sie diesmal tief in seinen Mund.

Ein weißer Hitzeblitz schoss direkt zu ihrer Pussy, und sie keuchte, bog sich durch, ihr Kopf fiel in Ekstase zurück. „Ähm …"

Seine Hand glitt in ihre Schlafanzughose. „Ah!", schrie sie überrascht auf, wieder verlegen wegen ihrer mangelnden Intimrasur.

„Oh, Faye", murmelte er mit tiefer, sexy Stimme, als sein Mittelfinger ihren feuchten Spalt berührte. „Du hast wirklich eine entzückende Pussy, nicht wahr?"

„Ähm … was meinst du?" Sie tanzte und wand sich unter seiner Berührung, ihr Atem ging in kurzen Stößen.

Cade zog seine Hand zurück und sie unterdrückte ein

enttäuschtes Stöhnen, aber er kroch tiefer, ergriff den Bund ihrer Schlafanzughose und zog sie herunter. Ihr Bauch flatterte in nervöser Erwartung. „Oh … ähm …"

Es war nicht so, als hätte sie noch nie von Cunnilingus gehört. Aber davon zu hören und es zu erleben, waren zwei sehr unterschiedliche Dinge. Sie war völlig unvorbereitet auf den Schock der Empfindung, als seine Zunge ihre Klit traf. Wenn er ihr Becken nicht festgehalten hätte, wäre sie wahrscheinlich einen Meter in die Luft geschossen. „Whoa! Wow! Ähhh … Cade! Oh mein Gott!"

„Mmm-hmm", murmelte er, als er Luft holte. „Genieß es einfach, Faye. Das ist für dich."

Es war albern, aber sie fühlte sich seiner Zuwendung unwürdig, angesichts der Tatsache, dass sie seine Füße in Flossen verwandelt hatte und ihm dreitausend Dollar schuldete. Oder vielleicht lag es daran, dass sie nie gedacht hätte, dass sie ein solches Maß an Lust erleben würde, aber Tränen begannen aus ihren Augen zu laufen. Keine traurigen Tränen. Die Tränen des Nachhausekommens.

KAPITEL ZEHN

CORAL

Coral hatte keine Chance zu reagieren, bevor Jake aufstand und sie auf die Füße stellte. Er schob sie zum Bock und sie blickte kurz zurück, um zu sehen, wie er wieder die Reitgerte aufhob. Seine Worte klangen ihr noch in den Ohren. Hatte sie ihn gerade gebeten, sie zu bestrafen? Sie wollte ihm gerade sagen, dass sie glaubte, er hätte ihre Worte verdreht, als er sie mit seinem Blick fixierte.

„Zieh deine Hose runter und beug dich über den Bock", befahl er.

Sie öffnete den Mund, um etwas zu sagen, aber er verschränkte die Arme und trat einen Schritt näher.

„Das ist der Teil, bei dem du ohne Zögern gehorchst, um deine Bestrafung nicht noch schlimmer zu machen."

„Warte, so läuft das nicht. Wir müssen ein paar Dinge besprechen. Du brauchst meine Grenzen, mein Safeword, solche Sachen."

Er hielt vor ihr inne und ein amüsierter Ausdruck schlich sich auf sein Gesicht. „Dinge, die man bespricht, bevor man spielt?"

Sie nickte nachdrücklich, ihre Beklommenheit legte sich, da sie nun wieder das Heft in der Hand hatte.

„Du bist die aufdringlichste Submissive, die ich je getroffen habe." Seine Augen tanzten belustigt und er beugte sich nah zu ihr. „Außerdem spiele ich nicht."

Sie wollte zurückspringen, sein heißer Atem an ihrem Ohr ließ sie erzittern.

„Ich werde deine Grenzen finden und sie dann überschreiten." Er umrundete sie, sodass sie sich wie in einem Käfig fühlte. „Du kannst dir ein Safeword aussuchen, aber ich bezweifle, dass du es benutzen wirst."

„Plankton", flüsterte sie.

„Gut", sagte er und nickte. „Hose, jetzt." Er deutete ihr an, sich zu beeilen. „Oder ich kann zurückgehen und das schöne Holzpaddel holen, das ich vorhin gesehen habe."

Sie hätte schwören können, dass sie ihn lachen sah, als ihre Hände zum Knopf ihrer Jeans flogen und daran herumfummelten. Sie versuchte, sich daran zu erinnern, zu atmen. Sie schob die Hose bis zu den Knien hinunter und schlurfte einen Schritt näher an den Bock, bis sie direkt davorstand.

„Braves Mädchen. Knie dich jetzt auf die Sitzfläche und leg dich über die Lehne."

Sie wusste, was zu tun war; sie hatte den Bock schon einmal benutzt. Allerdings immer nur zum Spaß. Sie blickte auf das Möbelstück, das ihr immer so viel Vergnügen bereitet hatte, und fragte sich, mit welchem Gefühl sie diese Session zurücklassen würde. Sie sah wieder zu ihm auf und flehte ihn mit ihren Augen an, aber er deutete ihr nur an, weiterzumachen.

Mit einem resignierten Seufzer legte sie sich darüber. Ihre Knie wurden von der darum geknäulten Jeans eng zusammengehalten, wenigstens hatte sie noch den leichten Schutz ihres kleinen Spitzenhöschens.

Sie streckte ihre Hände nach vorne zur gepolsterten Sitzfläche auf der anderen Seite. Jake ging nach vorne und hob ihr Kinn mit einer sanften Berührung seiner Hand an. Sie richtete ihren Blick auf sein gütiges Gesicht.

„Coral, ich werde dich nicht schonen. Ich glaube, du weißt so gut wie wir alle, dass dein zerstreutes Verhalten aufhören muss."

Sie überlegte einen Moment, ob sie widersprechen sollte, entschied dann aber, dass sie nicht in der Position war, um zu streiten.

„Das nächste Mal, wenn du dich in Gefahr bringst, was auch einschließt, dass du deine Pflichten vernachlässigst, weil du abgelenkt bist, oder in einem Schneesturm in einem Sweatshirt nach draußen rennst, will ich, dass du dich an diese Bestrafung erinnerst. Und dass von nun an noch mehr folgen werden."

Von wem?

Jake fingerte an einer Ledermanschette an der Vorderseite des Bocks herum. „Muss ich dich fesseln? Oder kann ich darauf vertrauen, dass du stillhältst?"

„Nein, ich mag keine Fesseln", sagte sie. „Ich kann stillhalten. Bitte, lass meine Hände frei."

Er strich mit dem Daumen über ihre Wange und lächelte sie an. „Natürlich. Halte deine Hände einfach vorne und wir werden kein Problem haben. Bist du bereit, anzufangen?"

Sie nickte, aber als er einfach nur vor ihr stehen blieb, wurde ihr klar, dass er eine Antwort wollte. „Ja, Sir."

„Viel besser." Er lächelte und verschwand dann aus ihrem Blickfeld.

Seine Hand fühlte sich warm auf ihrem nackten unteren Rücken an. Ihr Shirt war hochgerutscht, als sie sich hingelegt hatte, sodass ihr Rücken entblößt war. Ein Schauer lief ihr über den Rücken, als seine Hand den Bund ihres Höschens fand.

„Du hast schon so eine schöne, rosige Farbe", kommentierte er und schob dann ihr Höschen zu ihrer Jeans hinunter.

Sie versteifte sich und seine Hand landete wieder auf ihrem Rücken. Er strich in einem beruhigenden Tempo auf und ab.

„Alles in Ordnung, Coral. Aber wenn du eine Bestrafung bekommst, wird nichts zwischen dir und mir sein. Nicht einmal dieser Fetzen Spitze, der Unterwäsche sein will."

Sie zuckte zusammen, als sein Arm sich um ihre Taille schlang, sie anhob, während seine andere Hand ihr Höschen und die Jeans ganz bis zu ihren Knöcheln hinunterschob. Dann klopfte er ihr auf den inneren Oberschenkel, um ihr zu signalisieren, die Beine weiter zu spreizen. Mit einem scharfen Atemzug gehorchte sie.

„Und jetzt vergiss nicht zu atmen", sagte er.

Sie atmete wieder aus. Er hatte sie so durcheinandergebracht, dass sie diese einfache Aufgabe vergessen hatte. War das nicht der Grund, warum sie sich ständig hier unten wiederfand? Sie sehnte sich nach der Disziplinierung, nach einer Bestrafung für ein eingebildetes Vergehen, das es nur in ihrem Kopf gab. An ruhigen Tagen, wenn im Dungeon nicht so viel los war, wanderte sie hier herunter und suchte sich einen willigen Dom, der sie versohlte oder auspeitschte. Den sie auf Gedeih und Verderb ausgeliefert war, bis er entschied, dass sie ausreichend bestraft war.

Nur dass es nie echt war. Sie spielten beide Rollen. Sie fand, wonach sie sich sehnte, und es half, ihren Geist für eine kurze Zeit zur Ruhe zu bringen. Aber sie stellte fest, dass das Verlangen immer häufiger und stärker zurückkam.

Und nun lag sie hier, über den Bock gebeugt, ihr Hintern einem Mann dargeboten, der glaubte, sie sollte wirklich bestraft werden. Nicht für ein eingebildetes Vergehen, sondern für einen echten Patzer. Der Ernst der Lage ließ ihre Beine zittern.

Sie hatte keine Angst vor der Reitgerte, die er schwang. Sie hatte sie schon einmal gespürt. Das würde sie überleben. Jake ließ die Gerte auf ihre bereits erwärmten Pobacken niedersausen und sie stieß einen Schrei aus. Er legte eine Hand auf ihren Rücken, und der Kontakt versicherte ihr, dass er noch da war.

Er schlug erneut zu und eine Träne entkam ihr und rollte ihre Wange hinunter. Jake hatte recht, sie musste besser aufpassen.

Ein weiterer Hieb traf sie und sie wimmerte unter der Wucht. Ihre Gedanken spielten seine Worte wieder ab und sie erkannte deren Wahrheit. Sie lebte in einer Fantasiewelt. Wenn die Dinge zu real wurden, zog sie sich zurück. Ja, sie war verletzt worden, aber das Leben war doch weitergegangen, oder?

Jake zog einen feurigen Streifen genau über die Stelle, auf der sie saß, und sie zuckte zusammen.

„Versuch, stillzuhalten", beruhigte er sie. Seine Stimme durchbrach ihre Träumerei und es tröstete sie zu wissen, dass er sich sorgte. „Du machst das gut."

Sein Lob füllte eine Leere in ihr, von der sie nicht gewusst hatte, dass sie da war. Die Verzweiflung nagte nicht länger an ihr und sie bemühte sich, ihre Bestrafung gut anzunehmen, damit Jake wusste, wie sehr sie es zu schätzen wusste.

Sie erwartete den nächsten Hieb und spannte ihren Körper an, während sie wartete. Er klopfte ihr auf die Rückseite der Oberschenkel.

„Atme ein."

Sie gehorchte.

„Und jetzt atme aus."

Während sie ausatmete versetzte er ihr drei harte und schnelle Schläge. Ihre Tränen flossen nun ungehindert. Ihr

Hintern fühlte sich an, als hätte sie in glühenden Kohlen gesessen.

„Jake", rief sie seinen Namen beim nächsten Schlag.

Er antwortete mit schnelleren und härteren Hieben.

Sie hatte ihre Grenze erreicht; sie konnte nicht mehr. Panik stieg in ihr auf. Er kannte sie nicht, wusste nicht, was sie aushalten konnte. Woher sollte er wissen, wann er aufhören musste? Ihr Körper zitterte, von Schluchzern geschüttelt. Sie ließ es raus. Ihre Angst, ihre Enttäuschung – alles brodelte an die Oberfläche und sie ließ es fließen.

Ganz entfernt nahm sie wahr, dass er wieder um den Bock herumgegangen war und ihr Gesicht streichelte. Er murmelte ihr beruhigende Worte ins Ohr, während sie weinte. Er wischte ihre Tränen mit dem Daumen weg, küsste dann ihre Stirn, wischte ihre Nase, hielt ihr Kinn und streichelte ihr Haar.

Schließlich verlangsamte sich ihr Atem.

„Du bist so wunderschön."

Sein Kommentar verwirrte sie; sie war sicher, dass sie ein einziges Wrack war, und sie schämte sich für ihren Zusammenbruch. Es war keine so schwere Züchtigung gewesen, dass sie sich so anstellen musste. Sie hatte schon weitaus mehr ausgehalten.

„Es tut mir leid", würgte sie hervor, immer noch außer Atem von der seltsamen Haltung und dem Weinen.

Er umrundete sie wieder von hinten und hob sie an der Taille hoch. Er setzte sie auf den Bock, das kühle Leder auf ihrem heißen Hintern ließ sie zusammenzucken. Sie presste die Beine zusammen, als sie die Nässe bemerkte, die auf ihre Oberschenkel sickerte. Ihre Hose war von einem Knöchel gerutscht und hing als verdrehtes Bündel am anderen. Als sie mit den Füßen auf der Sitzfläche auf dem Bock saß, war sie auf Augenhöhe mit dem viel größeren Jake.

Er schob sein Knie zwischen ihre Beine, stellte sich

zwischen ihre Oberschenkel und schlang seine großen Arme schützend um sie. Sie vergrub ihren Kopf unter seinem Kinn.

„Ich bin so stolz auf dich", sagte er ihr.

Sie drückte sich von ihm ab und sah ihn überrascht an.

Er lächelte sie an. „Das hast du gut hingenommen. Du bist so eine erstaunliche Frau, Coral. Das darfst du nie vergessen."

Sie zuckte mit den Schultern und wollte sich wieder an ihn schmiegen, aber er zog sich zurück und hielt sie auf Armlänge.

„Achselzucken ist keine Antwort. Nicken auch nicht", sagte er jetzt streng, ein Kontrast zu dem verhätschelnden Ton, den er gerade noch benutzt hatte.

Sie hätte fast genickt, hielt sich aber zurück. „Ich finde nicht wirklich, dass ich eine erstaunliche Frau bin, aber ich weiß die Geste zu schätzen."

Seine Mundwinkel zuckten nach oben und er zog sie wieder an sich, seine Hände fuhren über ihren Rücken. „Ich habe Mittel und Wege, dich davon zu überzeugen, es aus meiner Perspektive zu sehen." Seine Hände erreichten den Saum ihres Shirts, zogen es hoch und rissen es ihr über den Kopf. Er öffnete ihren BH mit einer Hand und bedeckte mit der anderen eine frisch entblößte Brustwarze. Er senkte seinen Mund zu ihrer Brust und sie bog ihren Rücken durch und stöhnte als Antwort. Dadurch rieb sich ihr Hintern gegen den lederbezogenen Bock und sie keuchte. Ihre Pussy wurde feucht, sowohl aufgrund der Erinnerung an ihre Züchtigung als auch dadurch, dass Jake mit seiner Zunge über ihre verhärtete Brustwarze fuhr.

Sie drückte ihre Pussy gegen die Härte, die sie in seiner Hose spürte. Sie wollte, dass er sie nahm. Sie ließ ihre zitternden Hände nach unten gleiten, Adrenalin pumpte durch sie, und sie fummelte an seinem Knopf. Sie wollte das, etwas, an das sie sich seit der Trennung von ihrem Ex nicht mehr erinnern konnte, gewollt zu haben.

Es gelang ihr, seinen Schwanz zu befreien, und sie bog sich weiter durch, presste ihren Kern gegen ihn, während er seinen Angriff auf ihre Brustwarzen fortsetzte. Sie war überfordert und brauchte mehr von ihm. Sie zitterte am ganzen Körper.

„Ist es das, was du willst?" Er ergriff seine steife Länge in der Hand und blickte mit schweren Lidern auf sie hinab.

Sie nickte ihm zu und fast augenblicklich schlug er ihr auf die Seite ihres Oberschenkels.

„Ahh! Ja, Verzeihung … ich meine, ja." Es würde eine Weile dauern, bis sie sich daran erinnerte, nicht zu nicken. Etwas sagte ihr, dass es ihm nichts ausmachen würde, sie zu korrigieren, und sie lächelte bei dem Gedanken.

Sie spreizte ihre Oberschenkel weiter und gab ihm vollen Zugang. Er trat von ihr zurück, zog ein Kondom aus seiner Hosentasche, bevor er Hose und Boxershorts zu Boden schob. Sie sah ihm zu, wie er das Kondom überstreifte, und wünschte im Stillen, er möge sich beeilen. Schließlich brachte er die Spitze seines Schwanzes an ihren Eingang, und sie konnte fast spüren, wie sie ihn umfloss, so bereit war sie.

„Bist du sicher?" Er legte eine Hand auf ihre Wange und küsste sanft ihre Lippen.

„Ja, bitte." Die Worte waren kaum aus ihrem Mund, als er schnell in sie stieß, seine Hände auf ihren Hüften das Einzige, was sie auf dem Bock aufrecht hielt.

Ein kurzer Schmerzstich durchfuhr sie, als sie sich an seinen Umfang gewöhnte. Er hielt in ihr still und runzelte die Stirn. „Coral, du bist so eng. Ist alles in Ordnung?"

Sie nickte als Antwort, spürte aber einen Anflug von Bedauern. Was hatte sie getan? Jake erstarrte und sie war kurz besorgt, er könne ihre Gedanken lesen und all ihre

Geheimnisse kennen. Sie versuchte, ihre Hüften nach vorne zu bewegen, um ihn zu drängen, sich zu bewegen. Der leichte Stich war verschwunden, und jetzt fühlte sie sich nur noch ausgefüllt und brauchte seine Bewegung in sich. Sie suchte nach einer Befriedigung, von der sie nicht gewusst hatte, dass sie sie brauchte.

„Bitte", hauchte sie schließlich. Sie wiegte sich wieder nach vorne, aber er hielt sie fest auf dem Bock. Er zog sich zurück und stieß dann wieder vor. Er bewegte sich in einem beunruhigend langsamen Tempo, aber sie konnte an seinem Atem erkennen, dass er sich kaum zurückhalten konnte.

„Schneller, bitte", flehte sie.

„Du bist so eng. Ich will dir nicht wehtun."

Sie versuchte, ihren Rücken durchzubiegen, ihre Beine weiter zu spreizen, alles, um ihn tiefer aufzunehmen. Sie wimmerte in seinem Griff und er lachte leise. „Du bist sehr hartnäckig, wenn du etwas willst." Er zog sich aus ihr zurück und sie öffnete den Mund, um zu protestieren, aber er zog sie auf die Beine. „Zuerst versprich mir, dass du mir sagst, ich soll aufhören, wenn es zu viel wird."

„Ja, ich werde es dir sagen. Bitte, nimm mich einfach." Es war ihr egal, dass sie jammerte. Ihr Verlangen nach ihm war so stark, dass sie ihren Puls in den Ohren pochen spürte.

Er drehte sie zum Bock um und wies sie an, sich wieder mit der Vorderseite darüber zu legen. Dann zog er ihre Oberschenkel auseinander und drang schnell in sie ein. Sie keuchte und drückte sich ihm entgegen.

Er legte ein bestrafendes Tempo vor, pumpte in sie hinein und wieder hinaus. Sie hörte vage die Geräusche ihrer Vereinigung, das Klatschen seines Körpers gegen ihren. Mit jedem Stoß streifte er ihre immer noch brennenden Pobacken, und das machte sie nur noch feuchter. Sie fühlte sich von ihm völlig besessen und durch seine Hand gründlich bestraft, und jetzt, als er sich sein Vergnügen nahm, schloss sich das Loch in ihrem Herzen ein kleines bisschen mehr, da es von ihm gefüllt wurde.

Sie zuckte zusammen, als seine Hand an ihrer Hüfte entlangfuhr und ihre Klitoris fand. Er spielte mit dem Kitzler, während er weiter in sie hineinstieß. Sie schrie auf, als er sie zum Orgasmus brachte, schrie seinen Namen und liebte das Gefühl, wie er aus ihrem Mund kam. Liebte, dass er ihr das angetan hatte.

Sie spürte, wie ihr Verlangen wieder anstieg, als seine Bewegungen hektischer und ruckartiger wurden, und sie explodierte erneut, als Jake hinter ihr ein Knurren ausstieß und sie spürte, wie seine Knie gegen ihre Kniekehlen stießen, als er unter seiner eigenen Entladung zusammenbrach.

Er sackte auf ihren Rücken und sie lagen keuchend da und holten Luft. Es fühlte sich an, als wären sie ein Wesen. Herzen, die im Gleichklang schlugen. Sie hatte fast vergessen, dass sie überhaupt ein Herz hatte.

JAKE

Jake blickte auf Coral hinab, die sich in seine Arme kuschelte. Er hatte sie vom Bock zurück auf die Ledercouch gebracht und sein Hemd ausgezogen, um es ihr um die Schultern zu legen. Das Leder klebte an seinen Oberschenkeln und er wollte gerade vorschlagen, dass sie ihn in ihr Zimmer führen sollte. Er hatte fast vergessen, dass sie sich gerade mitten im Raum gepaart hatten. Niemand schien wirklich in ihre Richtung zu blicken, aber es waren andere Leute im Dungeon und es schien geschäftiger zu werden. Er erblickte seine Schwester Jillian und eine hübsche Blondine. Er wollte lieber unbemerkt verschwinden, sonst müsste er eine Million Fragen beantworten.

Coral seufzte und bewegte sich, ihre Lider flatterten und

schlossen sich. Er küsste ihr Haar, atmete ihren Duft ein und strich mit seinen Fingerknöcheln über ihre weiche Haut.

„Komm, lass uns nach oben gehen und uns frisch machen."

Sie wollte aufstehen, und er sah sie zusammenzucken.

„Coral? Ist alles in Ordnung?"

Sie lächelte ihn an. „Ja, nur ein bisschen wund. Aber das erste Mal war nicht ganz so schlimm, wie meine Schwestern es mir weismachen wollten."

„Das erste Mal?", fragte er. Er spürte, wie seine Augenbrauen bis unters Dach kletterten. Vielleicht meinte sie die Züchtigung, sicher meinte sie nicht –

„Ja, du warst mein Erster, Jake."

Er starrte sie schockiert an, ohne zu wissen, wie er reagieren sollte. Hätte er das gewusst, hätte er es niemals getan. Ungezügelte Wut durchfuhr ihn, und Coral musste es bemerkt haben, denn sie stand schnell auf und trat einen Schritt zurück. Sie zog sein Hemd enger um sich und richtete ihren Blick auf den Boden.

„Aber du hast mir gesagt, du kommst oft hierher", sagte er und versuchte, einen gleichmäßigen Ton beizubehalten, während er seine Hände zu Fäusten auf seinen Oberschenkeln ballte. „Du spielst mit Gästen, suchst dir Doms."

Sie nickte, ihre Augen weiteten sich, als sie seinen Blick wieder traf, und sie trat einen weiteren Schritt zurück.

„Worte, Coral." Er konnte die Wut nicht aus seiner Stimme verbannen und sah, wie sie versuchte, ihre zitternden Hände zusammenzuhalten.

„Es stimmt. Ich komme hierher. Ich suche mir gerne einen Dom, der mich verhaut. Das ist alles, was je passiert ist. Ich habe nie, äh … ich meine, du warst der Erste", sagte sie. In ihren Augen funkelten unvergossene Tränen, und er verfluchte sich dafür, dass er so hart mit ihr geredet hatte.

Er stieß einen resignierten Seufzer aus und erhob sich

von der Couch. Sie zuckte zusammen, als er seine Arme ausstreckte, um sie zu umarmen, aber dann schmiegte sie sich an ihn.

„Wir werden uns noch über das Lügen unterhalten und darüber, dass etwas zu verschweigen dasselbe ist wie eine Lüge." Er trat zurück und nahm ihr Kinn in die Hand. Die unverhohlene Anbetung in ihrem Gesicht brachte ihn aus dem Konzept. Was tat er hier? Sie war ihm völlig ausgeliefert, und er hatte Angst, dass er das vermasseln und sie noch mehr zerbrechen würde, als sie es sowieso schon war.

„Ich muss dir noch etwas sagen", sagte sie leise.

Er ergriff ihre Hand und zog sie zur Steintreppe. „Lass uns gehen. Wir machen uns frisch, dann reden wir."

KAPITEL ELF

JILLIAN

Jillian sah auf die Uhr an der Wand, als Stiefmutter hinter dem abgehängten Umkleidebereich hervorkam. Die Uhr schlug eins. Wie üblich trug sie Schwarz, ein eng geschnürtes Bustier und ihre langen schwarzen Stiefel. Aber irgendetwas stimmte nicht.

„Ähm, Stiefmutter." Jillian war nicht sicher, ob sie etwas sagen sollte, vor allem nach Cindys Reaktion vorhin.

„Da. Ja, Jillian?"

„Deine, ähm, deine Haare." Sie wies unbeholfen auf den Chignon, den die Domina noch immer trug – die Frisur, die Cindy vorhin getragen hatte.

„Oh." Sie riss die Haarnadeln heraus und schüttelte den Kopf, zupfte ihr langes weißblondes Haar über die Schultern. „Ich wurde abgelenkt." Ihr schwerer Akzent wurde dichter. „Verzeih."

„Stiefmutter, weißt du von Cindy? Ich meine, weißt du—"

„Dass sie und ich denselben Körper haben, aber im Moment nichts weiter teilen?" Die Frau lächelte sie gütig an. „Ja, ich weiß es."

Jillian zupfte an dem engen Korsett um ihre Taille. Sie fühlte sich so unwohl, obwohl die freundliche Domina ihr gesagt hatte, sie sehe wunderschön aus. „Wie kam es dazu?"

Stiefmutter zog einen Stuhl hervor und setzte sich, den Stiefel an die Stuhlkante gelehnt.

„Vor zwei Jahren hatte das liebe Mädchen einen Unfall. Schreckliche Verletzungen am Kopf." Sie schüttelte unglücklich den Kopf. „Sie wäre gestorben, hätte sie nicht der große Wolf gerettet."

„Wolf?"

Stiefmutter fuchtelte leicht mit dem Handgelenk. „Das ist eine andere Geschichte für ein andermal, mein Liebling." Sie lehnte sich zurück und wirkte nachdenklich. „Ich erinnere mich nicht an viel. Nur daran, dass der Große uns mit zu sich nahm. Sie lag im Sterben, ich wusste es in meinem Herzen." Eine Träne glitt über ihre Wange. „Das süße Kind bat mich um Hilfe, sagte, sie sei nicht stark genug. Also erhob ich mich und nahm für eine Weile ihren Platz ein."

Jillian beugte sich vor und hielt vor Erwartung die Luft an.

Stiefmutter strich sich mit den Fingern durch das Haar. „Nach einer Weile beschloss ich zu gehen, aber sie ließ mich nicht. Sie flehte mich an zu bleiben, also willigte ich ein, von Mitternacht bis zum Morgen die Schatten fernzuhalten. Sie hatte Angst vor den Monstern im Dunkeln, also blieb ich und beschützte sie nachts. Nach ein paar Monaten entschied sie sich, unsere Abmachung zu vergessen, und drückte sie tief hinunter in ihre verschlossenen Erinnerungen, zusammen mit all den anderen Schrecken."

„Also weiß sie nichts von dir", sagte Jillian.

Stiefmutter schüttelte traurig den Kopf. „Irgendwo tief in ihrem Inneren weiß sie es. Aber sie traut ihrer Stärke nicht genug, um es anzuerkennen. Sie fürchtet, es würde ihre Schrecken zum Leben erwecken."

Sie stand auf und beschäftigte sich damit, ein paar Spanking-Tools auf dem Tisch vor ihnen auszubreiten. „Wenn sie bereit ist, wird sie es anerkennen. Im Moment ist sie die Süße, die Jungfrau, mit Hoffnungen so hoch wie Berge, während sie von der wahren Liebe träumt. Und ich bin ihre Beschützerin. Diejenige, die kein Übel hereinlässt. Ich beuge mich keinem Mann, und so fühlt sie sich am sichersten."

Jillian stand auf und tigerte durch den kleinen Raum, der Kopf schwirrte von allem, was sie gehört hatte. „Aber wenn wir sie nur dazu bringen könnten, es zu sehen ..."

„Nein! Wenn sie bereit ist, wird sie es uns sagen."

„Wirkt ziemlich schwach, sich hinter einer Hülle aus Unterwerfung zu verstecken, wenn du mich fragst", murmelte Jillian, wütend für ihre Freundin und verwirrt.

„Liebes Kind", Stiefmutter nahm ihr Kinn in die Hand, „sie versteckt sich nicht, weil sie schwach ist. Sie baut ihre Stärke auf und wartet ab. Wenn der Richtige für sie kommt, wird er das Schloss zu ihren Erinnerungen und ihrem Herzen aufschließen. Und sie wird aus der Asche aufsteigen wie ein Phönix. Das ist Stärke, meine Liebe. Du siehst es vielleicht nicht, aber sie ist stärker als du oder ich, und sogar stärker als der große Wolf selbst. Verstehst du?"

Jillian spürte, wie sich ihre Augen über die feste Zurechtweisung weiteten, und nickte. „Ja, Stiefmutter."

Sie ließ ihr Kinn los und schenkte ihr ein breites Lächeln. „Gut! Jetzt schauen wir uns dich mal an."

Jillian drehte sich mehrmals vor dem Spiegel und musterte ihr neues Erscheinungsbild. Sie hatte sich ein paar Sachen von Stiefmutter geliehen. Das enge Korsett schnürte ihre Taille ein, sodass es schwer war zu atmen oder sich zu bücken, aber ihre Brüste hatten noch nie besser ausgesehen. Sie holte tief Luft, hob sie an, drückte sie gegen den oberen Rand des Stoffes. Sie drehte sich und sah, wie ihr Po in einem sexy Hüftschwung wippte und wackelte. Sie musste sich so eine Hose unbedingt selbst zulegen. Das Einzige, das ihr nicht zusagte, waren die kniehohen Stiefel mit acht Zentimeter hohen Absätzen. Sie hätte wetten können, dass sie nicht im Geringsten sinnlich aussah, während sie über den Boden wackelte, bemüht, sich nicht den Knöchel zu verstauchen oder wieder auf den Hintern zu fallen. *Wie peinlich.*

„Stiefmutter, hast du irgendwelche niedrigeren Absätze, die ich mir leihen kann?"

Die größere Frau schnalzte die Zunge und warf ihr ein Paar schwarze Mid-Calf-Stiefel mit fünf Zentimeter hohen Absätzen zu. „Mehr ist nicht drin. Ohne Stiefel killst du das Outfit. Nimm dir etwas Zeit und schau, ob du dich daran gewöhnst. Wenn nicht, kannst du dir Cindys Flats leihen. Sie hat immer einige Paare herumliegen."

Jillian beeilte sich, die Stiefel zu wechseln, und fühlte sich in den flacheren Heels etwas weniger wacklig. Nun, das erklärte Stiefmutters gebieterische Präsenz, während sie über ihr thronte, mindestens zehn Zentimeter größer.

„Komm, Jillian. Das Rouge und die Lippenfarbe. Ich denke, Rot passt bestens."

Jillian wurde in einen Stuhl gedrückt und achtete darauf, sich nicht zu bewegen, während Stiefmutter ihr Gesicht, die Augen und Lippen in die Hand nahm. Sie wies sie an, die Augen nicht zu bewegen, ein paarmal zu blinzeln und die Lippen zu spitzen. Und als die größere Frau sie für fertig erklärte, drehte sie sie einmal herum, damit sie in den Spiegel sehen konnte.

Heilige Scheiße, was für ein Unterschied! Die dunkle Schattierung mit dem Kohlkajal holte das Smaragdgrün ihrer Augen hervor. Ihre Wimpern wirkten lang und dunkel, und ihre Lippen waren noch nie so rot und voll gewesen. Sie fühlte sich wunderschön. Sie fragte sich, ob Bertram ihren neuen Look mögen würde, erinnerte sich dann aber daran, dass er einen Harem voller Subs und eine „Little" hatte.

Bertram war es scheißegal, wie sie aussah. Sie sehnte sich nach dem einen Mann, der ihre Wünsche endlich verstand und ihre Bedürfnisse erfüllen konnte. Dem Mann, der ihr Herz rasen ließ und mit einem einzigen Blick dafür sorgen konnte, dass sich zwischen ihren Beinen alles zusammenzog.

Sie schüttelte den Gedanken ab und sprang auf, wackelte diesmal nur ein bisschen. Er interessierte sich nicht für sie. Es war Zeit, nach vorn zu sehen.

„Danke dir so sehr, Stiefmutter. Ich fühle mich so schön und sexy und stark."

„Gut. Dann machen wir uns bereit für unsere Sub. Sie hat gesagt, ich kann dich trainieren, während wir sie als unseren *Bottom* benutzen. Bist du bereit, eine Domme zu sein, liebe Jillian?"

„Ja, Stiefmutter." Sie hob den Kopf und hielt ihrem Blick stand. *Ich bin stark genug. Ich brauche ihn nicht*, flüsterte sie sich zu, als sie das leise Klopfen an der Tür hörte.

„Gut, dann beginnen wir."

BERTRAM

Bertram hatte die ganze Nacht nach ihr gesucht, in der Hoffnung, eine Chance zu bekommen, mit ihr zu reden, aber jedes Mal, wenn sie sich über den Weg liefen, zuckte Jillian nur kalt mit den Schultern und ging davon. Es war offensichtlich, dass sie wütend war, weil er ihrer Bitte eine Absage erteilt hatte. Er wollte diese Art von Intimität auch. Aber was, wenn sie es sich anders überlegte? Was, wenn sie entschied, dass es da draußen etwas *oder jemanden* Besseres gab? Scheiße, Shana hatte ihm echt zugesetzt. Und dann war da noch sein Wolf, der sie als die ihre markieren und nie wieder loslassen wollte. Ihre Bitte hatte ihn verunsichert. Zum Glück war er Cindy über den Weg gelaufen, die ihm gut gelaunt mitgeteilt hatte, dass Jillian heute Abend mit Stiefmutter da sein würde. Er klopfte leise, hörte das laute „Herein" und öffnete die Tür.

Eine Frau mittleren Alters war auf die Spankingbank geschnallt und bekam von Stiefmutter eine Handabreibung und... *Was zum Teufel?*

„Nein, Jillian, du musst auf ihre Signale achten." Stiefmutter nahm Jillian das kleine Holzpaddel aus der Hand. Sie streichelte den Po der Frau, drückte ihn und gab ihm einen Klaps. „Sie wölbt den Rücken und streckt dir das Gesäß entgegen. Das heißt, du sollst fester zuschlagen oder schneller werden. Nicht zurückweichen. Sie will mehr." Sie strich der Frau über das Gesicht und fuhr ihr durch das Haar, wobei sie ihren Kopf langsam zurückzog. „Willst du mehr, Kleines?"

Die gefesselte Frau wimmerte und nickte, während sie ihren Po herausstreckte.

Er sah zu, wie Jillian die Hand hob und jedes Mal ihren Schwung verlor, wenn sie auf den Hintern der anderen Frau schlug. Sie wankte und schwankte, und er konnte nicht sagen, ob ihr ihr Outfit unangenehmer war oder die neue Aufgabe, dominant zu sein.

„Okay, süße Jillian. Es ist in Ordnung, wenn das nicht dein Ding ist." Stiefmutter tätschelte den Po der Sub und half ihr von der Spankingbank. „Danke für deine Zeit. Wenn wir es noch einmal versuchen wollen, sagen wir dir Bescheid."

Die Frau zog ihr Kleid über ihren roten Po, dankte ihnen und ging zur Tür hinaus.

Für Bertram hatte es gereicht. Jillian war keine Domina, und es gab keinen Grund, ihre Zeit zu verschwenden, oder die von Stiefmutter.

„Entschuldige, Stiefmutter, aber dein Schützling ist hier überfordert. Vielleicht ist es Zeit für eine Pause."

„Da hast du wahrscheinlich recht, Master Wolfe." Sie nickte und begegnete seinem Blick voller Verständnis.

„Was? Nein, ich kann das! Ich will das machen!" Eine großäugige Jillian wandte sich ihrer Mentorin zu. „Bitte, ich kann dominant sein! Ich bin nicht schwach!"

Stiefmutter schüttelte traurig den Kopf und streichelte Jillians Wange. „Süßes Mädchen, submissiv zu sein macht dich nicht schwach. Ich hatte gehofft, du würdest das in unseren Sessions herausfinden. Du bist nicht schwach. Und, mein süßes, süßes Mädchen, du bist submissiv. Nimm es an."

Sie wandte sich Bertram zu. „Ich ziehe mich für heute zurück. Der Raum gehört euch. Reden, dann spanken, dann lieben. Da?" Sie sah beide an und verließ den Raum. Während er sich über die Lippen leckte und sich auf die sexy Brünette vor ihm konzentrierte, musste er zugeben, Stiefmutter war eine sehr intuitive Frau.

JILLIAN

Jillian sah, wie der große Mann auf sie zukam, und fühlte sich plötzlich wie seine Beute. Sie schauderte und biss sich reflexhaft auf die Lippe, während sie zusah, wie er sich über die Spankingbank positionierte.

„Mal sehen, was du draufhast, kleines Mädchen."

Sie zitterte und griff nach seiner Hose. Der Stoff fühlte sich kalt und kratzig in ihren Händen an. „Ähm, ich glaub, die muss runter."

Er zwinkerte und stand auf, um sie auszuziehen. „Unterwäsche?"

Sie sah die große Beule, die sich gegen den Stoff drückte, und spürte, wie ihr die Wangen heiß wurden, während sie nickte.

„Benutz deine Stimme, Jillian", knurrte er. „Zeig mir, wie du dominierst."

„O-okay." Sie schluckte. „Bertram, bitte zieh deine, ähm … alles aus."

„Alles?" Er hob die Augenbraue.

„Ja."

Er zog sich das Shirt über den Kopf und legte eine kräftige, muskulöse Brust und dunkle, lockige Haare frei.

Sie leckte sich über die Lippen und beugte sich zu ihm, wünschte, sie könnte ihre Finger durch seine Locken gleiten lassen.

„Du darfst anfassen, was immer du willst." Er musste ihre Gedanken gelesen haben. „Du hast meine Erlaubnis."

Sie strich mit den Handflächen über seine Brust und zog die groben Haare durch ihre Finger. Plötzlich übermütig, griff sie eine Handvoll Haare, drehte sie und funkelte ihn an. „Zieh den Rest deiner Kleidung aus und beug dich über die Bank."

„Ja, Herrin." Er grinste und streifte sein letztes Kleidungsstück ab.

Sein Glied sprang aus seinem Gefängnis, gewaltig und hart, und bat förmlich um ihre Berührung. Sie wollte es fühlen, wissen, ob es so glatt war, wie es aussah.

Er räusperte sich. „Was ist dein nächster Zug, Herrin, zugucken oder spielen?"

Sie holte tief Luft und beruhigte sich. Sie konnte das. Sie würde ihm zeigen, dass sie stärker war, als sie aussah. „Über die Bank." Sie legte ein Handtuch aus und fragte sich, wie zur Hölle er bei seiner Größe Platz finden sollte, wenn er sich darüber beugte.

Er legte sich über die Bank und präsentierte ihr sein festes, muskulöses Gesäß. Oh Herrgott, das war straff und fest. Sie fuhr mit den Fingern über seine nackte Rückseite und staunte über die geschmeidige Glätte, die sich mit der festen Muskulatur eines arbeitenden Mannes verband. Dieser Mann war offensichtlich sehr aktiv. Sie kniff in seine rechte Pobacke, tätschelte ihn sanft und liebte die dezente Röte, die in seine Haut kroch.

„Bist du mit dem Betatschen langsam fertig, Herrin?" Sie hörte das Neckende in seiner Stimme.

„Ja, äh, was ist dein Vergnügen, Mr. Wolfe?"

„Überrasch mich." Er lehnte sich weiter über die Bank und entspannte sich für sie.

Sie hob das kleine Holzpaddel auf. Kühl und glatt in der Hand, schien sein Gewicht perfekt zu führen zu sein. Nicht zu leicht, nicht zu schwer. Gerade richtig. Sie hob es in die Luft und ließ es mit einem nicht gerade zufriedenstellenden, leisen Puff herunterkommen. *Wie enttäuschend.* Er reagierte nicht, also hob sie das Paddel diesmal höher und ließ es auf dieselbe Stelle krachen, hinterließ jedoch kaum einen zarten rosigen Fleck auf seiner perfekten Haut. Das frustrierte sie. *Stiefmutter hat das so leicht aussehen lassen!*

„Wenn die Herrin erlaubt, muss ich sagen, sie macht es falsch", kam seine raue Feststellung.

„Na gut! Und was genau mache ich falsch?" Sie runzelte die Stirn und stemmte die Hände in die Hüften.

Er stand auf, nahm die Hand mit dem Paddel in seinen Griff und rollte ihre Hand sanft in Kreisen. Er rieb ihr Handgelenk, bis sie den Griff lockerte. „Du hast zarte, feminine Hände. Deine Schläge kommen nicht aus Kraft, sondern vom kleineren Schwerpunkt."

Er drehte sich um und positionierte ihre Schlaghand an seinem Hintern. Er schnippte ihr Handgelenk an, sodass sie mit kleinen Stößen auf und ab gegen sein nacktes Hinterteil schlug. Nach 15 Hieben ließ er sie los und präsentierte ihr das Ergebnis ihrer „Bemühungen".

Seine rechte Backe war warm und rosig. Sie spürte die

Hitze, die von der Stelle ausging, die sie so mühelos bearbeitet hatte.

„Wow, das macht einen riesigen Unterschied." Sie lächelte und bemerkte noch etwas, das ziemlich riesig geworden war, und sie spürte, wie ihr die Hitze in die Wangen schoss, während ihr Puls schneller ging. Dieser Mann ließ sie Dinge fühlen wie kein anderer zuvor. Seine Stärke und sein beherrschendes Auftreten riefen nach ihr.

„Du bist dran." Er zog seine Hose hoch und nahm ihr das kleine Werkzeug ab.

„W-was?" stotterte sie und stolperte. *Verdammte Stiefel.*

„Ich finde, es ist nur fair, wenn du vergleichen kannst, was dir besser gefällt."

„Ich mag es, oben zu sein." Sie reckte das Kinn vor und funkelte ihn an. „Ich bin nicht schwach, und ich mag es, die Kontrolle zu haben, und nur weil du mich nicht attraktiv findest, heißt das nicht, dass es nicht andere Männer gibt, die—"

Er packte ihren Pferdeschwanz in seiner Faust und zog ihren Kopf sanft nach hinten, sodass sie geradewegs in seine dunklen, angriffslustigen Augen starrte. „Was lässt dich glauben, ich hielte dich für schwach oder fände dich nicht attraktiv, kleines Mädchen?"

Er ließ sie plötzlich los, und Hitze durchströmte ihren Körper, während sie vor Aufregung bebte. „Du wolltest mich nicht, nach, nach …" Sie blickte auf den Boden und beobachtete, wie seine großen, behaarten Füße auf dem Boden tippten.

„Nach was?"

Sie schluckte und traf seinen Blick. „Nachdem du mir den Hintern versohlt hast. Ich … ich habe innen drin etwas gefühlt, und du hast keinerlei Anzeichen gezeigt, dass es dir genauso ging. Und dann hast du angedeutet, dass du heute nicht bei mir sein wolltest. Ich … ich weiß nicht." Sie schüttelte den Kopf und versuchte, sich aus seinem Griff zu lösen.

„Ich war von unseren Aktivitäten letzte Nacht sehr erregt, aber ich würde dich nicht ausnutzen. So bin ich nicht erzogen worden." Er hielt ihr Kinn fest in seiner eisenharten Handfläche. „Außerdem wollte ich dir heute Zeit geben, dich zu erholen und dich an das hier zu gewöhnen, bevor du übereilte Entscheidungen triffst. Aber lass mich eines klarstellen: Wärst du nicht so erschöpft und frisch wund gewesen, hätte ich deinen nackten Arsch so versohlt, wie du dir nie hättest träumen lassen, versohlt zu werden. Dann wäre ich über deinen straffen kleinen Körper hergefallen und hätte dich als mein Eigen beansprucht."

Sie zuckte zusammen und quietschte, peinlich berührt von seiner Intensität und dem animalischen Blick in seinen Augen. „Du bist so böse."

„„Böse' ist mein zweiter Vorname, Schatz." Er zeigte ihr die Zähne.

Bildete sie sich das nur ein, oder wurden seine Zähne länger?

Sie schüttelte den Gedanken ab und hob das Kinn, um seinem Blick zu begegnen, seine Intensität mit einer eigenen Wildheit, einer eigenen Lust, aufzunehmen. „Zeig's mir."

Er packte sie und küsste sie hart auf den Mund, nicht liebkosend, sondern so, dass Besitz und Dominanz darin lagen. „Beug dich vor und fass deine Knöchel, Frau. Ich werde dir zeigen, wie sexy einvernehmliche Unterwerfung sein kann."

Sie streifte die Hose ab und beugte sich rasch vor, peinlich berührt und zutiefst erregt.

„Braves Mädchen." Er tätschelte zärtlich ihren Po und gab ihr ein paar leichte Klapse.

Sie streckte den Hintern noch weiter raus und hörte ihn leise lachen.

„Ich glaube, du willst mehr, oder, kleines Mädchen?"

Sie nickte. „Au! Sorry, ähm … Ja, Sir, ich will mehr."

Er wärmte sie langsam mit seiner Hand an und nahm sich die Zeit, immer wieder innezuhalten, zu streicheln und zu kneifen. Es war quälende Folter. Verdammt, sie wollte mehr! „Härter. Bitte."

„Stell dich hin."

Sie fuhr so schnell hoch, dass ihr das Blut in den Kopf schoss, aber er stabilisierte sie und führte sie zur Wand.

„Zieh diese verdammten Dinger aus, bevor du dir noch den Knöchel brichst." Er griff nach einem Stiefel, dann nach dem anderen und warf sie quer durch den Raum. Er platzierte ihre Hände über ihrem Kopf an der Wand. „Spreiz die Beine." Er stupste sie so lange auseinander, bis es ihm passte. „Hintern raus."

Sie gehorchte sofort.

„Braves Mädchen." Er strich über ihren warmen Po, kam nah an die Spalte zwischen ihren Beinen, und sie stöhnte.

„Das erinnert mich …" Er gab ihr noch ein paar leichte Hiebe. „Ich will dich hören. Jedes Stöhnen, jedes Stammeln, jedes Weinen, jeden Schrei. Alles. Erheb deine Stimme und lass mich hören, wie du auf das reagierst, was du bekommst."

Sie schüttelte den Kopf, fühlte sich gehemmt und albern, und presste die Lippen fest zusammen. Ein Feuerregen prasselte auf ihren Hintern nieder, als er ihr ein Dutzend der härtesten Klapse verpasste, die sie bisher bekommen hatte.

„Au! Aua! Auuuuuuu!" kreischte sie.

Seine weiche Hand beruhigte ihren armen Po. „Braves Mädchen. Lass mich deine Stimme hören. Das macht mir Freude."

„Ja, Sir", flüsterte sie, atemlos vor lauter Reizen. Sie streckte ihm den Hintern entgegen und nahm dankbar alles an, was er ihrer geschwollenen, heißen Rückseite verpasste.

Er schien große Freude daran zu haben, sie mit seiner

Mischung aus harten Hieben und sanften Streicheleinheiten zu reizen. Sie stöhnte, als sie spürte, wie die Hitze in ihrer Mitte zusammenlief und die ersten Tropfen ihrer Erregung ihre Beine hinabliefen. Dann erschreckte er sie, indem er hinter ihr niederkniete und sein Gesicht an ihre heißen Pobacken drückte.

Er holte tief Luft und knurrte aus seiner Brust. „Du riechst so verdammt gut, Kleines. Wenn wir fertig sind, muss ich dich auffressen."

„Mmm, okay. Ja, Sir. Was immer du für richtig hältst." Ihr ganzer Körper bebte.

Er riss sie hoch und presste ihren Rücken an sich, hüllte sie mit seiner gewaltigen Größe ein. Sie schauderte, als er ihr das Haar aus dem Nacken auf die andere Schulter strich.

Er knabberte sanft an ihrem Hals, ließ Gänsehaut aufschießen, während ihr Körper vor Empfindungen schrie. Kein Mann hatte das je mit ihr gemacht, sie so fühlen lassen.

„Darf ich etwas anderes mit dir ausprobieren, Jillian?"

„Ja, Sir!" Sie schämte sich für ihre übertriebene Reaktion.

„Perfekt."

BERTRAM

Er schlug ihr noch einmal spielerisch auf den festen Hintern und führte seine sexy kleine Spanking-Gespielin zur Bank. Wenn es noch irgendeinen Zweifel gegeben hatte, dass diese Frau zu ihm gehörte, seine Schicksalsgefährtin war, war er jetzt verschwunden. Sie gehörte ihm, und das würde sie gleich herausfinden.

„Trag dieses Outfit nicht mehr", knurrte er und riss das Oberteil des Mieders von ihren Brüsten. „Ich habe dich lieber in Kleidern, und diese Prachtexemplare", er griff ihre geschwollenen Brüste, „sollen vor allen anderen Kerlen außer Sicht bleiben." Er zwirbelte ihre aufgerichtete, rosige Brustwarze und genoss auf perverse Weise, wie sie wimmerte und sich über die Lippen leckte. Ja, diese Frau war seine, und er würde sie mit niemandem teilen.

Er sah, wie ihr nackter Körper vor ihm bebte, und roch ihre Lust. Sie triefte förmlich, bereit für ihn. Ein saftiger Happen, den er endlich kosten würde. Er zog sie über die Bank und versohlte sie immer und immer wieder.

Ihre aufgerissenen Augen ließen ihn einen Moment innehalten, er entspannte seine Gesichtszüge und lehnte sich an ihr Ohr. „Wie lautet dein Safeword, Jillian?"

„P-p-eter Piper", stotterte sie.

„Sagst du es jetzt?" Er betete, dass sie es nicht tun würde, aber er wollte sicher sein.

„Zur Hölle, nein!" Sie hob den Kopf und runzelte die Stirn. „Wenn du das glaubst, bist du noch dümmer als Simple Simon!"

Er gluckste und liebte diese Frau nur noch mehr. Sie hatte echte Stärke.

„Alles klar. Hintern hoch, Beine spreizen."

Ihre Wangen wurden vor Erregung heiß, als sie nickte und sich wieder über die Bank legte.

Er nahm den Flogger, den er letztes Jahr gemacht hatte, und ließ ihn durch die Luft zischen. Er bestand aus vielen Stücken Zeltseil und war das perfekte Werkzeug, um ihr ordentlich einzuheizen, ohne sie zu überfordern. Mit einem Schnippen des Handgelenks ließ er die Seilenden immer wieder über ihren herrlich roten Hintern gleiten und schwelgte in ihrem Stöhnen und der Nässe, die er zwischen ihren Beinen wachsen sah.

Er streichelte sie zwischen ihren Beinen, seine Finger trieften von ihren Säften. Sie tanzte und wand sich und stöhnte, während er zwischen Streicheln und Versohlen wechselte. Er fühlte, wie seine andere Seite hochkam, forderte, seine lüsternen Vorstöße weiterzutreiben, sie als die Seine zu beanspruchen. Ein leises Knurren entrang sich ihm, als sie durch einen heftigen Orgasmus schaukelte, ihr Körper vor Lust bebte.

„Bitte, nimm mich!", rief sie.

Mach sie zu der Deinen! befahl sein Biest, und er verlor beinahe die Kontrolle, als der Wolf drohte, sich zu erheben.

Er sprang von ihr weg und wandte sich ab von dem Anblick ihres roten Hinterns und ihrer geschwollenen, nassen Lippen.

„Was ist los?" Sie stand auf und drehte sich um, ihr Gesicht jetzt ein Abbild verletzter Verwirrung.

„Ich kann nicht. Nicht jetzt", knurrte er, und rannte so schnell er konnte aus dem Raum. Aber nicht, ohne den Schmerz in ihren Augen zu sehen. Es war besser, ihre Gefühle zu verletzen, als sie zu Tode zu erschrecken oder ihr wehzutun, indem er seine andere Seite freiließ, oder?

„Verdammt nochmal!", fluchte er, und steuerte auf die Rückseite der Lodge zu.

KAPITEL ZWÖLF

CADE
Faye zum Höhepunkt zu bringen, hatte Cade mehr angemacht als alles, was er je erlebt hatte, selbst wenn man die verrückten Jahre der Pubertät mitzählte, in denen er bei so „erregenden" Dingen wie einer Folge von *Friends* hatte kommen können. Er saugte an ihrer Klitoris und genoss es, wie sie sich wand, ihre kleinen überraschten Ausrufe. Mit seinem Zeigefinger rieb er an ihrem Eingang und glitt so weit hinein, wie sein Finger reichte, dann krümmte er ihn, um die Vorderseite ihrer inneren Wand zu kitzeln.

„Oh Pan, oh Pan, oh Pan!", schrie sie, ihre Hände umklammerten seinen Kopf, als sich ihre inneren Muskeln um seinen Finger schlossen.

„Das ist es, kleine Fee", ermutigte er sie, hob seinen Kopf, drückte seinen Finger aber weiter in sie hinein und zog ihn wieder heraus.

„Oh, Cade", wimmerte sie, als ob es schmerzte.

Er blickte auf und erstarrte, als er Tränen auf ihrem Gesicht sah. „Oh, Mist …"

„Nein!", schluchzte sie und griff nach seinem Handgelenk,

um seinen Finger tiefer in sich zu schieben. „Nein, es ist großartig. Es ist das Beste."

Er folgte ihrem Drängen und fickte sie weiter mit den Fingern, bis ihr Orgasmus abebbte und sie erschöpft auf seinem Bett lag.

„Es war so gut, dass du geweint hast?", fragte er und versuchte zu verstehen, ob es ihr wirklich gut ging.

„Ich habe nicht geweint!" Sie wischte sich mit den Händen über das Gesicht. „Meine Augen haben nur ein bisschen getränt, das ist alles."

Er dachte darüber nach, den Dominanten raushängen zu lassen und ihr für die Lüge den Hintern zu versohlen, aber in Anbetracht ihrer offensichtlichen Zerbrechlichkeit entschied er sich dafür, sich neben sie zu legen und ihren Hals zu küssen. Sein Schwanz spannte sich gegen seine Boxershorts und zuckte bei der Berührung ihres Beins, was ihre Augen weit werden und ihren Körper erstarren ließ.

„Äh, ich glaube, ich nehme mal eine lange Dusche, okay?" Er rollte sich weg.

„Ja, gut." Sie sprang aus dem Bett und rannte praktisch zur Tür.

„Ich mag morgens ein großes Frühstück, Sklavin!", rief er ihrem sich entfernenden Rücken nach.

„Jep. Nimm du nur eine lange Dusche, und ich zaubere was!"

Er grinste und wollte nichts sehnlicher, als sie zu packen, zurück auf sein Bett zu werfen und sie nie wieder gehen zu lassen. Er begehrte sie mehr als jedes andere Mädchen in seinem Leben. Aber die Anziehung ging tiefer als das Körperliche. Er mochte alles an ihr – ihren temperamentvollen Geist, ihre schusselige Intelligenz, ihre Kochkünste. Mit Faye könnte er wirklich etwas Festes haben. Und da sie selbst ein paranormales Wesen war, würde sie vielleicht seine animalische Seite akzeptieren.

Er riss sich T-Shirt und Boxershorts vom Leib und stieg in die Dusche. Die Faust um seinen Schwanz legend, schloss er die Augen und ließ das Wasser über sein Gesicht spritzen, während er langsam an seinem Schaft auf und ab strich und jeden Moment der Szene, die er gerade verlassen hatte, noch einmal durchlebte. Er kam fast in dem Moment seiner Erinnerung, in dem Faye kam, aber er hielt inne, weil er die Bilder von ihr noch etwas länger genießen wollte. Er lehnte seinen Rücken gegen die nassen Fliesen und ließ jede Züchtigung, die er ihr verpasst hatte, seit er sie als seine Sklavin in sein Haus geholt hatte, noch einmal Revue passieren. Als er sie alle genossen hatte, zitterten seine Beine, sein Schwanz spannte sich in seiner Faust. Er kehrte zur Szene in seinem Bett zurück, stellte sich diesmal vor, sie hätte ihn angefleht, sie zu nehmen, und in dem Moment, als er seinen Schwanz in ihre imaginäre Scheide gleiten ließ, kam er in einem endlosen Schwall; die Entladung war so gewaltig, dass das Tier in ihm beinahe triumphierend geheult hätte.

Er trocknete sich ab und pfiff, während er sich anzog, begierig darauf zu sehen, was Faye zum Frühstück gemacht hatte. Aber seltsamerweise konnte sein ausgezeichneter Geruchssinn kein kochendes Essen in der Küche wahrnehmen. Er verließ sein Zimmer. „Faye?", rief er.

Sie war weder im Wohnzimmer noch in der Küche. Sie war nicht im Badezimmer.

Verdammte Scheiße. Faye war abgehauen. Warum? Er öffnete die Haustür und sah ihre Spuren im Schnee, der in der Nacht gefallen war. Sie führten zu seinem Motorrad, wo sie anhielten, sich umdrehten und über sein Grundstück in Richtung Wald liefen. *Doppelt verdammte Scheiße.*

Er trat wieder ein, schloss die Tür und zog sich seine Kleidung aus. Er warf sie in eine Umhängetasche, schleuderte sie über seine Schulter und schloss die Augen, konzentrierte sich auf das Revier der Jagd, um sich zu verwandeln.

Er hatte vor langer Zeit gelernt, wie er während der knochenbrechenden Momente der Verwandlung aus seinem Körper treten konnte, um das Gefühl zu vermeiden, in zwei Hälften gerissen zu werden. Er hielt den Atem an und wartete darauf, ob die Flossen in seiner Wolfsform bleiben würden, aber vier perfekte Pfoten landeten auf dem Boden, und er raste los, seine Krallen kratzten über das Holz, als er durch die Hundeklappe hinten ins Freie in den Schnee schoss.

Ihrer Fährte und ihren Spuren folgend, rannte er so schnell er konnte, aus Angst, der fallende Schnee würde beides bald auslöschen. Er bezweifelte, dass Faye ihren Weg durch den Wald kannte, selbst mit der Hilfe ihres Feenbluts.

Warum war sie abgehauen?

Während er durch die Bäume raste, ging er die Szene in seinem Schlafzimmer noch einmal durch, diesmal ohne erregt zu werden. Sie hatte geweint. Hatte er sie verletzt? Ihr Angst gemacht? Hatte es ihr *zu* sehr gefallen? Er wünschte, er wüsste es.

Sie hatte wahrscheinlich eine halbe Stunde Vorsprung, aber er konnte sie locker einholen, solange er ihre Fährte nicht verlor. Er wurde langsamer, als die Spuren verschwanden, da der Schnee zu schnell fiel. Alles, was er sah, war eine reine weiße Decke. Er senkte seine Nase und bemühte sich, ihren süßen Feenduft aufzunehmen.

Sie würde hier draußen erfrieren, wenn er sie nicht schnell fände. Ihre Spuren hatten ihn nicht auf einem geraden Weg geführt, was ihn befürchten ließ, dass sie sich verlaufen hatte oder desorientiert war. Die Erinnerung daran, wie sehr sie auf der Motorradfahrt gefroren hatte, verstärkte seine Sorge nur noch. Ihr zierlicher Körper hatte kein zusätzliches Körperfett, um sie warm zu halten.

Er hielt an und verlor ihre Fährte ganz. *Fuck.* Er setzte sich hin, hob die Nase in die Luft, schnupperte den Wind und spitzte seine empfindlichen Ohren, um jedes Geräusch wahrzunehmen.

Ob es Geruch oder Instinkt war, er nahm den Eindruck von Angst wahr, und der Jäger in ihm duckte sich tief, bevor er überhaupt registrierte, was die Reaktion verursachte.

Faye. Sie musste es sein.

FAYE

Verloren.

Sie hatte jegliche Orientierung verloren. Das war schlimm. Richtig schlimm.

Tränen stiegen ihr in die Augen, als sie sich im Kreis drehte und versuchte, sich zu orientieren. Der Schneesturm machte es unmöglich, die Sonne oder die Berge oder irgendetwas anderes zu sehen, das ihr hätte sagen können, in welcher Richtung die Seite des Waldes lag, die ihrem Zuhause am nächsten war. Sie hatte das Gefühl, dass sie irgendwann vom Weg abgekommen war.

Sie zog einen Fausthandschuh aus und steckte ihre tauben Finger in ihre Jacke und unter ihre Achselhöhle. Sie fluchte über die schmerzhaften Nadelstiche, die ihr Erwachen begleiteten. Warum hatte sie nur gedacht, sie könnte zu Fuß nach Hause zurückkehren?

Weil sie von Sinnen gewesen war, deshalb. Cade hatte eine so unbestreitbare Lust in ihr geweckt, dass sie kurz davor gewesen war, ihn auf Knien anzuflehen, sie zu nehmen. Und wenn sie ihrem Verlangen nachgab, würde sie all ihre Kräfte für immer verlieren. Und Cade würde ihr nie verzeihen, dass sie seine Füße in Flossen verwandelt und sein Leben ruiniert hatte.

Sie lehnte ihre Stirn gegen einen Baum, nahm die Hand aus ihrer Achselhöhle und wechselte zur anderen Hand. Das

Knacken eines Zweiges alarmierte sie eine halbe Sekunde, bevor sie ein schreckliches Bellen hörte und herumwirbelte, um zu sehen, wie ein riesiger Wolf auf sie zusprang.

Sie schrie wie in einem Horrorfilm, ein hoher, gellender Schrei, der nicht aufhörte, bis ihre Stimmbänder versagten. In einer zusammengekauerten Hocke gegen den Baum kauernd, öffnete sie die Augen und holte Luft, um zu sehen, warum sie noch am Leben war.

Der riesige silberne Wolf stand nur wenige Zentimeter von ihr entfernt, seine Schnauze auf Höhe ihrer Schultern gesenkt, als wäre er freundlich.

Aber das konnte nicht sein. Wölfe waren nicht freundlich. Sie holte zitternd Luft, bewegte keinen Muskel, ihre Augen wanderten misstrauisch über das Tier. Er hatte eine silberne Marke an einem Ohr, als wäre er irgendwann zu Forschungszwecken markiert worden. Langsam griff sie mit der Hand in die Tasche ihres Mantels und zog ihren Zauberstab heraus. Der Wolf knurrte, seine mächtigen Kiefer schnappten nach dem Zauberstab und rissen ihn ihr aus der Hand, während sie einen weiteren ohrenbetäubenden Schrei ausstieß.

Er ließ den Zauberstab in den Schnee fallen und senkte seine Schnauze wieder, um ihren Oberschenkel anzustupsen.

War das eine weitere Marke über seinem Auge? Die Augen hoben sich und starrten sie direkt an. Goldene Augen.

Mit einem Keuchen rutschten ihre Füße unter ihr weg, und sie plumpste vor Schock in den Schnee.

„C-Cade?"

Der Wolf stupste sie erneut an, diesmal unter ihrem Ellbogen, als wollte er – *er* – ihr beim Aufstehen helfen.

„Cade?", wiederholte sie.

Verlor sie den Verstand? War das die Halluzination einer Unterkühlung? Oder war Cade Lupus ein Gestaltwandler? Duh! Natürlich war er das. *Canis lupus.*

Er stieß ein kurzes Bellen aus, und sie schrie reflexartig auf, obwohl sie verstand, dass er ihr antwortete. Als wollte er sie beruhigen, ließ er sich nieder und legte seinen Kopf in ihren Schoß. Sie erkannte, dass er eine Umhängetasche über einer Schulter trug, die endgültige Bestätigung, dass dieser Wolf tatsächlich ihr Vermieter war.

Sie stieß einen Schluchzer der Erleichterung aus und vergrub ihr Gesicht in seinem Fell, während sie seinen wunderschönen Pelz streichelte.

Er machte ein weiteres Geräusch – nur den Ansatz eines Bellens – und sprang auf, blickte weg und dann wieder zu ihr.

„Okay", schniefte sie und versuchte, sich zu fangen. „Du willst, dass ich dir folge?"

Er machte ein schnaubendes Geräusch und trabte vorwärts, blieb stehen, um zurückzusehen. Sie hob ihren Zauberstab auf und joggte an seine Seite, dankbar, dass sie nicht im Schwarzwald erfrieren würde.

Er hielt ein flottes Tempo. Sie musste traben, um mitzuhalten, aber es machte ihr nichts aus, da es ihr half, warm zu werden. Sie dachte, er würde sie zurück zu seinem Haus bringen oder zu ihrem, wenn es näher wäre, aber stattdessen landeten sie bei einer riesigen Lodge, deren Namen ein großes Schild in fetten Buchstaben verkündete.

SPA NK, Fetisch-Shop und Play-Lodge

DER WOLF TRABTE die Stufen hoch, als wäre das hier sein Zuhause.

„Warte, ich weiß nicht, ob sie Hunde ... äh, Wölfe erlauben."

Die Tür schwang auf und der Page sagte: „Willkommen, Mr. Lupus. Willkommen, Ma'am."

Sie starrte überrascht und folgte Cade, der hineinstapfte, als würde ihm der Laden gehören.

„Hi, Cade!", begrüßte ihn die quirlige Empfangsdame. Wenn Faye ein Wolf wäre, hätte sie das nichtssagende Mädchen angeknurrt. „Ich nehme an, du willst dein übliches Zimmer." Die Angestellte tippte etwas in ihren Computer.

Übliches Zimmer? Was zum Teufel war das für ein Ort? Sie blickte sich um und sah die Art von Dingen, die man in einem Sexshop finden konnte, an den Wänden hängen: Gerten, Handgelenksmanschetten, Augenbinden, Paddel.

Ihr Bauch zog sich zusammen und ihr Mund wurde trocken. Wohin hatte Cade sie gebracht?

Die Angestellte sah sie zum ersten Mal an und legte zwei Schlüsselkarten auf den Tresen. „Zimmer 38B, oben und dann links." Sie schenkte Faye nicht das strahlende Lächeln, das sie Cade geschenkt hatte.

Sie versuchte, selbstbewusst auszusehen, schnappte sich die Karten und marschierte los, wobei sie versehentlich an der Treppe vorbeiging, während sie den Kopf hochhielt. Sie drehte sich um und sah Cade mit zwei Pfoten auf der Treppe stehen und sie erwartungsvoll ansehen.

„Ups", murmelte sie, kehrte um und stapfte mit ihm die Treppe hinauf. Sie blickte über den Balkon hinunter in den großen Raum der Lodge. Zwei Frauen und ein Mann saßen da und spielten Schach. Etwas an der rothaarigen Frau ließ die Haare an ihren Armen zu Berge stehen. *Übernatürlich.* Vielleicht eine Fee wie sie? Nein … etwas anderes. Sie konnte es nicht genau sagen.

Cade stieß sie gegen das Bein, um sie zur Eile anzutreiben, und führte sie zu ihrem Zimmer, wo sie die Schlüsselkarte benutzte, um hineinzukommen.

Das riesige Zimmer war in rustikaler Eleganz eingerichtet. Allein das Badezimmer war so groß wie ihr Schlafzimmer, mit einer riesigen Badewanne aus Travertinfliesen in der Mitte, komplett mit Düsen. Das Schlafzimmer hatte nur ein einziges Kingsize-Bett.

Das würde ein Problem werden.

Neben ihr ließ ein widerliches Geräusch von knirschenden Knochen sie aufschrecken, und als sie herumwirbelte, stand Cade wieder als Mann da. Sie schluckte. Ein riesiger, gestählter Mann ohne einen Faden am Leib.

Er schüttelte den Kopf wie ein Hund, wodurch sein Nacken knackte. Sie versuchte, ihren Blick nicht unter seine Taille schweifen zu lassen. Cades finsterer Blick riss ihre Aufmerksamkeit zurück zu seinem Gesicht.

Er zeigte auf das riesige Badezimmer. „Geh da rein. Wärm dich mit einem heißen Bad oder einer Dusche auf. Wenn du herauskommst, wirst du eine sehr lange Reise über mein Knie machen.“

Ihr Bauch machte einen Überschlag wie ein Pfannkuchen und sie stand wie angewurzelt da.

Er runzelte die Stirn, seine bernsteinfarbenen Augen strichen über ihr Gesicht. „Sprich mit mir, Faye – ist alles in Ordnung?“

Sie nickte, ihr Kopf wackelte auf ihrem Hals.

Er schob sie in das riesige Badezimmer und ließ Wasser in die Wanne laufen. „Ich weiß, ich habe dir da draußen Angst gemacht. Du hast einen ganz schönen Schrei drauf. Hast du je für Horrorfilme vorgesprochen?“

Seine flapsige Art brachte ihre Stimme zurück. „Ja, du hättest vielleicht erwähnen können, dass du ein Werwolf bist.“

Er öffnete den Reißverschluss ihrer Jacke, zog sie ihr aus und ließ sie auf den Boden fallen. Bevor sie protestieren konnte, zog er ihr Shirt über den Kopf und griff hinter sie, um ihren BH zu öffnen, eindeutig ein Experte im Entfernen von Damenunterwäsche.

„W-was tust du da?", fragte sie und fühlte sich, als wäre die Luft aus dem Raum gesogen worden. In einem weiteren Moment würden sie beide splitternackt sein.

„Ich setze dich in die Wanne. Und du gewöhnst dich besser daran, nackt vor mir zu sein, denn du hast offiziell deine Kleiderprivilegien verloren, kleine Fee."

KAPITEL DREIZEHN

*J*AKE

Es war ein guter Tag und eine großartige Nacht gewesen. Jake konnte nicht glauben, dass er seine kleine Nymphe erst vor vierundzwanzig Stunden kennengelernt hatte. Gestern hatten sie es kaum zurück in Corals Zimmer geschafft, bevor sie schon wieder übereinander hergefallen waren, und so waren sie nicht zum Reden gekommen, und dann hatten sie beide bereits andere Verpflichtungen gehabt. Er war letzte Nacht spät zurück in ihr Zimmer geschlüpft, und sie hatte bereits tief und fest geschlafen. Als er neben sie ins Bett gestiegen war, hatte er perfekt neben sie gepasst, ihr Körper an seinen geschmiegt.

Als sie am Morgen aufgewacht waren, hatte er sie mit unter die Dusche gezogen. Er seifte jeden Zentimeter ihres Körpers ein, bevor er sich selbst wusch. Er hatte beobachtet, wie ihr Körper auf seine Berührungen reagierte, und allein der Gedanke daran machte ihn jetzt hart. Als sie aus der Dusche kamen und sich abtrockneten, war sie schon wieder bereit, über ihn herzufallen.

Er würde ihr nicht die Oberhand lassen. Woher kam

dieser Gedanke nur? Er hatte sich nie für den dominanten Typen gehalten. Sicher, er kontrollierte die Dinge gerne, und Spanking hatte ihn schon immer angemacht, aber die Sachen, die er mit ihr anstellen wollte … Und allein das Wissen, dass sie es zulassen würde, machte ihn steinhart.

Aber heute würden sie reden. Er hatte ihr gestern versprochen, dass sie ein Wörtchen über das Lügen reden würden, und er hatte nicht vor, sich schon wieder von ihr ablenken zu lassen.

Er rückte seinen Schwanz in seiner Anzughose zurecht, während er einen weiteren anerkennenden Blick auf seine kleine Nymphe warf, die er in die Ecke gestellt hatte. Sie schien überrascht gewesen zu sein, als sie aufwachte und er bei ihr war, aber die Erleichterung in ihren Augen, als sie ihm einen guten Morgen wünschte, war ihm nicht entgangen. Ihre Erleichterung verflog schnell wieder, als er verkündete, dass sie sich immer noch mit ihrer Lüge auseinandersetzen würden, ihm nicht gesagt zu haben, dass sie Jungfrau gewesen war. Er hatte einen Plan, den er ihr aber noch nicht verraten würde.

Coral stand mit der Nase zur Wand und trat nervös von einem Fuß auf den anderen. Er wusste, dass sie ihn wieder wollte, aber er hatte ihr eine Konsequenz für ihre Lüge versprochen. Er erinnerte sich an ein Gespräch mit Mr. Wolfe über Disziplin und Bestrafungsformen und hatte entschieden, dass eine Tracht Prügel sie zu sehr anmachte und dass ein wenig Zeit in der Ecke sie vielleicht daran erinnern würde, dass sie alles mit ihm teilen musste.

Er stand auf, ging auf sie zu, und sie erstarrte und versteifte sich, als er sich ihr näherte. Er ließ seine Hände um ihre Taille gleiten. Ihre Haut fühlte sich warm an. Er hatte Pino hereingerufen, um ein Feuer im Kamin zu machen, da er nicht wollte, dass Coral ihren wunderschönen Körper wieder bedeckte, während er sie so für sich hatte. Sie hatte protestiert, weil er den Mann hereinließ, während sie nackt in der Ecke stand. Sie sagte, dass er das Feuer doch selbst machen könne, aber ein scharfer Blick von ihm genügte, und sie drehte sich zurück zur Wand, schluckte ihre Einwände herunter und gab keinen Mucks mehr von sich.

Jake ließ seine Hände über ihre Brustwarzen streichen, und sie wurden unter seiner Berührung hart. Er lachte in ihr Haar. „Du bist so eifrig", sagte er. „Genießt du deine Zeit in der Ecke?"

Sie schüttelte den Kopf. „Nein, ich genieße es nicht, und ich hätte bitte gerne etwas zum Anziehen."

Er löste seinen Griff und zog sie zum Sessel. Sie musterte ihn misstrauisch und ließ ihren Blick über seine Kleidung wandern. Er trug eine schwarze Anzughose und ein weißes Hemd. Er hatte sich noch nicht die Mühe gemacht, es zuzuknöpfen.

„Du kannst etwas anziehen, wenn wir mit deiner Bestrafung fertig sind."

Ihre Augen weiteten sich.

Er hob seinen Gürtel auf. „Wir müssen uns bald mit Redd treffen. Ich habe versprochen, ihr heute Nachmittag Schach beizubringen. Ich bin versucht, dir den Hintern zu versohlen, dich dann von hinten zu nehmen und dich genauso, wie du bist, nach unten zu bringen, während mein Saft an deinen Beinen herunterläuft." Bei dieser Vorstellung spürte er, wie sein Schwanz regelrecht pulsierte. Aber Coral klappte der Mund auf, und sie versuchte, einen Schritt von ihm zurückzutreten. Er behielt seinen festen Griff um ihren Arm bei und drückte sie über die Lehne des Sessels.

„Ich werde es aber nicht tun, weil ich heute gnädig gestimmt bin." Er unterdrückte ein Lachen bei ihrem hörbaren Seufzer, als sie ihre Hüften bewegte, um eine bequeme Position über der Armlehne zu finden. Er legte den Gürtel doppelt und ließ ihn quer über die Mitte ihrer Backen schnappen. Ihre Haut war seit ihrer Sitzung mit der Reitgerte gestern schon wieder milchig weiß geworden.

Jetzt hinterließ der Gürtel einen kontrastierenden roten Streifen quer über ihren üppigen Arsch. Er sah, wie sich ihre Hände auf dem Sitz des Sessels zu Fäusten ballten, aber sie machte keine Anstalten, abzuhauen. Er hob den Gürtel wieder an und schlug härter zu als zuvor. Das Klatschen hallte von den Wänden wider, und Coral stieß ein leises Quietschen aus. Er schlug erneut zu, hinterließ eine Strieme direkt unter der letzten, quer über die Stelle, auf der sie saß, und sie stellte sich auf die Zehenspitzen.

„Ich glaube, von jetzt an wirst du immer ehrlich zu mir sein. Habe ich recht?"

Bevor sie antworten konnte, versetzte er ihr einen weiteren Hieb, und sie keuchte, bevor sie schrie: „Ja, ja, das werde ich! Ich werde es nicht vergessen!"

Er ließ seine Hand über die Striemen auf ihrer Haut gleiten, und sie sog scharf die Luft ein. Ihr Arsch war heiß. Er schob seine Hand zwischen ihre Beine, nur um eine Theorie zu überprüfen. Ja, feucht, genau wie er vermutet hatte. Eine Tracht Prügel war für sie kaum eine Bestrafung. Die Zeit in der Ecke war wahrscheinlich effektiver als das hier. Aber das hier machte mehr Spaß.

„Oh, meine kleine Nymphe. Ich glaube, du genießt es ein bisschen zu sehr." Er verteilte ihren Saft über seine Hand, und sie rieb sich an ihm. „Vielleicht lasse ich dich heute nicht kommen. Das wäre vielleicht eine effektivere Bestrafung."

Sie stöhnte, reckte ihm ihren Hintern entgegen und bewegte ihre Hüften gegen seine Hand.

Er schnalzte mit der Zunge, ließ den Gürtel über ihre Oberschenkel schnellen und sie schrie auf. Er legte eine Hand auf ihren Rücken, um sie unten zu halten, und ließ den Gürtel auf ihren nackten Hintern niedersausen – ihren wunderschönen Arsch, der ihm wie ein Opfer dargeboten wurde. Sie war nicht die Einzige, die auf Spanking stand.

„Noch sechs, und dann bist du fertig", sagte er ihr.

Sie antwortete mit einem Wimmern.

Er ließ den Gürtel in die Mitte ihrer Backen sausen, und sie stellte sich auf die Zehenspitzen. Er hielt inne, bis ihre Füße wieder flach auf dem Boden standen, und schwang ihn dann tiefer, auf die Falte unter ihren Backen zielend.

Sie schrie und rief etwas in das Kissen. Es war gedämpft, aber er verstand genug, um ihr zwei zusätzliche Schläge zu verpassen, schnell und hart auf die Oberseiten ihrer Oberschenkel.

„Die zählen nicht zu den sechs", sagte er ihr. „Du solltest besser auf dein Mundwerk aufpassen."

Sie hob den Kopf vom Kissen. „Bitte", wimmerte sie, „ich werde artig sein."

Er packte ihr Haar, riss ihren Kopf weiter zurück und brachte ihr Flehen zum Schweigen. „Noch vier."

Sie hörte auf, sich gegen ihn zu wehren, und das bereitete ihm mehr Vergnügen, als sie wahrscheinlich je erfahren würde.

Er versetzte ihr zwei schnelle, überkreuzte Hiebe auf die Mitte ihres Gesäßes, und sie hatte keine Zeit zu schreien. Dann beendete er es mit zwei harten Schlägen auf die Stellen, auf denen sie saß.

Sie stieß einen Seufzer aus und wimmerte in den Sitz, als er ihr Haar losließ.

Er ließ den Gürtel zu Boden fallen, zog sie vor sich auf die Beine und küsste die Tränen auf ihren Wangen. Dann trat er nahe an sie heran, schlang seine Arme um sie und umfasste ihre heißen Backen mit seinen Händen.

Sie lächelte ihn neckisch an. Jetzt wusste er, dass sie dasselbe dachte wie er. Er legte ihre Hände auf den Bund seiner Hose.

„Mach den Reißverschluss auf. Ich will in deinem Mund sein."

Sie riss die Augen auf und traf seinen Blick, während ihre Finger an seinem Knopf fummelten.

„Hast du schon einmal einen Mann mit deinem Mund verwöhnt?"

Sie starrte ihn an. „Nein. Nein, Sir. Das habe ich nicht."

Er wusste nicht, warum das das Blut in seinen Adern zum Kochen brachte. Sie befreite seinen Schwanz aus seiner Hose, und er führte sie vor sich auf die Knie. Sie blickte durch ihre Wimpern zu ihm auf, und er versuchte, ihr einen beruhigenden Blick zuzuwerfen.

Sie schien keine Angst zu haben, nur unsicher zu sein, was sie als Nächstes tun sollte.

„Öffne deinen Mund, Coral."

Sie gehorchte und streckte ihre Zunge heraus, um die Spitze seines Penis zu lecken. Er wusste, dass bereits Lusttropfen austraten. Zaghaft berührte sie ihn mit ihrer Zunge, dann zuckte sie wieder mit dem Kopf zurück.

„Alles in Ordnung." Er fuhr ihr mit der Hand durchs Haar und hielt sie fest. „Na los, öffne deinen Mund."

Sie öffnete ihn wieder und blickte auf, stellte Augenkontakt her. Er glitt sanft in ihren Mund, ohne den Blick von ihr abzuwenden. Ihr Mund war warm, und ihre Zunge leckte zögerlich um den Ansatz seines Penis.

„Atme durch die Nase. Du machst das großartig. Entspann dich einfach."

Er spürte, wie sie einen Seufzer durch die Nase ausstieß, und sie sank ein wenig tiefer, als sie seinem Befehl gehorchte, sich zu entspannen. Er behielt seine Hand an ihrem Hinterkopf und begann, seine Hüften vor und zurück zu bewegen, suchte sein Vergnügen im Mund seiner kleinen Submissive. Er schloss die Augen und stöhnte, als das warme, feuchte Gefühl ihres Mundes ihn überwältigte. Er war kurz davor, ihre Zunge zuckte in merkwürdigen Rhythmen gegen seinen Penis. Als er an Fahrt gewann und härter stieß, drückte sie sich gegen ihn und zog sich würgend zurück.

Er zog sie hoch in seine Arme. „Tut mir leid. Es war zu viel. Ist alles in Ordnung bei dir?"

Sie nickte, als er sich in den Sessel setzte und sie auf seinen Schoß zog. Sie errötete und schien endlich zu begreifen, was sie gerade getan hatte. „Ja, mir geht es gut. Es tut mir so leid."

„Nein, du hast das großartig gemacht. Du bist so unglaublich."

Sie senkte ihr Kinn auf die Brust und wurde knallrot.

„Sei ehrlich zu mir. Hast du Schmerzen von gestern?"

Sie blickte ihn überrascht an. „Ein kleines bisschen, ja."

Er lächelte sie an. „Danke für deine Ehrlichkeit. Du willst aber trotzdem kommen, nicht wahr?"

Sie schlang ihre Arme um ihn und vergrub ihr Gesicht in seiner Brust.

„Komm schon, meine kleine Nymphe. Sei nicht verlegen." Er überredete sie, sich aufzusetzen, damit er ihr Gesicht sehen konnte. Er drehte sie seitlich auf seinem Schoß, sodass ihr unterer Rücken gegen die Armlehne des Sessels lehnte. Er rutschte tiefer in seinem Sitz, sodass sein erigierter Schwanz zwischen ihnen aufragte. Sie blickte darauf und dann wieder zu ihm hoch.

„Möchtest du dich entspannen, bevor wir gehen?"

„Ja, bitte", sagte sie heiser.

Er nahm ihre Hand und schloss sie um seinen Schwanz. Er drückte ihre Hand fester, sodass sie einen festen Griff hatte, dann schob er ihre Beine auseinander. Als er seine Hand auf ihre Schamlippen legte, keuchte sie.

„Ich will dir nicht wehtun. Ich will dir nur Vergnügen bereiten. Du musst es mir sagen, wenn ich dir wehtue."

„Okay", antwortete sie.

Er begann, ihre Falten zu necken, und sie bewegte im Gegenzug ihre Hand an ihm auf und ab. Je schneller er sich bewegte, desto schneller pumpte sie. Er beugte sich hinunter, fing ihre Lippen mit seinen und sie vertiefte ihren Kuss und spreizte ihre Beine weiter, während sie sich gegen seinen Handballen rieb.

Er ließ seine Finger über ihre Perle schnellen, und sie stöhnte in seinen Mund, ihr Griff um seinen Schwanz wurde fester, während er ihre Falten weiter reizte. Plötzlich warf sie den Kopf zurück, versteifte sich in seinen Armen und schrie in Ekstase auf. Er war entzückt, als ihr Gesicht errötete und die Farbe sich bis zu ihrer nackten Brust ausbreitete. Sie schloss für ein paar Sekunden die Augen und holte Luft. Dann richtete sie sich auf, schenkte ihm ein Lächeln und widmete sich wieder ihm.

Er kam schnell, nachdem er zugesehen hatte, wie sie sich ihr eigenes Vergnügen verschafft hatte, und sie mussten beide noch einmal unter die Dusche, bevor sie sich anzogen.

Er verstand nicht, warum er sich so schnell in Coral verliebte, aber er tat es. Alles, was er wusste, war, dass es sich richtig anfühlte.

KAPITEL VIERZEHN

ILLIAN

Sie und Redd stritten sich seit zehn Minuten über dumme Kleinigkeiten, und Jillian konnte sich nicht einmal mehr erinnern, wer damit angefangen hatte. Die arme Cindy war überfordert und ließ die beiden streitend im Flur zurück.

„Ernsthaft, Jillian", Redd verdrehte die Augen und schnaubte, „was lässt dich glauben, dass er dich überhaupt wollen könnte? Was hast du ihm zu bieten, das er nicht schon hat?" Sie stemmte die Hände in die Hüften und funkelte sie an. „Er hat eine Submissive – mich! Und jede erdenkliche Kombination von Frauen, denen er den Hintern versohlen kann, wann immer er will." Ein berechnender Ausdruck trat in ihre Augen. „Er tut mehr, als ihnen nur den Hintern zu versohlen. Das weißt du doch, oder?"

Jillian konnte nicht atmen. Er war immer noch mit anderen Frauen zusammen? Also sexuell? Das erklärte, warum er sie nicht gewollt hatte, als sie im Zimmer der Stiefmutter gespielt hatten. Sie schluckte den harten Kloß in ihrem Hals hinunter und biss sich fest auf die Lippe, um sich zu beruhigen. Sie spürte, wie ihr die Tränen in die Augen stiegen. Auf keinen Fall würde sie diese kleine Göre sehen lassen, dass sie weinte. Sie drehte sich um und rannte den Flur hinunter, wo sie beinahe mit einem Servierwagen kollidierte, als ein Paar starke Arme sie hochhoben und aus dem Weg zogen.

„Was …", Sie sah in die freundlichen, ernsten Augen ihres großen Bruders auf. „Ich – es tut mir leid, Jake."

Er zog sie in eine kurze Umarmung. „Alles okay, Schwesterherz?"

Sie löste sich aus seiner Umarmung und nickte, während sie die Tränen noch immer mühsam zurückhielt. „Ja, ja, mir geht's gut."

Seine Augen wurden kühl, als er ihre Antwort abwog. „Bist du sicher, dass du nicht darüber reden willst, Jillybean?"

„Nein! Ich meine, nein, danke." Sie wollte nicht, dass er sich Sorgen machte. „Ich brauche nur etwas Abstand. Ich gehe an die frische Luft. Zu den Pferden."

„Okay." Er zupfte leicht an einer ihrer Haarsträhnen. „Sei vorsichtig. Und komm sofort wieder rein, wenn du dich besser fühlst. Die Sturmpause ist gleich vorbei. Wir kriegen gleich heftige Nordwinde und tonnenweise Neuschnee ab."

„Woher weißt du das?"

Er zuckte mit den Schultern. „Ich weiß nicht. Ich spüre es." Seine Augen wurden ernst. „Aber merk dir eins, kleine Schwester, du kommst besser wieder in diese Lodge zurück, kuschelst dich ein und trinkst einen Kakao, wenn die erste Flocke fällt."

Sie verdrehte die Augen und konnte sich ein Grinsen nicht verkneifen. „Dieser Ort hat einen sehr schlechten Einfluss auf dich, großer Bruder."

„Ja, ich weiß. Coral hat gestern dasselbe gesagt, mit genau demselben Gesichtsausdruck." Er gab ihr einen sanften

Schubs in Richtung des Flurs. „Geh, hab Spaß und komm runter. Wir sprechen uns später."

„Hab dich lieb." Sie winkte über ihre Schulter und joggte den Flur entlang. Zuerst hielt sie in ihrem Zimmer an, schnappte sich ihre Handschuhe, ihren Schal und ihre dicke Jacke. Sie ging zum hinteren Teil der Lodge, konzentriert auf ihr Ziel, den Stall. Vielleicht würde es ihr helfen, sich besser zu fühlen, wenn sie einige der Pferde sah.

Sie war so auf ihr Ziel konzentriert, dass sie sie erst sah, als es zu spät war.

Bertram tadelte am anderen Ende des Flurs energisch ein junges Zimmermädchen. Sie war vornübergebeugt, ihr nackter Hintern unter seinen Züchtigungen gerötet, während er sie zu Pünktlichkeit und Einsatz ermahnte. Als er fertig war, klappte er ihren kurzen Rock wieder nach unten, tätschelte ihr den Hintern und zog sie in eine kurze Umarmung.

Jillian konnte sein Gesicht von dort aus nicht sehen, aber sie konnte sich die Liebe und die Erregung vorstellen, die er in diesem Moment fühlen musste. Dann zog er die junge Frau sanft in ein Zimmer und schloss die Tür hinter ihnen.

Das war alles, was sie hatte sehen müssen. Die Tränen liefen ihr nun ungehindert über die Wangen, und ihr Magen fühlte sich an, als hätte man ihr einen Schlag verpasst. Redd hatte recht gehabt. Es gab keinen Platz für sie – weder in dieser Lodge noch in seinem Herzen.

Sie stieß ein leises Schluchzen aus und stürmte durch die Hintertür nach draußen. Ihr Körper wurde von markerschütterndem Würgen, Stottern und Schluckauf heimgesucht. Blind rannte und stolperte und strauchelte sie durch den Wald und die Hügel. Ein Fuß vor den anderen.

Ihr Herz fühlte sich an wie Blei, und ihr Kopf schmerzte so furchtbar.

Sie achtete nicht auf ihre Umgebung, bis sie über eine

versteckte Wurzel stolperte. Sie fuchtelte mit den Armen, rollte den Hügel hinunter und kam schlitternd am Rande einer felsigen Klippe zum Stehen. Ihr Herz rutschte ihr in die Hose, als sie sich vorsichtig vom Rand zurückzog. Es ging so tief hinunter. Wenn sie gefallen wäre … Sie schauderte bei dem Gedanken, was ihr hätte passieren können, wenn sie sich nicht rechtzeitig gebremst hätte.

Sie rappelte sich auf und klopfte den Schmutz und den Schnee ab, der an ihrem eiskalten Körper klebte. Wie lange war sie schon gerannt? Durch die Bäume und Wolken konnte sie die Sonne nicht sehen. Die ersten Schneeflocken fielen um sie herum, und sie zitterte. *Gütiger Gott, Jake hatte recht.* Sie rieb sich die schmerzenden Arme und stampfte mit den Füßen auf. Wo war sie? Sie war so wütend auf sich selbst, dass sie so hinausgelaufen war und nicht darauf geachtet hatte, wohin sie gegangen war. *Dumm. Dumm.*

Nein. Sie war nicht schwach. Und sie war definitiv nicht dumm. Sie würde herausfinden, aus welcher Richtung sie gekommen war, indem sie nach ihren Fußspuren und anderen Zeichen suchte, und dann würde sie den entgegengesetzten Weg zurückgehen. *Kinderleicht.*

Dann hörte sie das Knurren.

KAPITEL FÜNFZEHN

CADE

Die Röte auf Fayes Wangen, während er sie auszog, ließ ihre Augen noch heller leuchten. Cade konnte sich nicht entscheiden, was er zuerst tun wollte – sie küssen oder ihr den Hintern versohlen.

„Du hättest mir von der Wolfssache erzählen können. Ich meine, ich bin doch auch ein paranormales Wesen." Sie sah verletzt aus, als ob sie ihrer Meinung nach eng genug miteinander gewesen wären, um Geheimnisse zu teilen. Das heiterte ihn auf. Vielleicht lag ihr doch ein wenig an ihm.

„Ich hatte vor, es dir zu sagen, ich hatte nur noch nicht den richtigen Augenblick gefunden." Er knöpfte ihre Jeans auf und spürte ihr Zittern. Er zog ihr die Jeans und das Höschen herunter und hielt die Hosenbeine fest, damit sie aussteigen konnte. Ihr Zittern wurde stärker.

„Dir ist eiskalt, oder, Faye?" Er beugte seinen Kopf und streifte mit seinen Lippen leicht die ihren. „Steig in die Wanne. Ich habe das Wasser lauwarm gemacht, also sollte es nicht zu sehr brennen."

Sie nahm seine dargebotene Hand und stieg hinein,

zischte auf, als ihre Füße das Wasser berührten und tänzelte, als würde es sie verbrühen.

„Ich weiß, Baby. Dir ist wirklich kalt. Du warst lange da draußen."

Er ließ seinen Blick zu ihren Brüsten schweifen, deren Brustwarzen sich zu harten Spitzen aufrichteten. Sie errötete erneut und hob die Hände, um sie zu bedecken.

„Lass das", murmelte er.

Sie sank ins Wasser und ließ sich langsam hineingleiten, bis sie saß. Ihr Blick fiel auf seinen Schwanz, der sich bei dieser Aufmerksamkeit sofort aufrichtete. Sie schluckte und ließ ihren Blick tiefer zu seinen Schwimmflossen wandern.

„Vielleicht hat meine Magie bei dir nicht richtig gewirkt, weil du ein Gestaltwandler bist", sagte sie mit erstickt klingender Stimme.

Er nickte. „Ja, daran habe ich auch gedacht."

„Du hättest ja was sagen können." Ihr Ton klang wieder verletzt. Sie sah so verletzlich aus, so verloren. Er hatte vorgehabt, sie streng zurechtzuweisen, bevor er ihr den Hintern versohlen würde, aber er war unfähig, scharf mit ihr zu sprechen. Er ging zurück in den Eingangsbereich, wo er seine Tasche hatte fallen lassen, und zog seine Boxershorts und Jeans heraus. Er setzte sich an den Rand der Wanne und faltete die Schwimmflossen in der Mitte, um sie durch die Hosenbeine zu bekommen. Er erwartete, dass Faye sich darüber lustig machen würde, aber stattdessen schaute sie nur besorgt zu.

„Cade? Du hattest letzte Nacht recht. Ich weiß wirklich nicht, wie ich deine Füße in Ordnung bringen kann. Was, wenn ich es nie schaffe?"

Er zog den Reißverschluss seiner Jeans hoch und ging neben der Wanne in die Hocke. „Faye, du hast eine Menge Macht. Deine Emotionen haben es in meinem Wohnzimmer regnen lassen und meine Pflanzen zum Welken gebracht. Du hattest genug Magie, um meine Füße überhaupt erst zu verwandeln, also weiß ich, dass du sie wieder in Ordnung bringen kannst."

Sie musterte ihn, antwortete aber nicht.

„Warum bist du gegangen, Faye?"

Ihr Blick wich seinem aus, und sie sank tiefer ins Wasser. „Ich brauchte nur etwas Freiraum, um darüber nachzudenken, wie ich meinen Fehler wiedergutmachen kann", murmelte sie in einer offensichtlichen Lüge.

„Hast du so viel Angst vor mir?"

Die Art, wie ihre Augen überrascht zu seinem Gesicht schossen, ließ ihn einen Atemzug ausstoßen, von dem er nicht gemerkt hatte, dass er ihn angehalten hatte.

„Nein ... ein bisschen Angst", gab sie zu.

Er lächelte. „Ein bisschen Angst ist in Ordnung. Also ... war es so schrecklich?"

Der Muskel in ihrer Wange zuckte wieder. „Nein", sagte sie, ihre Stimme klang von Tränen erstickt.

„Warum dann?"

„Cade." Ihre Augen füllten sich mit Tränen, als ihr Körper tiefer ins Wasser sank. Sie formte ihre Hände zu einer Schale, tauchte sie ins Wasser und spritzte es sich ins Gesicht. „Was ist das hier überhaupt für ein Ort?", fragte sie.

Er erlaubte ihr den Themenwechsel. „Es ist eine Fetisch-Lodge. Sie gehört meinem Cousin."

„Was ist eine Fetisch-Lodge?"

„Es ist ein Ort, an dem die sexuellen Fantasien von Menschen wahr werden können."

„So eine Art Fantasy Island für Erwachsene?"

„Mhm."

„Ist dein Cousin auch ein Gestaltwandler?"

„Ja. Bertram B. Wolfe."

„Wie ‚der große böse Wolf'? Ihr seid ja nicht gerade kreativ mit euren Namen, was?"

Er warf ihr einen vernichtenden Blick zu. „Und das von einer Fee namens Faye?"

„Touché."

„Komm schon, Fee." Er stand auf. „Du hast lange genug gebadet." Er griff nach einem Handtuch und breitete es für sie aus. „Raus mit dir."

Er sog den Anblick in sich auf, als sie aufstand. Ihr junger, fraulicher Körper war perfekt proportioniert – die kleinen, kecken Brüste mit pfirsichfarbenen Spitzen, ihre Hüften kurvig und ihre langen Beine an ihrer zierlichen Gestalt. Sein Schwanz richtete sich wieder auf und drückte gegen seine Jeans.

Er trocknete sie mit dem Handtuch ab, überrascht, dass sie es sich fügsam gefallen ließ.

„Warum bist du so nett zu mir?", fragte sie.

Er drehte sie an den Schultern zu sich um. „Faye." Ein Schmerz zog seine Brust zusammen. Er wollte ihr sagen, dass sie ihm etwas bedeutete, wie viel Angst er gehabt hatte, als er dachte, sie hätte sich im Sturm verirrt. Aber er befürchtete, dass er sie ohnehin schon zu sehr bedrängt hatte. Immerhin war sie weggelaufen. Dies war nicht der richtige Zeitpunkt, um ihr zu sagen, dass er sie als die Seine markieren und sich für den Rest seines Lebens mit ihr verbinden wollte. „Das denkst du vielleicht nicht mehr, wenn ich anfange, dir den Hintern zu versohlen", witzelte er stattdessen. Er ließ das Handtuch fallen und führte sie aus dem Badezimmer. „Stell dich in die Ecke." Er gab ihr einen Klaps auf den Hintern.

„Darf ich wenigstens das Handtuch anziehen? Es ist zu kalt", jammerte sie.

„Kein Handtuch, keine Kleidung. Du wirst für den Rest der Zeit, die wir hier sind, nackt bleiben. Keine Sorge, ich werde es hier drin aufwärmen." Er schichtete Holzscheite im

Kamin auf und knüllte Zeitungspapier, um es unter dem Rost zu stopfen.

„Sogar unten?", fragte sie aus der Ecke.

Er blickte auf und lächelte bei dem Anblick, den sie bot, ihr Hintern nach außen gekehrt, bereit für seine Züchtigung, ihre Stirn an der Stelle, wo die beiden Wände aufeinandertrafen. „Nein, wenn du nach unten gehst, erlaube ich dir, Kleidung zu tragen, aber du darfst den Raum nicht ohne mich verlassen."

Er zündete das Papier an und das Feuer loderte auf. Er zog das Sofa heran und stellte es vor die glühenden Flammen. Er rief den Zimmerservice an und bat ihn darum, ein einfaches Bestrafungsset, heißen Apfelwein und Sandwiches nach oben zu schicken, dann kehrte er ins Badezimmer zurück, wo er eine ideale hölzerne Haarbürste gesehen hatte. Er brachte sie zum Sofa und setzte sich.

„Komm her, Faye."

Sie blickte über die Schulter, ihre honigfarbenen Wellen strichen über ihren nackten Rücken. „Nein, danke."

„Sofort, Faye."

„Warum bist du so gemein?" Sie drehte sich um und kam auf ihn zu.

Er grinste. „Siehst du? Ich wusste, dass du deine Meinung über mich noch ändern würdest." Er klopfte sich auf die Knie. „Wenn du kooperierst, muss ich vielleicht keines der Instrumente benutzen, die bald mit deinem Bestrafungsset auftauchen werden."

FAYE

Faye schauderte und nahm die Hand, die Cade ihr anbot, um sich über seinen Schoß zu legen. Völlig nackt auf seinem bekleideten Schoß zu liegen, verstärkte ihr Gefühl von Verletzlichkeit und Entblößung, obwohl er zuvor schon freie Sicht auf ihren nackten Hintern gehabt hatte. Sie kniff die Augen zusammen und hielt den Atem an. Die flache Seite der hölzernen Haarbürste traf mit einem Knall eine ihrer Pobacken.

„Autsch!"

Cade benutzte die dumme Bürste mit Begeisterung und übersäte ihren sich windenden Hintern mit Schlägen, die sie nach Luft schnappen ließen.

„Warum bist du weggelaufen, Faye?", verlangte er zu wissen und schlug in einem Tempo zu, das viel zu schnell war, als dass sie hätte Luft holen, geschweige denn ihm antworten können. „Hm?"

„Hör auf!"

Er schlug noch fester zu, traf immer wieder die gleiche Stelle, genau in der unteren Mitte, sodass er beide Backen gleichzeitig erwischte.

Sie stöhnte.

„Wirst du wieder vor mir weglaufen?"

„Nein!"

„Nein, was?"

„Nein, Master! Bitte, Cade!"

Er hielt inne und ließ die Bürste auf ihrem Hintern ruhen. „Du warst eine sehr unartige Fee."

Sie wartete, angespannt darauf, dass die Tracht Prügel weiterging.

„Nicht wahr, Faye?"

„Ja, Master."

Er verpasste ihr eine weitere Salve von Schlägen, dann hielt er wieder inne. „Warum bist du gegangen?"

„Ich weiß es nicht!"

Er begann wieder zu schlagen, noch fester. Sie heulte auf und strampelte mit den Beinen. „Das glaube ich dir nicht. Du bist aus einem Grund gegangen. Du bist in einen Schneesturm hinausgelaufen."

„Nein, bitte! Ich weiß es nicht!"

Er ließ in der Intensität nach, behielt aber seinen stetigen Takt bei und hämmerte seine Autorität in ihren pochenden Hintern.

„Hör auf, Cade, bitte!"

„Sag: ‚Ich werde ein braves Mädchen sein.'"

„Ich werde ein braves Mädchen sein!"

„Sag mir, dass du nie wieder gehen wirst."

„Werde ich nicht, ich verspreche es!"

„Sag es."

„Ich werde dich nie wieder verlassen."

„Niemals, Faye?"

Sie erstarrte, als seine Worte einsickerten. *Ich verbinde mich für den Rest meines Lebens.* Wollte er ihr etwas sagen?

Er hörte auf zu schlagen, und es klopfte an der Tür.

„Das ist dein Bestrafungsset. Stell dich wieder in die Ecke." Er hob sie auf die Füße.

„Aber dann sehen die mich!"

„Ich lasse nicht zu, dass sie etwas sehen. Stell du deine Nase in die Ecke wie ein braves Mädchen."

Sie wimmerte bei dem Klaps, den er ihrem Hintern gab, und huschte in die Ecke, nicht um gehorsam zu sein, sondern um sicherzustellen, dass sie außerhalb der Sichtlinie der Tür war.

„Hallo, Signore Lupus, wie schön, Sie wieder hier zu sehen."

„Danke, Pino."

„Ich habe Ihr Essen und das von Ihnen bestellte Bestrafungsset mitgebracht."

„Danke. Ich nehme es herein, Pino."

„Sir … Sie waren gerade im Sturm draußen?"

„Ja, es ist scheußlich draußen", sagte er. Sie hörte die Ungeduld in seiner Stimme.

„Einer von Signore Wolfes besonderen Gästen ist da draußen – vermisst. Er stellt gerade einen Suchtrupp zusammen. Haben Sie zufällig jemanden gesehen?"

„Nein. Wo ist Bertram jetzt?", fragte Cade scharf.

„Im Stall."

„Danke, Pino."

Sie hörte, wie die Tür sich schloss.

„Faye, ich muss helfen, eine andere Frau zu suchen, die sich im Sturm verirrt hat." Sein Ton war jetzt rein geschäftlich. „Komm her."

Sie ging wieder zu ihm hinüber und beäugte misstrauisch die Kiste auf dem Rollwagen.

„Deine Bestrafung ist nicht vorbei, aber du hast Glück. Du bekommst eine Pause. Geh auf Knien und Ellbogen auf das Sofa."

Sie starrte ihn verwirrt an. „Was?"

„Du hast mich gehört." Er hob die Hand, als wollte er sie wieder schlagen, und sie sprang zurück und kletterte wie angewiesen auf das Sofa.

Die Demütigung dieser Haltung ließ sie zusammenzucken. Sie wusste, dass sie nicht nur ihren Hintern, sondern auch ihre Pussy für ihn zur Schau stellte. Sie hörte das Klicken eines Plastikdeckels und zuckte zusammen, als ein kühles Gel auf ihrem Anus landete. Sie machte vor Schreck einen Satz nach vorn, aber Cade fing sie in seinem kräftigen Griff auf und verpasste ihrem Hintern mehrere harte Schläge. „Ich werde dir einen Analplug einsetzen, um dich daran zu erinnern, wem du gehörst, während ich weg bin. Du darfst ihn nicht entfernen. Du darfst keine Kleidung anziehen oder dich auch nur in ein Handtuch oder eine Decke wickeln. Wenn ich zurückkomme, wirst du über die

Seite des Bettes gebeugt sein und mir zeigen, wie gut du auf deinen Plug aufgepasst hast."

„Cade …", wimmerte sie.

Er schlug ihr auf den Hintern. „Muss ich dir ein paar Schläge mit dem Stock geben, bevor ich gehe?"

„Nein, Master!"

Die kühle Spitze des Edelstahl-Plugs berührte ihr hinteres Loch, und sie kniff es zu.

„Öffne dich für ihn, Faye. Sei ein braves Mädchen und nimm deine Bestrafung an."

Sie wimmerte, entspannte aber ihren Schließmuskel. In dem Moment, als sie losließ, drückte er den Plug nach vorne, dehnte sie weit. Sie spürte ein Brennen am Eingang und ein überwältigendes Gefühl der Fülle im Inneren.

„Oh, Cade", stöhnte sie, dann presste sie den Mund zusammen, verlegen darüber, wie lüstern ihre Stimme geklungen hatte.

„Braves Mädchen." Seine Stimme klang belegt. „Ich bin so schnell wie möglich zurück. Iss das Sandwich, das ich für dich bestellt habe, oder ruf unten an und bestell etwas anderes, aber verlass dieses Zimmer nicht, bis ich zurückkomme, verstanden?"

„Ich verstehe", keuchte sie.

„Du darfst jetzt aufstehen."

Ihre Beine zitterten von der Bestrafung, und der Plug in ihrem Hintern ließ ihr Inneres schmelzen. Cade zog seine Jeans und seine Unterhose aus, und der Anblick seiner Männlichkeit ließ sie schwindelig werden. Er blickte auf, als er damit fertig war, das zweite Hosenbein über seine Schwimmflosse zu ziehen, und sah, dass sie ihn anstarrte.

„Faye, es tut mir leid, dich so zurückzulassen." Er öffnete seine Arme. Sie trat in sie hinein und fragte sich, was er in ihr gesehen hatte, dass er ihr seinen Trost anbot. Er küsste sie auf den Scheitel. „Ich bin so schnell wie möglich zurück. Sei ein braves Mädchen."

„Werde ich sein", murmelte sie.

„Öffne die Tür für mich und lass die Schlüsselkarte draußen unter der Matte." In einer fließenden Bewegung ließ er sich auf alle viere fallen und war wieder der majestätische silberne Wolf.

Sie grub eine Hand in das Fell an seinem Nacken, als sie neben ihm ging. Er leckte ihre Finger, bevor er durch die Tür trottete, die sie geöffnet hatte. Sie ging in die Hocke und schob die Schlüsselkarte unter die Matte, entsetzt bei dem Gedanken, jemand könnte sie nackt sehen, bevor sie die Tür schloss.

Benommen stand sie da. Ihr Hintern pochte. Die Haarbürste hatte ihr eine echte Tracht Prügel verpasst, und Cade war nicht zimperlich mit ihr umgegangen. Der Plug in ihr pulsierte auf eine ungewohnte Art – verlangte nach irgendeiner Art von Erlösung. Sie ging steif zurück ins Zimmer, jeder Schritt erschütterte den Plug und erinnerte sie an ihre Bestrafung.

Bei Pans Flöte, Cade hatte ihre Welt erschüttert.

Sie fühlte sich durch und durch verändert – als könnte sie nie wieder Faye sein, die alberne Fee, die versuchte, Heu zu Gold zu spinnen. Sie wollte nie wieder zu diesem alten Selbst zurück. Sie wollte für immer Cades Sklavin sein – besessen, beherrscht, bestraft und beglückt. Und was hatte er sie versprechen lassen? Dass sie ihn niemals verlassen würde? Wollte er sie auch behalten?

Sie schob den Rollwagen zum Sofa und setzte sich vorsichtig hin, keuchte bei dem Gefühl, wie der Plug tiefer hineingedrückt wurde. Sobald sie saß, war es in Ordnung, solange sie sich nicht bewegte. Sie öffnete die abgedeckten Teller und nahm ein Sandwich, ihr Magen knurrte vor

Vorfreude. Es war ihr Lieblingssandwich – Pute, Speck, Avocado. Sie hatten einen ähnlichen Geschmack bei Essen – das war doch ein gutes Zeichen, oder? Sie schüttelte den Kopf. Sie sollte nicht jeden Gedanken daran verschwenden, ob sie Cades Freundin sein würde. Sie musste einen klaren Kopf bewahren und herausfinden, wie sie seine Füße zurückverwandeln konnte, bevor sie die Schenkel spreizte und ihn anflehte, sie zu nehmen.

Sie aß jeden Bissen des Sandwiches und der Pommes frites und nippte am heißen Apfelwein, aber das Essen konnte die Anspannung nicht lindern. Sie brauchte Erlösung. Sie stand auf und keuchte bei der Erschütterung des Plugs in ihr. Sie ging ins Badezimmer und stellte sich vor den Ganzkörperspiegel. Sie drehte sich um und reckte den Hals, um ihren Hintern zu sehen. Ihre Pobacken waren noch rot von der Haarbürste, und der Edelstahl-Plug sah wunderschön in der Mitte ihres Hinterns aus. Ein Satzzeichen für ihre Bestrafung. Sie griff nach hinten und berührte die runde Basis. Sie packte ihn und bewegte ihn in sich, was ihre Knie weich werden ließ.

Pan, Gott der Natur, wie soll ich das durchstehen?

Sie ging zum Bett, kletterte hinauf und legte sich auf den Bauch, die Finger zwischen den Beinen. Ihre Pussy war noch nie so nass gewesen. Sie ließ ihre Finger an ihren glitschigen Falten auf und ab gleiten, reizte ihre Klitoris und wiegte ihre Hüften. Jedes Mal, wenn sie ihren Hintern zusammenkniff, versetzte ihr der Plug mit seinem Eindringen einen Schock. Sie begann mit mehr Erregung, ihre Hand zu vögeln, verzweifelt auf der Suche nach Erlösung. Der Orgasmus überrollte sie in einer wogenden Welle, ihre Beine zuckten, als sich ihr Beckenboden anspannte.

Sie lag keuchend da, erschöpft, aber nicht entspannt. Sie wollte mehr. Sie wollte es wieder, und sie hatte den leisen

Verdacht, dass sie sich nach dem Echten sehnte – Sex in Großbuchstaben, S-E-X.

Mit Cade Lupus.

Aber das würde bedeuten, dass sie ihre Macht verlieren würde, Cades Füße zurückzuverwandeln. Und dann würde er ihr nie verzeihen.

KAPITEL SECHZEHN

ERTRAM

Bertram wurde das ungute Gefühl, das er seit einer Stunde hatte, nicht los. Er spürte, dass etwas nicht stimmte. Er fand Redd vor dem Kamin, wo sie mit Coral und Jake ein Spiel spielte. „Habt ihr Jillian gesehen?", fragte er die ganze Gruppe.

„Ich habe sie vor etwa einer Stunde gesehen. Ich bin ihr begegnet, als sie wie der Blitz zu den Ställen hinaushetzte." Jake blickte vom Spiel auf. „Sie war wegen irgendetwas ziemlich aufgebracht und musste frische Luft schnappen." Er zog die Stirn kraus und stand schnell auf. „Ist sie immer noch nicht zurück?"

Bertram blickte aus dem Erkerfenster auf den schnell fallenden Schnee. „Ich weiß es nicht. Ich kann sie nicht finden, und niemand sonst hat sie gesehen." Er wandte sich Redd zu, die mit schuldbewusstem Gesichtsausdruck auf ihrem Sitz hin und her rutschte.

„Ist heute Morgen etwas passiert, Redd?"

Sie wich seinem Blick aus. „Ich weiß nicht."

„Junge Dame …", knurrte er und erschreckte damit alle im Raum.

„Okay. Werd nicht wütend, aber wir hatten heute Morgen einen Streit."

„Worüber?" Er schritt auf die zierliche Frau zu und überragte sie.

„Wir haben uns nur gestritten." Tränen füllten ihre Augen. „Es tut mir leid. Ich habe vielleicht ein paar gemeine Dinge gesagt, die sie glauben ließen, dass du dich nicht für sie interessierst."

„Was!!", brüllte er, und sie zuckte zurück, während Jake Coral hinter sich zog.

Sie begann zu weinen. „Ich habe gesagt, du hättest bereits eine Submissive, und ich habe vielleicht angedeutet, dass du die restlichen Frauen in der Lodge versohlst und mit ihnen schläfst. Es tut mir leid."

„Geh. Auf. Dein. Zimmer." Er war so wütend, dass er Angst hatte, sie auch nur zu berühren. Sein Blut kochte und sein Herz raste, als seine Krallen ausfuhren.

Redd rannte schluchzend aus dem Zimmer.

„Ihr beide" – er zeigte auf Jake und Coral – „durchsucht die Lodge und erstattet mir in zehn Minuten Bericht. Ich sehe auf dem Gelände und im Stall nach."

Er stürmte aus der Lodge und atmete tief ein. Wenn ihr irgendetwas passiert war … Er schüttelte den Kopf. Er konnte den Gedanken nicht ertragen. Als er um die Lodge herum auf die Rückseite gelangte, nahm er ihre schwache Witterung auf. In Richtung Norden. Er heulte vor Wut und sah zu, wie der Schneesturm um ihn herum an Intensität zunahm.

Er wollte gerade seine Magie einsetzen und sich verwandeln, als er eine Bewegung hinter sich hörte.

Jake, in seinen Parka gekleidet und mit seiner Tasche und seinem Schwert bewaffnet, schritt auf ihn zu, seine Augen grimmig und entschlossen. Redd folgte dicht hinter ihm und sah nervös und aufgewühlt aus.

„Sie ist nicht in der Lodge", bestätigte Jake und deutete in die Richtung, in der er ihren Geruch gefunden hatte. „Sie ist dorthin gegangen."

„Danke. Bleibt ihr beide hier und kümmert euch um die Lodge. Ich bin zurück, sobald ich sie gefunden habe." Bertram drehte sich um, spürte aber einen festen Griff an seiner Schulter. Er nahm sich zusammen, um dem jüngeren Mann nicht den Kopf abzureißen, und begnügte sich damit, ihm ins Gesicht zu knurren.

„Hör zu, Wolfe", Jakes Stimme war leise und tödlich, „das ist meine Schwester da draußen, und du wirst mich nicht davon abhalten, nach ihr zu suchen. Ich kann sie spüren. Sie ist ein Teil von mir." Er blickte auf den Schnee, der um sie herumwirbelte, und runzelte die Stirn. „Außerdem, so wie dieser Schnee herunterkommt, wird deine andere Seite sie nicht weiter als ein paar Hundert Meter verfolgen können."

Das überraschte ihn. „Du weißt, was ich bin?"

„Natürlich weiß ich das. Der ganze Ort wimmelt nur so vor Magie und Paranormalen. Man müsste schon ein kompletter Idiot sein, um das nicht zu sehen."

Er mochte diesen Mann und drehte sich um, um seine Schultern fest zu packen. „Du bist ein guter Mann, Jake Hill."

„Du hast meine Erlaubnis, meine Schwester zu heiraten." Jake schüttelte ihm die Hand und nahm dann das Pferd, das Coral ihm gebracht hatte. Er küsste sie und stieg auf den grauen Vollblüter. „Worauf warten wir?" Er drehte sich um und trieb das Pferd in die Richtung, in die Jillian gegangen war.

„Coral, du bleibst hier und passt auf das Anwesen auf. Keine Diebe mehr im Haus, während ich weg bin, okay?"

Sie nickte. „Ja, Sir. Seid vorsichtig." Sie huschte zurück in die Wärme der Lodge.

„Du." Er starrte auf Redd hinab. „Wir werden das später besprechen."

Redd nickte feierlich und drehte sich um, um zurück in die Lodge zu stapfen.

„Warte."

Sie erstarrte bei seinem gebellten Befehl.

„Hol deine Ausrüstung."

„Sir?" Die Verwirrung stand ihr in die traurigen Augen geschrieben.

Er zog sie in eine feste Umarmung. „Du bist die Beste in dem, was du tust, und das ist Spurenlesen, Jagen und Kämpfen. Ich brauche dich."

„Ich dachte, du traust mir da draußen nicht, Daddy." Ihre Unterlippe zitterte.

„Nur weil ich um deine Sicherheit fürchte, heißt das nicht, dass ich dir nicht vertraue." Er tätschelte ihr leicht das Kinn. „Willst du mir helfen, eine Jungfer in Nöten zu retten, kleine Jägerin?"

Er sah den freudigen Stolz, der bei seinen Worten in ihren Augen aufleuchtete.

„Mach dich fertig und hol mich ein. Ich werde mich in etwas … Bequemeres werfen."

Sie lächelte und sprintete zurück in die Lodge.

Er drehte sich um und sah den großen silbernen Wolf mit den goldenen Augen, der neben der Lodge auftauchte. „Ich habe gehört, dass du angekommen bist. Du hattest schon immer einen Riecher für Ärger, Cousin. Gehen wir."

Er zog sich schnell aus, atmete dann tief durch und zog die Magie aus dem Innersten seines Wesens. Er spürte ein schimmerndes, poppendes Gefühl, als die Welt um ihn herum verschwamm und wirbelte.

Einen Moment später überkam ihn eine seltsame Ruhe, als er seine wahre Natur, die Bestie, annahm. Er stieß ein Heulen aus, und sie rannten los, um Jake einzuholen.

JILLIAN

Sie würde sterben; das wusste sie.

Sie ging am Rande der Klippe entlang, bis sie nicht mehr weiter konnte. Sie war von einem Rudel knurrender Wölfe umzingelt, mit dem Rücken an der großen, glatten Felswand eines Berges und einer Klippe auf der anderen Seite. Sie saß in der Falle, und das wussten sie alle. Sie rief um Hilfe, obwohl sie wusste, dass es nichts nützen würde, aber es war alles, was sie tun konnte. Sie hob einen großen Stock auf und hatte ein seltsames Déjà-vu bei dieser Situation.

Es waren acht von ihnen, die sich langsam mit gefletschten Zähnen näherten, ihre schmutzigen Felle verfilzt, während sie knurrten und vorwärts schlichen. Sie unterdrückte das Schluchzen in ihrer Kehle und schwang den Stock in die Luft, während sie schrie, sie sollten verschwinden. Es schien fast, als würden sie lachen, als würden sie mit ihr spielen.

Der Anführer der Gruppe schlich nach vorne, nur drei Meter von ihr entfernt, legte den Kopf schief und verengte die Augen. Wenn sie nicht völlig verrückt wurde, schien es fast, als würde er sie wiedererkennen. Das waren doch sicher nicht dieselben Wölfe, denen sie auf ihrer vorigen Reise begegnet waren?

Er ging auf die Hinterläufe, spannte sich zum Sprung an, und sie wusste, ihre Zeit war abgelaufen. Sie bereitete ihren Körper auf den Aufprall vor, kniete nieder und bedeckte instinktiv ihren Kopf mit den Händen, als er durch die Luft sprang. Doch ihr Angreifer wurde mitten im Flug gestoppt, nur wenige Meter von der Stelle entfernt, an der sie kauerte, als ein größerer Wolf aus dem Nichts auftauchte und ihn zu Boden riss. Während sie knurrten, kämpften, sich wälzten und nacheinander bissen, sah sie aus dem Augenwinkel die anderen auftauchen.

Ein weiterer großer Wolf, dieser silbern, landete zwischen ihr und ihren Angreifern und nahm es sofort mit mehreren von ihnen auf. Die anderen Wölfe wurden von einem kleinen Menschen in rotem Lycra angegriffen, der sich mit einem Schwert bewegte, so schnell hieb und schnitt, dass ihre Augen kaum mithalten konnten. Es war eine Frau. Das erkannte sie an der kleinen Statur, den Kurven und dem langen Pferdeschwanz.

„Redd?", krächzte sie, verwirrt und verängstigt von der Schlacht um sie herum.

Die zierliche Frau wandte sich ihr zu und grinste, als sie hinter sich hieb, um einen ihrer Gegner zu töten. Er lag auf der Seite, blutete und rang nach Luft, und sie erlöste ihn mit einem schnellen Stich durchs Herz von seinem Leid. Jillian verzog das Gesicht und versuchte, sich nicht zu übergeben.

„Jillian!"

Sie erkannte diese Stimme und eilte in die Arme ihres Bruders. Er zog sie vom Kampfgeschehen weg. „Ich bin so froh, dich zu sehen!", zitterte sie.

Er musterte sie schnell und suchte nach Wunden. „Bist du okay?" Sein Blick war besorgt.

„Ja, ja, ich bin okay. Aber was geht hier vor –" Ihre Frage wurde vom Heulen eines Wolfes unterbrochen, der direkt auf sie zuflog. Jake stieß sie zu Boden und spießte ihn mit seinem Schwert auf, als der Wolf mit einem schweren Wumms auf ihm landete.

„Jake!", schrie sie und eilte an seine Seite.

Er sah etwas benommen, aber ansonsten unversehrt aus, als er versuchte, den toten Wolf von sich zu rollen.

„Gott, sind die Dinger schwer", murmelte er, als er sich endlich unter ihm hervorgearbeitet hatte. „Ich schwöre bei

Gott, wenn ich noch eine Kopfverletzung davontrage, kriegst du Ärger."

Sie lächelte durch ihre Tränen und warf sich auf seine ausgestreckte Gestalt. „Ich bin so froh, dass du okay bist. Es tut mir leid."

Er zog sie beide auf die Beine, gerade als der Kampf um sie herum zu enden schien.

Fünf Wölfe lagen tot oder schwer blutend auf dem schneebedeckten Boden, und zwei weitere waren mit eingezogenem Schwanz jaulend davongerannt, sodass nur noch ein Wolf übrig war, der Anführer des Rudels.

Die beiden „freundlichen" Wölfe taten sich zusammen, ihre langen weißen Reißzähne gefletscht, ihre glänzenden silbernen Felle reflektierten im Schnee, und knurrten den Leitwolf an, ihn herausfordernd, sie anzugreifen. Sie postierten sich zwischen Jake und Redd, die mit gezogenen Schwertern zu beiden Seiten von ihr standen. Sie sah zu, wie der kleinere, schmutziggraue Wolf knurrte, seine Reißzähne fletschte, sich dann umdrehte und aus den Bäumen rannte.

Es war vorbei. Sie wusste nicht wie oder warum, aber sie fühlte sich sicher. Redd reinigte ihr Schwert, und Jake pfiff nach den Pferden. Aber sie konnte ihre Augen nicht von dem größeren der beiden silbernen Wölfe lassen. Er kam ihr so bekannt vor, als sollte sie ihn kennen. Er ging langsam auf sie zu und hob den Kopf, um ihren Blick zu erwidern. Die dunkelbraunen Augen mit den Bernsteinflecken, die sie ansahen, waren vertraut.

Sie stolperte und spürte, wie ihr der Atem stockte, als sie zögernd die Hand nach ihm ausstreckte. „Bertram?"

Er nickte und schob seinen Kopf unter ihre Hand, und sie fühlte sein raues, silbergraues Fell und sah die Pfeffersprenkel und die Linie dunklen Fells an seinem linken Ohr. Er war es wirklich! Sie schlang ihre Arme um ihn und schluchzte, während sie sein weiches, nasses Fell streichelte. Er war ihretwegen gekommen.

Redd zog ihr Schwert aus dem Rücken eines der toten Wölfe und traf ihren Blick. Ein Anflug von wehmütigem Verständnis erschien auf dem Gesicht der anderen Frau, und sie nickte als Zeichen ihrer Akzeptanz.

Sie umklammerte ihn immer noch fest, als er plötzlich knurrte, den Kopf drehte und sich sofort anspannte. Wie in Zeitlupe sah sie, wie der dunkle Wolf auf sie zusprang, die Zähne gefletscht, die Krallen ausgestreckt. Ihr silberner Wolf rollte sie unter sich und schirmte sie ab, die Krallen trafen ihn am Rücken. Er heulte vor Wut, hielt aber seinen Körper schützend über ihr. Sie hämmerte mit den Fäusten auf ihn ein. „Beschütz dich doch selbst, du großer Klotz!"

Sie schrie, als der dunkle Wolf sein Maul aufriss, die Reißzähne blitzten, bereit, sich in Bertrams Hals zu verbeißen. Sie sah ihn anspringen und knurren, und dann weiteten sich seine Augen und er geriet ins Wanken. Er stolperte zur Seite, und sie sah Jakes Schwert, das tief in seinen Schulterblättern steckte.

Jake trat fluchend ins Blickfeld. Seine Augen waren dunkel und wütend. „Das ist mein zukünftiger Schwager, du Schwachkopf!"

Er zog sie in seine Arme und weg von dem anderen Wolf, als Bertram seinen Griff um sie lockerte. Jake trieb sie weiter in den Wald, zu den Pferden, weg von der Szene.

„Wo gehen wir hin?" Sie konnte kaum mit seinen langen, wütenden Schritten mithalten.

„Vertrau mir, du willst nicht sehen, was als Nächstes passiert."

Sie hielt sich die Ohren zu, konnte aber die Geräusche des Heulens und Beißens und Zerfleischens trotzdem nicht ausblenden. Sie schauderte, als sie die qualvollen Schreie und das Reißen von Muskeln und Sehnen und das Knurren hörte, das man nur als Fressen beschreiben konnte.

Wo war Bertram? Sie würde es sich nie verzeihen, wenn er wegen ihrer Dummheit verletzt worden wäre. Sie konnte nicht atmen, und ihr Magen drehte sich vor Furcht um. Jake hielt sie fest, bis plötzlich alles still wurde.

Redd kam mit federndem Schritt und einem hellen Glanz in den Augen zu ihnen. „Das war der Hammer!“

Das schien der letzte Tropfen für ihren armen Magen zu sein. Sie drehte sich um und übergab sich in die Büsche, stieß alles aus, fühlte sich schwindelig und heiß und bereute es zutiefst, einen so vollen Magen gehabt zu haben.

„Ugh, das ist so eklig.“ Sie hörte Redds schrillen Kommentar.

Jake klopfte ihr auf den Rücken und kicherte. „Im Ernst, Redd. Nach all dem. Du wirst wegen ein bisschen Kotze zimperlich?“

Sie wischte sich den Mund ab und blickte auf, als die beiden großen silbernen Wölfe auf sie zustapften, erschöpft, mit Blut und Gott weiß was noch bedeckt. Sie schauderte und musste sich erneut übergeben, dankbar, dass ihr Magen endlich leer war.

Sie sah zu, wie der größere der beiden, ihr Wolf, zu Redd ging und sie am Bein anstupste.

„Er will, dass wir so schnell wie möglich zur Lodge zurückkehren“, erklärte Redd. „Sie folgen uns, damit sie die Pferde nicht erschrecken.“ Sie beugte sich vor und flüsterte: „Er liebt dich, weißt du?“

Jillian bemerkte endlich die wirbelnden Winde und den Schnee, der schwer um sie herum fiel.

„Komm, Jillybean, du kannst mit mir reiten.“ Jake half ihr, auf ihren zittrigen Beinen zu seinem Pferd zu gehen.

„Was. Bist. Du?“ Sie richtete ihre müden Augen wieder auf den größeren Wolf hinter ihnen.

Er legte den Kopf schief und nickte.

Das war das Letzte, was sie sah, bevor ihr erst weiß, dann schwarz vor Augen wurde.

KAPITEL SIEBZEHN

BERTRAM

Bertram ging vor der Krankenstation auf und ab, während die Krieger seines Teams verarztet und entlassen wurden. Er hatte die meisten seiner Verletzungen bereits selbst geheilt und spürte nur noch einen leichten Schmerz im oberen Rücken.

Sie hatte ihm eine Heidenangst eingejagt. Es war gut, dass sie ohnmächtig geworden war, denn das gab ihm Zeit zum Nachdenken. Er wollte ihr nicht den Hintern versohlen, solange er noch aufgebracht war. Er sah im Rest der Lodge nach dem Rechten und war erfreut, dass Coral sie dieses Mal vor gierigen Plünderern geschützt hatte. Natürlich hatte es auch geholfen, dass Stiefmutter früher aufgetaucht war, um sicherzustellen, dass alles reibungslos lief, während sie weg gewesen waren.

Jake kam heraus und ergriff seine Hand. „Danke." Sein Blick traf Bertrams für einen langen Moment und sagte ihm mehr als alle Worte. „Wenn sie dich will, gebe ich euch meinen Segen." Er reichte ihm einen kleinen Beutel mit Münzen und nickte ihm feierlich zu.

„Ich brauche dein Geld nicht, Jake." Er versuchte, ihn in die Handfläche des jüngeren Mannes zurückzudrücken, aber dieser schüttelte den Kopf.

„Es ist Tradition", zuckte dieser mit den Achseln. „Oder ist dir ein Schwein lieber?"

Er spürte, wie ein Lachen in ihm aufstieg – der erste Moment der Heiterkeit, den er den ganzen Tag über gehabt hatte. „Schon gut, schon gut. Ich danke dir dafür." Er blickte auf die geschlossene Tür der Krankenstation, hinter der Jillian sich ausruhte. „Für all das."

„Pass gut auf sie auf, Wolfe", sagte Jake und ging den Flur entlang.

Bertram lehnte den Kopf an die Tür der Krankenstation, atmete ihren Duft ein und sog die Liebe in sich auf. Was wäre gewesen, wenn er sie nicht rechtzeitig gefunden hätte? Bei dem Gedanken schauderte es ihn. Und was hatte sie wirklich davongetrieben? Es konnten nicht nur Redds Worte gewesen sein. Nein, verdammt, es war seine Schuld. Seine Versuche, sie zu beschützen, hatten sie nur verletzt. Und die Wahrheit war, dass er sie liebte.

Er dachte an das erste Mal, als er sie gesehen hatte, wie sie sich trotzig gegen angreifende Wölfe zu wehren versuchte. Er dachte daran, wie ihr runder Hintern wackelte und im perfekten Rotton leuchtete, wenn er sie übers Knie legte. Er dachte an die Intensität ihrer Gefühle und ihr Verlangen und daran, wie sie vor Lust errötete, wenn er sie streichelte und ihr den Hintern versohlte. All das machte sie zu einer wahrhaft erstaunlichen Frau. Die Frau, die er liebte und die seine Gefährtin werden würde. Wenn sie einverstanden war. Würde sie sich aus Abscheu und Angst von ihm abwenden? Er stieß einen tiefen Seufzer aus und klopfte an die Tür. Es war Zeit, es herauszufinden.

Als er den kleinen Behandlungsraum betrat, sah er Jillian halb liegend, halb sitzend, während seine Kleine liebevoll

Jillians langes braunes Haar bürstete. Sie hörten auf zu reden und richteten ihre großen Augen auf ihn.

„Meine Damen." Er hielt seinen Gesichtsausdruck neutral. „Ist bei euch beiden alles in Ordnung?"

„Ja, Sir", sagte Jillian.

„Ja, Daddy", sagte Redd.

„Irgendwelche Verletzungen?"

„Nö, der Doc sagt, uns beiden geht's gut", bot Redd an. „Jillian war von den Strapazen nur ein wenig durch den Wind. Also meinte er, wir könnten hierbleiben, bis sie sich besser fühlt. Wir haben, ähm, über eine Menge Dinge geredet." Sie blickte nervös zu ihm auf.

„Und?" Er setzte sich auf den Arzthocker vor ihnen.

„Also, ich war vielleicht ein bisschen eifersüchtig wegen ihrer Anwesenheit." Redd kaute an ihrem Fingernagel und rutschte unruhig hin und her.

„Ein bisschen?" Er musste hart kämpfen, um den Sarkasmus aus seiner Stimme herauszuhalten.

Jillian kicherte nervös, doch als er seinen vollen Blick auf sie richtete, schluckte sie und wandte die Augen ab.

„Was zum Teufel hat dich geritten, einfach so abzuhauen?", fragte er Jillian und entkrampfte seine Fäuste, um sie nicht mit der Wut zu erschrecken, die sich in ihm aufbaute.

„Ich habe gesehen, wie du einem Dienstmädchen den Hintern versohlt hast, und als du sie mit ins Zimmer genommen hast, dachte ich, du würdest mit ihr schlafen." Tränen schimmerten in ihren schmerzerfüllten, smaragdgrünen Augen.

Er fuhr sich frustriert durch die Haare. „Ich habe keine sexuellen Beziehungen mit meinen Angestellten, Jillian."

„Ich weiß. Redd hat mir alles erklärt."

„Ich versohle aber Hintern, wenn eine Sub einen Partner braucht oder an ihre Arbeit erinnert werden muss. Ich halte mich bei Bestrafungen nicht zurück. Das wisst ihr beide."

Er beobachtete, wie sich beide Frauen unter seinem Blick unruhig wanden.

„Naja, in dem Moment hat es Sinn ergeben!", blitzten Jillians Augen ihn wütend an. „Du hast letzte Nacht mit mir gespielt und bist dann … einfach gegangen! Ohne Erklärung! Was glaubst du, wie ich mich gefühlt habe?"

Er fuhr sich mit der Hand durchs Haar und seufzte. „Du hast recht. Es tut mir leid. Ich wollte dich nicht erschrecken oder, schlimmer noch, dich verletzen. Verstehst du, was ich bin? Mein Wolf will dich als seine Gefährtin. Ich hatte Schwierigkeiten, ihn zu kontrollieren, und wollte dich nicht ohne deine Zustimmung markieren."

Sie nickte, und er beschloss, es für dieses eine Mal gut sein zu lassen. „Redd hat mir alles erklärt. Ich hätte es mir nach einigen Dingen, die Cindy und Stiefmutter gesagt haben, denken können, aber ehrlich gesagt klang es so fantastisch, dass ich es nicht glauben konnte."

„Bist du damit einverstanden, jetzt, da du weißt, was ich bin?"

„Es ändert nichts an dem Mann, der du bist, dem Mann, den ich liebe." Sie lächelte zaghaft und blickte ihm in die Augen.

Er war so überglücklich, dass er heulen und ein Rad schlagen wollte. „Ich liebe dich auch." Er beugte sich vor, nahm ihre süßen Lippen in seine und stieß ein leises Knurren aus.

Dann kniete er sich vor ihnen nieder und drückte die Hände beider Frauen. „Ich liebe euch beide, und wenn ihr nichts anderes sagt, habe ich nicht die Absicht, eine von euch jemals gehen zu lassen. Niemals." Er verstärkte seinen Griff und seine Augen verdunkelten sich, was beide nach Luft schnappen ließ.

Er streichelte Redds Wange. „Du bist meine Kleine, mein

Augapfel. Es wird niemals eine andere wie dich geben. Hitzköpfig, stark, mächtig, mitfühlend, mutig. Mein Wunsch ist es, dich zu lieben, solange du mich in deinem Leben haben willst. Ich werde dich vor deinen Dämonen und vor dir selbst beschützen. Ich werde dich halten, wenn du Albträume hast. Ich werde deinen Hintern in einem neuen Rotton erstrahlen lassen, jedes Mal, wenn du etwas tust, das nicht der guten Frau entspricht, die du bist. Du bist gut und freundlich. Und ich liebe dich."

Redds Tränen flossen schnell, und er wischte sie mit seinem Ärmel weg. „Eines Tages, kleine Redd, wird ein Mann für dich kommen. Wenn er wirklich der Mann ist, der dir geben kann, was du brauchst und willst, dann werde ich ihm deine Hand geben. Bis dahin werde ich jeden töten, der nicht das richtige Format hat."

Bei seiner letzten Ankündigung kicherte sie.

Als Nächstes wandte er sich an Jillian und küsste ihre Hand. „Jillian, du bist die heißeste Frau, die ich je erblickt habe. Du bist stark, selbstbewusst, wunderschön, klug, und deine Unterwerfung ist das größte Geschenk, das du mir je machen könntest. Meine Wolfsseite will dich als meine Gefährtin. Meine menschliche Seite will dich als meine Geliebte für immer, meine Partnerin, die Frau, die meine Kinder zur Welt bringen wird, die Frau, die sich mir unterwerfen wird, weil sie es will. Ich liebe dich, süße Frau, und will dich in meinem Leben haben."

„Könnt ihr beide diesen Bedingungen zustimmen und einwilligen, diesen eifersüchtigen Kampf darum zu beenden, wer mein Herz bekommt? Ihr beide habt es, auf unterschiedliche Weise."

Beide stimmten unter Tränen zu, umarmten ihn und entschuldigten sich erneut für das Drama der letzten Tage.

„Also, der Arzt hat euch beide untersucht und für *alle* Aktivitäten für tauglich befunden?"

Sie schienen beide zu wissen, was er andeutete. Waren sie bereit, bestraft zu werden?

„Ja, Sir", sagten sie.

„In Ordnung. Redd, ich treffe dich in fünfzehn Minuten in deinem Zimmer. Sei bereit für mich."

„Ja, Daddy." Sie nickte und eilte in seine Arme.

Er umarmte sie fest und gab ihr einen Klaps auf den Hintern ihrer Leggings, als sie zur Tür hinausging. „Bis gleich."

Er sah seiner Kleinen nach und wandte sich dann Jillian zu. „Bist du sicher, dass es dir gut geht?" Er nahm ihr Gesicht in die Hand und streichelte ihre Wange.

„Ja. Es tut mir leid, dass ich euch allen Sorgen bereitet habe." Sie ließ traurig den Kopf hängen.

„Ich lasse dich nicht noch einmal gehen. Ich werde in dieser Beziehung das Sagen haben und deinen kleinen Hintern versohlen, wenn du mir nicht gehorchst oder wann immer ich das Gefühl habe, dass du es brauchst. Aber ich werde dich auch alles über Lust und Spiel lehren und dich mehr lieben, als du je geliebt wurdest." Er hielt den Atem an und wartete auf ihre Antwort.

„Ich akzeptiere deine Bedingungen, Master Wolfe, mit einer eigenen Bedingung." Ihre Augen tanzten schelmisch. „Ich möchte dir auch wieder den Hintern versohlen."

„Nur zum Spaß, Kleines." Er knurrte über ihr Kichern. „Und ich darf dein Outfit aussuchen." Er wackelte spielerisch mit den Augenbrauen. „Ich habe ein paar Dinge im Sinn, die an dir perfekt aussehen werden. Besonders mit zwei süßen, rosigen Pobacken." Er nickte angesichts ihrer Röte. Er würde es nie für selbstverständlich halten, wie schön sie aussah, wenn sie verlegen war.

„Wir müssen noch über deine heutigen Fehler sprechen. Bist du in der Lage, deine Bestrafung anzunehmen, oder brauchst du noch etwas Zeit, um dich zu erholen?"

„Ich möchte es hinter mich bringen, bitte."

„Okay. Ich komme in einer Stunde in dein Zimmer. Ich möchte, dass du nur mit deinem Höschen und Nachthemd bekleidet vor dem Bett kniest. Ich habe einen Generalschlüssel und komme rein. Ich werde mich jetzt um meine unartige Kleine kümmern und dann ein paar Dinge für dich vorbereiten."

„Bertram?" Ihre Stimme klang so süß und sanft. „Bitte sei nicht zu hart zu ihr. Ich hätte dich auch nicht teilen wollen, wenn ich an ihrer Stelle gewesen wäre. Ich werde dich nicht mit einer anderen Geliebten teilen." Ihre Augen blitzten auf.

„Ich verstehe." Er küsste sie auf die Stirn. „Ich werde es berücksichtigen. Mach dir im Moment erst mal Sorgen um deinen eigenen Arsch." Er zwinkerte und ging.

BERTRAM

Er ging zurück in sein Zimmer und holte das Heizkissen aus seiner Hausapotheke. Dann machte er in der Küche Halt und nahm Mrs. Hubber, die Köchin, beiseite. „Schicken Sie bitte in einer Stunde eine Schüssel mit Wasser und vorbereiteter Ingwerwurzel zu Ms. Hills' Zimmer. Lassen Sie es diskret vor ihrer Tür stehen."

Die ältere Frau nickte und machte einen Knicks, während ein Hauch von Rosa auf ihre Wangen stieg. „Ja, Sir."

„Stellen Sie sicher, dass er nicht zu frisch ist. Vielleicht ein oder zwei Wochen alt. Danke." Er schritt zielstrebig aus der Küche in Richtung Redds Zimmer.

Er verstand ihre Eifersucht. Schließlich war sie ein Einzelkind. Aber ihr Verhalten war inakzeptabel. Als Jägerin hatte sie die Pflicht, mitfühlend zu sein und andere zu beschützen. Was sie heute getan hatte, hatte Jillians Gefühle nicht geschützt. Und er wusste, dass sie wegen ihres Fehlers zwiegespalten und verletzt sein würde. Obwohl sie eine große und mächtige Jägerin war, brauchte das kleine Mädchen in ihr Liebe, Fürsorge und Vergebung.

Es war Zeit für ihn, ihr zu helfen, ihre Dämonen loszulassen. Er klopfte dreimal und setzte ein neutrales Gesicht auf, als sie die Tür öffnete. Sein Herz flog ihr zu. Sie sah so traurig und verletzlich aus.

Er trat die Tür hinter sich zu und riss sie in seine Arme, umarmte sie fest an seiner Brust. Nach ein paar Minuten des Kuschelns streichelte er ihren Kopf und küsste ihr Haar. „Also gut, kleine Redd, was brauchst du, kurz und schnell oder lang und ausgedehnt?"

Sie sah ihn mit tränengefüllten Augen an und schniefte. „Ich brauche etwas Längeres, bitte. Ich fühle mich schrecklich."

„In Ordnung." Er stellte sie auf die Füße. „Beug dich über das Bett. Wir werden etwas tun, was wir noch nie zuvor getan haben." Er sah zu, wie sich ihre Augen weiteten und ihre Pupillen sich vergrößerten, während sie zitterte und schnell gehorchte. Er zog ihre Hose herunter und gab ihr einen leichten Klaps auf ihr Höschen. „Okay, nicht bewegen."

Er holte die kleine Tube Capsaicin aus der Schublade ihres Nachttisches. Sie war noch ungeöffnet und war mehr als einmal als Drohung benutzt worden.

Sie krallte sich in die Bettdecke und ihr Körper zitterte, als er ihr Höschen bis zu den Oberschenkeln herunterzog. Er nahm die Tube Capsaicin und drückte etwas davon in seine Handfläche. Er würde nicht viel brauchen. Er massierte es sorgfältig in jeden Zentimeter ihres nackten Hinterns und ihrer Oberschenkel ein, wobei er darauf achtete, ihre Intimzone auszusparen, zog dann ihr Höschen wieder über ihren Po und gab ihr einen kleinen Klaps.

„Das war's?", murmelte sie aus den Kissen, in denen sie ihren Kopf vergraben hatte.

Er kicherte. „Da kommt noch mehr." Er steckte das Heizkissen ein, stellte es auf mittlere Hitze und legte es auf ihren
Hintern. „Die Hitze wird sich mit dem Heizkissen schnell
aufbauen. Und dann wird sie mehrere Stunden anhalten.
Versuch nicht, es abzuwaschen", warnte er. „Das macht es
nur noch schlimmer. Bleib ein paar Minuten so."

„Ja, Daddy." Sie lehnte sich wieder ins Bett und griff nach
Mr. McBeakington.

Er nahm einen Stapel Papiere und ein paar Bleistifte und
legte sie auf den kleinen Schreibtisch in der Ecke. Es dauerte
nicht lange, bis sie sich wand und in die Bettdecke stöhnte.

„Baut sich die Hitze auf?" Er verkniff sich das Kichern,
um nicht gemein zu wirken.

„Ohhh, ja, Daddy. Wird es noch schlimmer?"

„Es wird sich weiter aufbauen, ja. Und dann wird es für
eine ganze Weile nicht nachlassen. Du hast für den Rest des
Abends einen heißen Hintern, Kleine."

Sie wand sich noch mehr und erstickte ein weiteres Stöhnen. „Okay, Daddy."

Nachdem er ein paar Minuten zugesehen hatte, wie sie
mit den Füßen zappelte und die Bettdecke umklammerte,
entschied er, dass es mit dem Heizkissen genug war. Er
nahm es ab, zog den Stecker und gab ihr ein paar kleine
Schläge auf den Hintern. „Na komm, ab mit dir in die Ecke."
Er zog sie hoch, führte sie zum Schreibtisch, setzte sie auf
den Stuhl mit der harten Lehne und sah zu, wie sie
versuchte, das Zusammenzucken zu verbergen.

„Aua."

„Hier sind Papier und Bleistifte. Du wirst eine 1.000-
Wörter-Entschuldigung an Jillian und alle Beteiligten schreiben, dich selbst eingeschlossen." Er tippte ihr mit dem Bleistift auf den Kopf. „Beginne mit etwas wie: ‚Ich bin eine gute
Frau, die es verdient, geliebt zu werden.' Dann möchte ich,
dass du deine guten Eigenschaften auflistest und Wege, wie

du in Zukunft proaktiv mit deinen Gefühlen umgehen kannst. Du bist ein Segen für viele. Bring es zu Papier. Alles davon."

Sie nahm den Bleistift und runzelte die Stirn. „Kann ich nicht einen Kuli benutzen?"

„Unartige kleine Mädchen, die bestraft werden, benutzen Bleistifte, Nummer zwei, voll gespitzt, mit Radiergummi. Wenn du einen Fehler machst, radiere ihn aus. Sorge dafür, dass es sauber und ordentlich aussieht. Oder ich werde deinem kleinen Hintern den Rest geben und dich zwingen, es neu zu schreiben. Verstanden?"

„J-ja, Daddy." Der Ausdruck der Unterwerfung in ihrem Gesicht ließ sein Herz fast schmelzen. Sie fühlte sich sicher. Das konnte er erkennen. Also fühlte er sich wegen seiner harten Bestrafung nicht allzu schlecht.

Er küsste sie auf die Stirn. „So ein braves kleines Mädchen. Ich bin stolz auf dich und weiß, dass du dein Bestes geben wirst. Ich habe noch ein paar Dinge zu erledigen und werde dann in einer Weile nach dir sehen, wenn ich dich zum Abendessen abhole."

„Jillian." Es war keine Frage. Und er spürte keine Feindseligkeit in ihrer Aussage.

„Ja. Bist du mit dieser Vereinbarung einverstanden?"

„Ja, Daddy. Es ist wirklich in Ordnung. Sie wird eine gute Gefährtin für dich sein." Sie lächelte und umarmte ihn um den Hals.

„Danke für deinen Segen. Okay, an die Arbeit. Wir sehen uns beim Abendessen."

KAPITEL ACHTZEHN

CADE

Cade kehrte von der Suche nach Jillian mit einigen Wunden an der Schulter zurück. Er blieb in Wolfsgestalt, bis er ihre Tür erreichte, da er nicht mit seinen Schwimmflossenfüßen durch die Lodge platschen wollte, obwohl ihm klar war, dass er es früher oder später würde tun müssen, es sei denn, Faye fand heraus, wie sie sie wieder in Ordnung bringen konnte. Er verwandelte sich vor ihrer Tür zurück und griff nach der Schlüsselkarte, die Faye unter die Fußmatte geschoben hatte.

Das Zimmer glühte vor Hitze, und der Geruch von Fayes Erregung ließ den Wolf in ihm knurren. Sie wartete wie angewiesen in Position, ihre unterwürfige Haltung war so verlockend, dass ihm schwindelig wurde. Er ging am Kamin vorbei, blieb dann stehen und betrachtete ihn. Es waren keine Holzscheite mehr übrig, doch die Flammen loderten im Kaminrost. Die Luft im Zimmer schien dicht zu sein, und das Licht hatte einen rötlichen Schimmer.

Sein Herz rutschte ihm in die Hose. Bedeutete das, dass Faye wütend war? Empfand sie ihre Bestrafung als unfair?

Oder ärgerte sie sich darüber, dass er sie mittendrin ohne jegliche Nachsorge allein gelassen hatte? Hatte der Sub-Drop sie gegen ihn aufgebracht?

Er legte seine Hand auf ihren Rücken. „Faye?"

Sie zitterte bei seiner Berührung und wandte ihm ihr Gesicht zu. Ihre Wangen waren gerötet, ihre Pupillen geweitet. Er sah Verlangen in ihrem Gesichtsausdruck. Die Flammen drückten Leidenschaft aus.

Er konnte das Knurren, das aus seiner Brust aufstieg, nicht unterdrücken. Ihre Augen weiteten sich, aber er sah keine Angst in ihrem Blick, nur Überraschung. Ihr Blick wanderte zu den Risswunden an seiner Schulter, und sie keuchte und hob den Kopf.

„Wolfskampf – es ist nichts. Lykae heilen sehr schnell."

„Werwolfkampf?"

„Nein, normale Wölfe. Sie hatten Jillian, die vermisste Frau, in die Enge getrieben."

„Du hast sie also gefunden?"

„Ja, sie ist jetzt wieder in der Lodge." Er streckte die Hand aus und strich ihr durchs Haar. Er wollte sie verzweifelt. Aber zuerst musste er herausfinden, warum sie an diesem Morgen gegangen war. „Hör zu, Faye", sagte er, „ich will, dass du mir die Wahrheit sagst, warum du gegangen bist."

Sie stöhnte und ließ ihr Gesicht zurück in die Decke sinken.

Er verpasste ihrem Hintern einen Klaps. „Ich werde dir den Hintern versohlen, bis du mit der Wahrheit herausrückst." Als sie nichts sagte, drückte er seine Hand auf ihren unteren Rücken und begann, auf ihren umwerfenden Hintern zu schlagen. Die Rötung von vorhin war während seiner Abwesenheit zu einem leichten Rosa verblasst, aber sie schrie auf, als hätte sie noch Schmerzen.

„War es wegen dem, was in meinem Bett passiert ist?" Er schlug auf das Fleisch unter dem Analplug.

„Ja!", keuchte sie.

„Wolltest du nicht, dass ich dich auf diese Weise berühre?"

„Doch!"

„Was dann?"

„Ich habe Angst!", jammerte sie.

Oh, süße kleine Fee. Er hörte auf, sie zu schlagen, und rieb stattdessen über die Stelle. „Wovor hast du Angst?"

„Sex mit dir zu haben", sagte sie mit Tränen in der Stimme.

Er wollte sich am liebsten selbst ins Gesicht schlagen. Er lehnte sich neben ihr auf das Bett, sodass er ihr Gesicht sehen konnte, das in den Decken vergraben war. Er zog an ihren Haaren und drehte ihren Kopf zu sich. Sie brach in Tränen aus.

„Ich dachte, du hättest die Lust genossen, die ich dir heute Morgen bereitet habe."

„Habe ich auch."

„Warum macht es dir dann Angst?"

„Weil", schluchzte sie, „ich werde meine Kräfte verlieren, und dann werde ich deine Füße nie wieder zurückverwandeln können, und wie könntest du mir dann verzeihen?"

Oh. Oh, verdammt. Er hatte keine Ahnung gehabt. Kein Wunder, dass sie ihm in Bezug auf Sex widersprüchliche Signale gesendet hatte.

„Schsch. Weine nicht, Baby." Er wischte ihre Tränen mit dem Daumen weg. Er küsste ihre Stirn, ihre Wange, ihre Nase. „Was meinst du damit, du wirst deine Kräfte verlieren?"

Sie schniefte. „Feen verlieren ihre Kräfte, wenn sie Sex haben."

Er kniff die Augen zusammen. „Wer hat dir das erzählt?"

„Mein Dad."

„Aber dein Dad ist keine Fee, oder?"

Sie richtete sich frustriert auf die Unterarme auf. „Nein, aber er war mit einer verheiratet!"

„Deine Mom hatte also nie irgendwelche Kräfte, an die du dich erinnerst?"

Sie sah verwirrt aus. „Naja …"

„Steht in ihrem Tagebuch irgendetwas darüber, dass Feen nach dem Sex ihre Kräfte verlieren?"

„Nein …"

„Wie alt warst du, als dein Dad dir das erzählt hat?"

Sie runzelte die Stirn. „Ungefähr vierzehn, schätze ich."

„Mhm", machte er.

„Was?"

„Faye … Wenn ich eine Tochter hätte, die mit vierzehn so aussehen würde wie du, würde ich mir vielleicht auch eine Geschichte ausdenken, um sie davon abzuhalten, zu früh Sex zu haben."

Faye sah empört aus. „Du glaubst, das ist nicht wahr?"

Er zuckte mit den Schultern. „Ich muss noch einmal darauf hinweisen, dass der Herrscher der Feen Pan ist, der Gott der Ausschweifung."

Er legte seine Hand auf ihren Hintern und strich über ihre verlockenden Kurven. Er ließ seine Finger über ihre feuchte Spalte gleiten. „Als ich hereinkam, habe ich deine Erregung gerochen, Faye", sagte er mit leiser, verführerischer Stimme.

Sie wimmerte, ihr Körper erstarrte, als lauschte er auf seine Berührung.

„Du weißt nicht, wie sehr ich dich will." Er glitt mit seinem Finger über ihren Schlitz und verteilte ihren Nektar überall. Er spürte, wie ihre Beine zu zittern begannen, wie ihr Hintern sich ihm entgegenwölbte, um ihm besseren Zugang zu gewähren. „Willst du mich auch, Faye?"

„Jaaaaa."

„Sag es."

„Ich will dich, Cade. Bitte.“

Er liebte das Verlangen in ihrer Stimme. Er stand auf, um ein Kondom aus seiner Brieftasche zu holen, und sie drehte sich um, um ihn anzusehen.

„Aber was ist, wenn ich meine Kräfte verliere?“

„Welcher Teil an Sex lässt dich glauben, dass das passieren würde? Du hattest bereits einen Orgasmus und hast sie nicht verloren. Und ich bin mit meinen Fingern in dich eingedrungen und du hast sie nicht verloren. Was lässt dich glauben, dass es mit meinem Schwanz anders sein wird?“

Die Falte zwischen ihren Augenbrauen vertiefte sich. „Vielleicht ist es das Sperma? Vielleicht solltest du nicht in mir kommen?“

Er strahlte und hielt das Kondom hoch. „In dem Fall habe ich alles im Griff.“

„Okay, aber was ist mit deinen Füßen? Was ist, wenn ich meine Kräfte verliere und sie nicht zurückverwandeln kann? Oder wenn ich zwar meine Kräfte nicht verliere, aber nie herausfinde, wie ich meinen Fehler beheben kann? Was dann?“ Ihre Augen füllten sich wieder mit Tränen.

Er lehnte sich wieder neben ihr auf das Bett und nahm ihr Gesicht in seine Hände. „Dann finden wir das gemeinsam heraus. Wir finden eine andere Fee, oder ich lasse mich operieren. Wir kriegen das hin. Ich verzeihe dir, ob du es beheben kannst oder nicht.“

„Bist du sicher?“

Er packte sie am Hinterkopf und tat, was er schon hatte tun wollen, seit er Faye nach Hause gebracht hatte. Er nahm ihren Mund in Besitz und küsste sie tief. Ihre Lippen öffneten sich für ihn und glitten zögerlich über seine. Er ließ seine Zunge in ihren Mund gleiten und sie stöhnte.

Sie rollte sich auf den Rücken, ihre Arme schlangen sich um seinen Hals und trieben ihn an. Das Feuer knisterte und loderte im Kamin. Das Zimmer schien rosa zu leuchten.

Sein Wolf lauerte direkt unter der Oberfläche, begierig darauf, die kleine Fee zu der seinen zu machen. Ein Knurren stieg in seiner Kehle auf. Er löste sich von ihr und drückte sie wieder auf den Bauch. „Wenn ich noch länger warte, explodiere ich." Er richtete ihre Hüften wieder über der Bettkante aus. „Spreiz diese langen Beine, kleine Sklavin. Ich nehme dich von hinten, denn ich bin ein Mann für Ärsche, falls du das noch nicht erraten hast."

Sie lachte heiser und wackelte mit dem Hintern hin und her, was das Biest in ihm vor Lust verrückt machte.

Er rollte das Kondom über und glitt langsam in ihren engen, feuchten Kanal, wobei er sich Zeit ließ, damit sie sich an die Dehnung gewöhnen konnte. „Ist alles in Ordnung, kleine Fee?", fragte er, als er ganz in ihr war. Er begann, sich zu bewegen, glitt in einem langsamen Rhythmus hinein und heraus.

„Ja", hauchte sie.

Er schloss die Augen und zwang sich, die Kontrolle zu behalten, aber sie fühlte sich zu gut an. In ihr zu sein, machte seinen Wolf verrückt.

Er bewegte sich ein wenig schneller, ein wenig härter.

Sie schrie lustvoll auf, aber er musste sich vergewissern.

„Immer noch alles in Ordnung, Süße?"

„Ja! Fick mich, Cade. Fick mich, härter."

Was? Verdammt. Anscheinend *liebten* Feen Sex.

Sein Wolf wurde wild.

Er brüllte, packte eine Handvoll ihres Haares und rammte sich an sie, wobei er in seinem instinktiven Trieb, sie zu beanspruchen, jegliche Sanftheit vergaß.

„Ja!"

Schicksal. Sie brachte ihn um. Es kostete ihn alles, das Biest nicht herauszulassen und sie zu der seinen zu machen. Er schloss die Augen, stieß in sie hinein und versuchte, tiefe, reinigende Atemzüge zu nehmen.

„Kein Kondom! Kein Kondom, kein Kondom, kein Kondom, Cade!"

Er zögerte, sein Gehirn registrierte ihre Worte nur langsam. Er hatte doch das Kondom übergezogen. Ja, er erinnerte sich definitiv daran, es übergezogen zu haben. War es abgerutscht?

„Häh?"

„Zieh es *aus*! Ich will das Kondom nicht. Fick mich richtig, Cade."

Oh, Schicksal.

Er beugte seinen Oberkörper über ihren Rücken und griff nach vorne, um beide Brustwarzen gleichzeitig zu zwicken. „Was hast du gesagt?", hauchte er ihr ins Ohr.

FAYE

„Du hast mich gehört", keuchte Faye. Sie konnte es nicht erklären, aber etwas in ihr schrie danach, die Barriere zwischen ihnen aus dem Weg zu räumen.

„Faye." Seine Stimme hatte ein animalisches Knurren. Er kniff ihre Brustwarzen fester, was ihre Pussy zum Spasmus brachte, als sie aufschrie. „Faye, ich kann mich nicht zurückhalten. Wenn ich dieses Kondom abziehe, werde ich dich richtig ficken, und du hast keine Ahnung, was das bedeutet."

„Ist mir egal. Ich will, dass es weg ist. Fick mich richtig."

Er riss ihren Kopf wieder an den Haaren nach hinten. „Faye", knirschte er ihr ins Ohr, „ich werde dich mit meinen Zähnen markieren – ich werde dich zu der meinen machen, für immer." Er zog sich zurück und rammte seine Hüften erneut gegen ihre, malträtierte ihre innere Wand mit seiner Länge.

Ihre Augen verdrehten sich vor Lust.

„Wölfe paaren sich fürs Leben, süße Fee. Das bedeutet, ich

werde dich niemals, niemals wieder gehen lassen. Nie wieder. Verstehst du?" Er stieß seinen Schwanz erneut in sie.

„Jetzt, Cade", schluchzte sie. „Tu es jetzt!"

Mit animalischer Geschwindigkeit zog er sich aus ihr zurück, warf das Kondom auf den Boden und drang wieder in sie ein, so hart, dass sie dachte, er würde sie in zwei Teile spalten. „Tu es, Cade", weinte sie, nicht sicher, was „es" bedeutete, aber sie wollte es mit jeder Faser ihres Seins.

Er hämmerte in sie hinein, seine Lenden klatschten gegen ihren Hintern, seine Finger packten ihre Hüften so fest, dass es blaue Flecken verursachte.

Sie hörte ein schreckliches Knurren und Zähne schlugen in ihre Schulter, in einem viel zu weiten Biss, um von einem menschlichen Kiefer zu stammen. Der Biss durchdrang ihre Haut nicht, aber er machte sie bewegungsunfähig, ihr ganzer Körper wurde schlaff und gefügig, während Cade weiter in sie hineinstieß, jeder Stoß trieb den Analplug tiefer, während sein Schwanz sie füllte. Ihr Verlangen hatte sich zu einem Fieberwahn hochgeschraubt, aber der Wolfsgriff gab ihr das Gefühl, außerhalb ihres Körpers zu sein, sodass sie nicht reagieren konnte.

Gerade als sie dachte, sie würde sterben, wenn sie keine Erlösung bekäme, knurrte er, grub seine Zähne in ihr Fleisch und durchbohrte ihre Haut. Es tat überhaupt nicht weh – ihr Körper registrierte es als pure Lust.

Der Raum schien sich mit hellem, weißem Licht zu füllen. Ihr ganzer Körper bäumte sich auf, als Welle um Welle orgasmischer Befreiung ihn erschütterte. Cade kam in ihr und füllte sie mit Strömen seines heißen Wesens.

Sie zitterte und zog sich um seinen Schwanz zusammen, um noch mehr herauszumelken.

Es fühlte sich an, als würde es minutenlang so weitergehen. Der Raum drehte sich. Als sie endlich aufhörte zu kommen und ihr Körper schlaff wurde, zog Cade sich zurück, kletterte aufs Bett und riss sie in seine Arme. Sie grub ihre Nägel in seine Haut und krampfte noch mehr.

Als der Höhepunkt abklang, öffnete sie beim Geräusch von Cades Lachen die Augen. Sie keuchte. Es fühlte sich an wie ein Traum. Sie schwebten einen Meter in der Luft. Oder besser gesagt, das Bett schwebte mit ihnen darauf. Tatsächlich schienen alle Möbel im Raum zu schweben. Ihre Glückseligkeit hatte alles schwerelos gemacht.

„Was meinst du, Faye?", kicherte Cade. „Hast du deine Kraft verloren?"

Sie blinzelte. Um es zu testen, sandte sie die Absicht aus, dass alles außer dem Bett an seinen rechtmäßigen Platz im Raum zurückkehren sollte. Eine Reihe von dumpfen Schlägen und Knallen folgte, als die Möbel sofort gehorchten.

Ihr Mund klappte auf und sie sah Cade an, dessen Grinsen sein Gesicht spaltete.

„Wo ist mein Zauberstab?", flüsterte sie.

Er rutschte vom Bett, überbrückte die Distanz zum Boden und holte ihren Zauberstab, der immer noch im Badezimmer bei ihrem Kleiderhaufen lag. Als er zurückkam, sprang er aufs Bett. Sie nahm den Stab und hielt den Atem an, rief Kraft durch ihren Scheitel herein, füllte ihr Herz, ließ sie durch ihren Arm und durch den Stab fließen. Sie stellte sich seine Füße vor, vollständig wiederhergestellt, und projizierte das Bild mit einem gewaltigen Kraftstoß aus dem Ende des Stabs.

Cade schrie vor Schmerz auf, und sie keuchte vor Angst, aber die Schwimmflossen verwandelten sich vor ihren Augen in Füße. Er wackelte mit den Zehen und runzelte die Stirn. „Ähhh."

„Oh, Mist!", sagte sie, als sie merkte, dass sein linker Fuß aus seinem rechten Bein ragte und umgekehrt. Sie versuchte es erneut und sandte das klarste Bild, das sie erzeugen konnte, aus ihrem Stab.

Als sie die Augen öffnete, strahlte Cade. „Du hast es geschafft. Siehst du? Du hast mächtige Magie", sagte er.

„Alles, was ich brauchte, warst du."

„Du bist so perfekt. Du bist auch alles, was ich brauchte." Er nahm ihr Gesicht in seine Hände und küsste sie sanft. „Du gehörst jetzt mir, Faye. Ich hoffe, du verstehst das."

Sie nickte, ihre Sicht verschwamm, bevor sie blinzelte. „Ich gehöre dir."

Er grinste. „Du darfst mich immer noch ‚Meister' nennen."

Sie schlug ihm auf den Arm und er zog sie auf seinen Schoß, gab ihr ein paar leichte Klapse, bevor er den Plug herauszog. Er warf ihn weit unter sich auf den Boden und zog sie in seine Arme. „Du wirst aufpassen müssen, was du tust, denn wie du dir vielleicht gedacht hast, ist Meister-Sklavin ein Spiel, das ich sehr mag."

„*Du* wirst aufpassen müssen, was du tust, sonst hast du am Ende wieder Schwimmflossen an den Füßen", neckte sie ihn zurück.

Er warf sie um und begann, ihr den Hintern zu versohlen, bis sie sich wand. „Ich kann dir auch mit Schwimmflossen an den Füßen den Hintern versohlen. Du hättest vielleicht mehr Glück, wenn du meine Hände verschwinden lässt."

Sie lachte und versuchte, ihren Hintern zu bedecken. „Hör auf, du Gemeiner!"

Er beugte sich über sie und küsste ihren Hintern, seine Bartstoppeln fühlten sich rau auf ihrer zarten Haut an. „Ich liebe dich, Faye."

Sie krabbelte hoch und setzte sich rittlings auf ihren Mann, warf ihre Arme um seinen Hals. „Weißt du, ich war in dich verknallt, seit dem ersten Tag, an dem du mir meine Wohnung gezeigt hast. Deshalb habe ich mich jedes Mal in einen stotternden Trottel verwandelt, wenn du in der Nähe warst."

Er lächelte. „Du bist früher gekommen, um mich spielen zu hören."

Sie richtete sich auf. „Du hast mich gesehen?"

Er nickte. „Warum hast du nie mit mir geredet?"

Sie schüttelte den Kopf. „Du hattest immer Groupies, die an dir klebten."

„Du wirst doch nicht eifersüchtig sein, oder? Denn das brauchst du nicht zu sein. Ich paare mich nur mit einer Frau."

„Also, hast du ... du hast das bei niemand anderem gemacht?"

Er schüttelte den Kopf. „Nein, ich habe keine andere Frau markiert. Faye, du trägst jetzt meinen Geruch, also wird jeder andere Wolf wissen, dass du mir gehörst. Ich werde dich mit meinem Leben beschützen, dich ehren, für dich sorgen, dich wertschätzen ... und dir den Hintern versohlen." Er wackelte mit den Augenbrauen.

Sie beugte sich vor und küsste ihn. „Also, jetzt, da du deine Füße in der Öffentlichkeit zeigen kannst, lässt du mich aus diesem Zimmer heraus?"

„Und wie." Er bewegte sich zur Bettkante und hielt dann inne.

„Oh." Sie lachte und konzentrierte sich darauf, das Bett abzusenken. Es fiel mit alarmierender Geschwindigkeit, und sie schrie auf und klammerte sich an Cades Arm.

„Das braucht noch ein wenig Übung", neckte er sie, schwang seine Beine über die Bettkante und hob den Analplug vom Boden auf. „Ich nehme eine schnelle Dusche, um diese Wunden zu reinigen. Lust, mitzukommen?"

Sie musterte seinen prächtigen, muskulösen Körper und stellte sich vor, ihn einzuseifen. „Und wie!" Sie flitzte an ihm vorbei und verpasste seinem muskulösen Hintern einen Klaps.

KAPITEL NEUNZEHN

JILLIAN

In ihr Nachthemd gekleidet und so kniend, wie er es befohlen hatte, wartete Jillian in ihrem Zimmer auf Bertram und rang nervös die Hände. Das Öffnen der Tür ließ sie zusammenzucken; er trat ein, schloss die Tür hinter sich und hob sie in die Arme.

„Ich hatte heute Angst. Ich dachte, ich hätte dich verloren." Er drückte sie so fest an sich, dass er ihr fast die Rippen zerquetschte, und sie bekam kaum Luft.

Sie atmete tief ein und kuschelte sich in seine Arme, als er seine Umklammerung endlich lockerte. „Es tut mir leid, dass ich dich so erschreckt habe. Ich war so verwirrt von allem und habe nicht nachgedacht. Ich bin einfach gelaufen."

Er küsste sie auf die Stirn. „Süßes Mädchen, es tut mir so leid wegen alledem."

„Du hättest mir die Wahrheit sagen und mich selbst entscheiden lassen sollen." Sie runzelte die Stirn.

„Du hast recht. Wir müssen beide offen miteinander sein. Tut mir leid", sagte er.

„Na ja, ich habe überreagiert. Ich hätte früher zu dir kommen sollen."

„Von jetzt an redest du mit mir, wenn du ein Problem hast, und—"

„Meine Stimme benutzen, richtig?", fiel sie ihm ins Wort und lächelte über seinen zufriedenen Ausdruck.

„Ganz genau, kleines Mädchen. Deine Stimme. Du hast mir heute ein paar neue graue Haare beschert."

Sie kicherte über sein gespieltes Stirnrunzeln.

„Alles klar, bringen wir das hier hinter uns", seufzte er und rollte sich die Ärmel jeweils über die Handgelenke hoch bis über die massigen Bizepse. „Beug dich über das Bett, Jillian."

Sie legte ihren Oberkörper auf das Bett und lauschte, wie er sich auf ihre Strafe vorbereitete. Sie wusste, dass sie es verdient hatte und alles akzeptieren würde, was er tat, aber sie verspannte sich, als er hinter sie trat, ihr Nachthemd hochschob und ihren Baumwollslip bis zu den Knien hinunterzog. Die Luft war kalt, sie schauderte unwillkürlich und versteifte sich sofort, als sie etwas Kühles, Nasses zwischen ihrer Pospalte fühlte.

„Entspann dich." Er legte seine große Hand auf ihren Hintern, massierte und knetete und zog ihre Backen sanft auseinander.

Sie stöhnte und versuchte entspannt zu bleiben, während er ihren intimsten Punkt vorsichtig erkundete. Noch nie hatte jemand diese Stelle gesehen oder berührt, und es fühlte sich fremd an. Sie schluckte und versuchte, ihren Atem zu beruhigen. Sie spürte etwas Kaltes und Nasses ihre Pospalte entlanggleiten und presste die Backen zusammen.

„Nichts da, unartiges Mädchen", tadelte er und bedachte sie mit ein paar Klapsen.

Sie entspannte sich und fühlte, wie es wieder gegen sie drückte. Es war kalt und fest und glatt.

„Das ist Ingwerwurzel", erklärte er beiläufig, während er sie langsam in ihr enges Loch schob.

„Oh!" Sie wand sich und versuchte, ihre Muskeln zu entspannen, während er weiter in sie hineindrückte, bis sie ganz saß. Sie zog ihren Anus darum zusammen und fühlte, wie die Hitze langsam anwuchs. Ihr war heiß und sie fühlte sich ausgeliefert und so erregt. Ihr ganzer Körper wurde heiß, als die Wurzel sie von innen heraus wärmte.

Er gab ihr ein paar kleine Klapse und beugte sich vor, um sie auf die Stirn zu küssen. „Beweg dich nicht aus dieser Position, kleines Mädchen. Ich bin gleich zurück."

Dann richtete er sich auf und verließ den Raum. Er ließ sie einfach zurück! Über das Bett gebeugt, mit blankem Hintern, den jeder sehen konnte, der zufällig hereinkam. Und tief in ihrem Hinterteil steckte eine Wurzel. Wenn es noch eine Möglichkeit gab, sich verletzlicher zu fühlen, fiel ihr wirklich keine ein.

Die Hitze baute sich rasch weiter in ihr auf, und sie stöhnte und rieb sich am weichen Bettüberwurf. Sie spürte, wie ein warmer Schimmer an ihrem Bein hinunterlief, während beide ihrer intimsten Stellen heiß wurden. Sie war so erregt, aber es wurde auch intensiv. Wie viel mehr konnte sie aushalten? Sie bewegte ihre Hüften auf und ab, um etwas von dem heißen Druck loszuwerden. *Wie lange noch?* Sie stöhnte laut auf und versuchte, ihren rasenden Atem zu fassen.

Als er die Tür öffnete und sie sah, wie sie die Pobacken zusammenkniff und das Bett ritt, kicherte er und schalt sie. „Unartiges Mädchen. Macht dich deine Strafe etwa an?"

Sie drehte den Kopf zu ihm. „Bitte."

Er strich liebevoll über ihren brennenden Hintern und gab ihr einen scharfen Klaps. „Bitte was?"

„Bitte lass mich kommen, Sir." Sie hörte selbst das Flehen in ihrer Stimme.

„Ich weiß nicht. Du siehst verdammt sexy aus mit dem Stück Ingwer, das aus deinem frechen Arsch ragt, und deiner Muschi, die vor Geilheit trieft." Er verstrich ihre Feuchtigkeit und drückte einen Finger in ihre Nässe.

„Oh Gott, bitte, Bertram! Ich bin brav, bitte. Es ist zu heiß. Ich halte das nicht mehr aus. Ich muss… ich muss…"

„Das ist eine Strafe, Jillian." Er hob eine Augenbraue. „Es geht nicht um dein Vergnügen, sondern um meins. Du hast mich verletzt, als du heute abgehauen bist."

„Es tut mir leid", weinte sie.

„Nie wieder, Jillian."

„Nein, Sir. Nie. Nein, Sir!"

Als er das Stück aus ihrem brennenden Hintern herauszog, brach sie fast in Tränen aus und sank aufs Bett.

BETRAM

Er hatte das als Strafe gemeint, aber es gab keine Chance, dass er sich noch länger zurückhalten konnte. Der Anblick ihres nackten Hinterns, der sich um den Ingwer zusammenzog, ihre Schenkel glitschig vor Saft und die Art, wie sie ihre geschwollene Muschi gegen das Bett gerieben hatte – er musste in ihr sein. Jetzt.

Er streichelte ihre weiche Haut und versohlte erst die eine, dann die andere Seite, und sah zu, wie das Rosa in ihrem wunderschönen Hintern aufblühte, während sie vor und zurück wippte. Sie strampelte mit den Beinen und stöhnte, und er sah ihre schöne Muschi weinen, betteln um Erlösung. Er beugte sich vor und atmete tief ein, sog den Duft ihrer Erregung in sich auf. Er schnippte gegen ihren geschwollenen Kitzler, und sie schrie vor Wonne auf.

Er warf sie auf den Rücken und sah, wie sich ihre Pupillen weiteten, als er ihre Handgelenke packte und über ihrem Kopf in die Matratze drückte. Sie schauderte und schluckte schwer, und der Duft ihrer Erregung wurde stärker.

„Ich will dich, Jillian", knurrte er.

„I-ich will dich auch", stotterte sie in einem Gemisch aus Erregung und etwas anderem. *Angst?*

„Wenn ich dich jetzt nehme, wird es rau, hart. Ich muss mich mit dir paaren, dich als die Meine beanspruchen." Er hielt inne, um ihre Reaktion abzuwarten, doch ihr Blick wich seinem nicht aus.

Sie hob den Kopf und sah ihm direkt in die Augen. „Ich bin deine, die du beanspruchen kannst."

„Für immer? Bis dass der Tod uns scheidet?"

„Wie wäre es mit glücklich bis ans Lebensende?", strahlte sie, und ihre Augen glänzten vor Liebe.

Er knurrte und schmiegte seine Nase an ihre Wange. „Danke. Dieser Teil wird meine animalischen Triebe befriedigen. Ich werde dich markieren und dich zu der Meinen machen."

„Ich verstehe", sie nickte.

„Ich verspreche, ich werde dir nicht wehtun." Er roch ihre Angst.

„Mach mich zu deiner, Wolfe", hauchte sie und drückte ihr Becken gegen seins.

Er knurrte und riss ihr Nachthemd in der Mitte auf, sodass ihr nackter Körper seiner Gier ausgeliefert war. Er öffnete den Reißverschluss seiner Jeans, und sein Schwanz sprang heraus. Seine animalischen Instinkte übernahmen die Kontrolle, verlangten danach, zu erobern und das zu beanspruchen, was ihm gehörte.

Seine. Gefährtin.

Er hielt sich nur mit Mühe im Zaum, als er ihre Hüften packte und sie an sich zog. Der Wolf in ihm rief nach ihm, stärker als je zuvor, alles loszulassen außer dem Verlangen.

Die Stimme seiner Gefährtin sang in ihm, flehte ihn an, sie auf jede erdenkliche Weise zu erobern, und sein Blut kochte, während sein Körper vor leidenschaftlicher Raserei bebte.

Er traf ihren Blick und nahm sie mit einem einzigen Stoß, tief in ihre enge Scheide. Ihre Schreie waren so laut wie sein Heulen, während er in sie stieß und wieder herauszog und nichts kannte außer seiner tierischen Seite. Er riss ihren Kopf zur Seite, versenkte seine Reißzähne tief in ihrem Hals und atmete ihr Wesen ein. Sie sank auf die Matratze, während er ihre Wunde leckte und sie fickte und, ihre Seele mit seiner verschmolz. Er brüllte, als er kam, stieß hart und schnell in sie, bis nichts mehr in ihm war, und stürzte auf sie.

Sie waren gebunden.

Er zog seine Reißzähne zurück und presste seine Lippen auf die Stelle, an der er gebissen hatte. Sie schauderte und wimmerte leise, während seine Sinne langsam zurückkehrten. Vorsichtig glitt er aus ihr und sah, wie sie das Gesicht verzog.

„Sorry." Er küsste ihre geröteten, tränengefüllten Augen. „Alles okay?"

„Ja, ja", nickte sie und rang noch nach Luft. „Du hattest recht."

Eine kalte Welle aus Angst überlief ihn. Sie hasste ihn, das, was er war, was er ihr angetan hatte.

„Es tut mir so leid, Jillian." Er schob seinen Körper von ihrem herunter und wollte sich aufsetzen, doch sie zog ihn schnell wieder zu sich.

„Sieh mich an", sagte sie mit einer Kraft, die ihn an ihre Zeit im Stiefmutter's Spielzimmer erinnerte. „Ich bin nicht wütend. Du hast mich gewarnt, wie es sein würde. Und ja, es hat sehr wehgetan."

Er verzog das Gesicht.

„Aber es hat mir nicht geschadet." Sie sah ihm tief in die

Augen und zog ihn herunter, um ihm die Stirn zu küssen. „Mir geht's gut."

Er schmeckte etwas Salziges auf den Lippen und spürte die warmen Tropfen über seine Wangen rinnen. „Ich kann nicht sein, was ich nicht bin. Manchmal werde ich vielleicht …"

Sein Kopf wurde abrupt nach hinten gezogen, von ihrem festen Griff in seinem Haar. „Ich weiß das, Wolfe. Und manchmal werde ich versohlt oder bestraft werden müssen. Das heißt nicht, dass es nicht manchmal wehtun wird. Aber ich weiß in meinem Herzen, dass du mir nie wirklich schaden wirst. Verstehst du?"

Er lachte und weinte zugleich über die Schönheit ihrer Worte. Seine Gefährtin war perfekt für ihn. „Ja, Ma'am. Ich verstehe."

Sie ließ sein Haar los und küsste ihn hungrig, verschlang seine Lippen mit ihren. „Gut. Jetzt reiß dich zusammen. Und nimm mich so, wie ich es brauche." Ihr Blick senkte sich, und sie zuckte zusammen. „Diesmal ein bisschen sanfter?", flüsterte sie.

„Ich bin sanft, süßes Mädchen." Er zog sie in seine Arme und hielt sie fest an seinen Körper gedrückt. „Ich bin sanft."

JILLIAN

Sie blickte in die dunklen Augen ihres neuen Ehemanns, ihres Gefährten, und spürte, wie die Liebe durch sie hindurchströmte. Als Jake und sie letzte Woche ihre Reise angetreten hatten, war sie noch so vehement gegen eine Heirat gewesen. Aber seitdem hatte sich so vieles verändert, und endlich war sie mit einem Mann gesegnet, der genauso stark war wie sie.

Sie streckte den Hals und kicherte, als er sich knabbernd

und küssend über ihre Ohren und ihren Hals bis zu ihrem Mund vorarbeitete. Dieser Mann war stark und mutig und zugleich mitfühlend und gütig. Sie liebte die bernsteinfarbenen Sprenkel in seinen Augen, wenn er wütend oder erregt war, die Fältchen um Augen und Mund, wenn er lächelte, den wunderschönen Klang seines Lachens. Er gehörte ihr. Und er wusste, wie er mit einem einzigen Blick ihre Knöpfe drücken konnte. Und einer Berührung. Und seine Dominanz, die Art, wie er ihr den Hintern versohlte, war etwas, das keine Heiratsvermittlerin jemals für sie hätte finden können. War das ein Traum?

Sie schloss die Augen und miaute vor Lust, als er sich zwischen ihre Beine kniete und ihre zarte Stelle küsste. Seine Zunge fühlte sich rau und schmerzhaft wundervoll an, während er sie leckte und liebkoste, bis er sie zu ihrem ersten erderschütternden Orgasmus brachte.

„Tut mir leid, dass du das beim ersten Mal nicht bekommen hast." Er sah von zwischen ihren Beinen zu ihr auf und knabberte an der Innenseite ihres Oberschenkels.

Sie kicherte und drückte seinen Kopf dorthin zurück, wo sie seine Aufmerksamkeit haben wollte.

„Mehr?" Er ließ ein kehliges Knurren hören und leckte über die Mitte ihres Kerns.

„Ja. Bitte", stöhnte sie, als er eine ihrer Brustwarzen nahm und sie zwischen seinen Fingern zu zwirbeln begann, während er sie mit der Zunge leckte und streichelte. Als er ihren empfindlichen Kitzler in den Mund nahm und hart sog, schrie sie auf und sah Sterne. *Unglaublich.* So ein Gefühl, als Welle um Welle der Lust sie traf.

Sie liebte, wie aufmerksam er auf ihre Bedürfnisse einging. Er schien jedes Miauen, jedes Durchbiegen ihres Rückens, jedes wollüstige Stöhnen zu lesen. Sie wollte ihn wieder in sich haben. Sie zog an ihm, und er glitt an ihrem

Körper nach oben, leckte und küsste sich langsam zu ihrem Mund hoch.

„Bist du bereit, süßes Mädchen?"

Sie nickte und spreizte die Beine zur offenen Einladung, liebte den Blick der Zustimmung, den er ihr dafür schenkte. Er leckte sich über die Lippen und ließ seinen Blick hungrig über ihren Körper wandern, sodass sie sich begehrt und schön fühlte. Dann positionierte er sich über ihr, hielt diesmal sein Gewicht über ihr, während er sich langsam gegen ihren empfindlichen Eingang drückte.

„Alles okay?" Seine Augen glänzten vor Sorge.

„Ja", lächelte sie. „Es ist wie im Märchen."

Er drang in sie ein und liebte sie langsam, während er sie küsste, sein Blick nie von ihrem wich. Sie badete in der Wärme und Stärke seiner Nähe, während er sich langsam nahm, was sie ihm schenkte. Ihr Körper, ihre Seele und ihr Herz gehörten ihm in Hingabe, ihm zum Schutz, ihm zur Liebe.

Und als sie schließlich von den schwindelerregenden Höhen des Gefühls wieder herabkam, weinte sie in seinen Armen. Das war ihr Happy End, sicher in den Armen des Mannes, den sie liebte.

Sie wachte ein paar Stunden später auf und sah ihn aus der Dusche kommen. Ihr Gefährte wirkte zufrieden, glücklich und höllisch sexy in nichts weiter als einem Handtuch – sein Körper noch tropfnass, die dunklen Locken auf seiner Brust glitzerten.

„Hallo, Mrs. Wolfe." Er kam mit großen Schritten herüber und küsste sie auf die Lippen. „Es ist Zeit fürs Abendessen. Willst du was essen gehen?"

Sie stöhnte und rollte sich auf die Seite. Ihr Körper

schmerzte von den Aktivitäten des Tages. „Macht's dir was aus, wenn ich einfach hierbleibe? Ich bin ziemlich müde."

Er streichelte ihre Wange. „Gute Idee. Du hattest einen langen Tag." Er küsste ihre Stirn. „Ich hol uns was zu essen, und dann genießen wir das Abendessen im Bett."

„Eigentlich, wenn's dir recht ist, würde ich wirklich gern schlafen. Geh essen, sieh nach den Gästen, mach, was immer du erledigen musst. Ich bleib hier, okay?" Sie spürte schon wieder die Müdigkeit, die sich in ihrem schmerzenden, aber liebevoll beanspruchten Körper ausbreitete.

„Okay. Ich bin gleich wieder oben und bring dir was mit, für den Fall, dass du aufwachst."

„Danke. Ich liebe dich." Sie kuschelte sich wieder in die Decken.

„Ich liebe dich auch ..." Er setzte an, noch etwas zu sagen, aber sie hörte es nicht mehr. Sie träumte schon von Brunnen und Hügeln, besten Freunden und einem gutaussehenden Wolfsmann, der ihr den Hintern versohlte und sie zur schönsten Frau der Welt machte. Das war ihr Happy End.

KAPITEL ZWANZIG

FAYE

Cade und Faye kamen aus der Dusche, gut eingeseift und einander deutlich näher, als sie es zuvor gewesen waren. Ihre Kleidung war getrocknet, seit Cade sie ihr an diesem Morgen vom Leib gerissen hatte, und sie zog sie wieder an, nervös bei dem Gedanken, nach unten zu gehen.

„Du musst dir keine Sorgen machen", sagte Cade, der ihr Unbehagen spürte. „Bleib einfach bei mir, okay?"

Sie fingerte an dem Amethystanhänger, den er ihr überlassen hatte, und nickte, woraufhin er sie mit der Hand auf ihrem Kreuz zur Tür hinausführte. Als sie unten an der Treppe ankamen, führte er sie in einen Essbereich. Ein gutaussehender Mann kam mit einem breiten Grinsen auf sie zu.

„Das ist mein Cousin Bertram, der Besitzer dieses Ladens. B, das ist Faye."

Bertram nahm ihre Hand, und sie musterte ihn und fragte sich, ob er wie Cade ein Wandler war. Er ergriff ihre Hand und schnupperte daran, was ihre Frage beantwortete.

„Du bist verpaart", sagte er wie überrascht und seine Augen schnellten zu Cades Gesicht.

Cade grinste verlegen. „Ja. Gerade eben. Ich bin nicht sicher, ob sie weiß, worauf sie sich eingelassen hat, aber sie gehört mir, ob sie will oder nicht." Er griff nach hinten und kniff ihr in den Hintern.

Sie stieß ihm den Ellbogen in die Rippen und errötete. „Ich will", murmelte sie.

„Willkommen in der Familie, Faye", sagte Bertram. Er blickte zurück zu Cade. „Ich habe mich auch gerade erst verpaart."

Cade sah genauso verblüfft aus wie Bertram. „Jillian?"

Der Wandler nickte.

„Wie hat sie den Schreck heute überstanden?"

„Sie schläft jetzt nach all der Aufregung, aber ich werde sie dir morgen vorstellen. Setz dich heute Abend mit an meinen Tisch, dann kannst du einige der anderen Gäste kennenlernen."

Bertram führte sie zu einem großen Tisch im Speisesaal, an dem bereits mehrere Personen saßen. „Das ist Jake, mein neuer Schwager." Er deutete auf den gutaussehenden jungen Mann, der aufstand, um ihnen die Hand zu schütteln. „Er hat Coral als seine Sub angenommen." Eine umwerfende Rothaarige in einem tief ausgeschnittenen, hautengen Kleid stand auf und schüttelte ihnen die Hände. Sie wirkte zappelig, ihre Pupillen waren geweitet und ihre Wangen gerötet. „Cade, Redd kennst du ja schon, mein Little. Redd, das ist Faye, Cades Gefährtin."

„Gut gekämpft heute, Cade", sagte das in rotem Lycra gekleidete Mädchen mit einem Grinsen und bot ihm einen Faustgruß an. Sie winkte Faye kurz zu. „Schön, dich kennenzulernen, Faye." Die Hände des Mädchens wanderten zu ihrem Hintern, als hätte sie gerade erst eine Tracht Prügel bekommen. Was, wenn man bedachte, wo sie waren, sehr wahrscheinlich schien.

Eine hübsche blonde Kellnerin kam herüber.

„Das ist Cindy", sagte Bertram.

Faye sah zu dem Mädchen auf und ein Kribbeln durchfuhr ihren Körper.

Cindy machte einen Knicks. „Hi!", zwitscherte sie. „Schön, dich kennenzulernen!" Sie war kindlich, aber kein Kind. Faye spürte einen deutlich beschützenden, mütterlichen Instinkt ihr gegenüber.

„Wie geht es Jillian?", fragte Cindy besorgt.

„Es geht ihr gut. Sie ruht sich nur nach all der Aufregung aus", antwortete Bertram.

Faye beobachtete das unschuldig aussehende Mädchen und spürte etwas Dunkles in ihrer Vergangenheit.

Sie ist zerbrochen. Der Gedanke kam ihr grundlos in den Sinn. *Sie ist zerbrochen und du musst ihr helfen, wieder heil zu werden.*

KAPITEL EINUNDZWANZIG

CORAL
Coral richtete sich auf ihrem Stuhl auf und versuchte, eine bequeme Position zu finden, in der es nicht so aussah, als hätte sie ein Problem. Sie blickte sich am Tisch um und bemerkte, dass Redd sie neugierig beäugte. Sie spürte, wie ihr das Blut ins Gesicht schoss, und brach den Blickkontakt zu ihr ab.

Sie saß an einem Tisch neben Jake, zusammen mit Mr. Wolfe und Redd. Ein weiteres Paar hatte sich ebenfalls zu ihnen gesellt, aber Coral konnte sich im Moment nicht an ihre Namen erinnern. Eine zierliche Blondine und ein bulliger Typ im Rocker-Stil. Sie schienen nett zu sein, aber sie konnte sich nicht auf das Gespräch konzentrieren. Sie erkannte, dass Jakes Absicht gewesen war, ihre Aufmerksamkeit zu fesseln, aber seine Methode machte sie fahriger als sonst. Sie hätte einfach den Mund halten sollen.

Bevor sie zum Abendessen das Zimmer verlassen hatten, hatte sie einen Streit mit Jake angefangen. Sie konnte nicht erklären, was sie gefühlt hatte, aber sie war launisch gewesen und hatte ihn angefahren. Sie war so erleichtert, dass Jake unversehrt zurückgekommen war, besonders nachdem sie vom Kampf mit den Wölfen gehört hatte, aber ihre Erleichterung hatte sich in Wut darüber verwandelt, dass er in potenzieller Gefahr gewesen war. Zu viele Emotionen an einem Tag für ein Mädchen, das sich normalerweise gerne aus dem wahren Leben ausklinkte. Dieser Mann zwang sie zu Gefühlen, mit denen sie sich nicht wohlfühlte. Sie musste wirklich mit ihm reden, aber sie hatte ihre Chance vor dem Abendessen vertan.

Er tat sein Bestes, um über ihre Überreaktion empört zu wirken, aber sie sah das Amüsement in seinen Augen tanzen. Da sie bereits spät dran waren, beschloss er als kreative Bestrafung, dass sie für den Rest des Abends Nippelklemmen tragen musste. Und so saß sie hier. Ihr Hintern schmerzte noch vom Gürtel, ihre Pussy war vom früheren Liebesspiel wund und nun pochten ihre Brustwarzen unter ihrem tief ausgeschnittenen Kleid.

Jakes Hand fand ihren Oberschenkel und drückte ihn. Er war tief in ein Gespräch mit Mr. Wolfe vertieft, und sie hatte nicht die leiseste Ahnung, worüber sie sprachen.

Redd fing erneut ihren Blick auf und gab Coral ein Zeichen, ihr zu folgen.

„Ich muss mal für kleine Mädchen", sagte sie zu Mr. Wolfe. „Coral, komm mit."

„Darf ich mitkommen? Ich weiß nicht, wo das ist", meldete sich die Blondine zu Wort.

Jake und Mr. Wolfe nickten ihnen zu und unterbrachen ihr Gespräch kaum, aber der Rocker-Freund der Blondine packte sie, zog sie zu sich und flüsterte ihr etwas ins Ohr, bevor er sie losließ. Sie lächelte ihn an, als sie aufstand. Coral kannte dieses Lächeln, und sie wandte sich ab, da sie das Gefühl hatte, in einen privaten Moment einzudringen.

Redd packte sie am Ellbogen und lenkte sie zum Eingang

des Speisesaals, die Blondine folgte ihnen dicht auf den Fersen. „Was ist heute Abend mit dir los?"

„Nichts! Warum? Sieht es so aus, als ob etwas los wäre?", fragte Coral.

Redd kicherte über ihre Antwort. „Ja, ein kleines bisschen. Du hast den ganzen Abend kaum zwei Worte gesagt, und du bekommst ständig diesen verliebten, glasigen Blick."

„Oh, tut mir leid. Ich bin nur müde", log sie.

„Die können anstrengend sein", sagte die Blondine und verdrehte die Augen, und Coral lachte.

„Wie war dein Name noch mal?", fragte Coral.

„Faye. Faye Godmeyer." Sie streckte ihre Hand zum Schütteln aus. „Cade ist Mr. Wolfes Cousin."

Coral nahm ihre zierliche Hand in ihre eigene, dankbar, dass sie sich nicht ein zweites Mal blamieren musste, indem sie fragte, wie der Rocker-Typ hieß. „Ich bin Coral. Süße Schuhe." Sie nickte in ihre Richtung.

„Mir gefallen deine Tattoos", antwortete Faye.

„Ja, okay. Jetzt kennen wir uns alle und fühlen ganz viel schwesterliche Liebe! Zurück zum Thema", lächelte Redd sie an. „Also, du liebst ihn, was?" Sie war eine wahre Freundin und konnte Corals Lügen immer durchschauen.

„Ob ich ihn liebe?", sagte Coral laut. Genauso sehr für sich selbst wie für Redd. War es das, was sie fühlte?

„Oh mein Gott! Er hat dich entjungfert!", kreischte Redd und zog neugierige Blicke der vorbeihuschenden Kellner auf sich.

„Pst! Schrei nicht so rum!", versuchte Coral ihre Freundin zu beruhigen, die vor ihr herumhüpfte und kicherte.

„Oh nein." Redds Kichern hörte auf und ihr Gesicht wurde ernst. „Was bedeutet das für deinen Handel? Wird sie dich jetzt finden?"

„Ich bin nicht sicher, und ich weiß noch nicht, was ich

dagegen tun soll. Bitte behalte es vorerst für dich, während ich versuche, mir etwas auszudenken", flehte Coral. „Können wir uns später treffen? Ich könnte Hilfe von euch beiden brauchen."

„Ankommender Verkehr", flüsterte Faye, als sie ein paar Schritte zurückwich.

„Ich muss los. Ich kann mir heute keinen weiteren Ärger leisten." Redd zog Coral in eine schnelle Umarmung, bevor sie Fayes Arm packte und sie zurück in den Speisesaal führte.

Coral versuchte, sich zu fassen, bevor sie sich umdrehte. Sie wartete drei volle Sekunden, dann drehte sie sich langsam um und begegnete Jakes hitzigem Blick.

„Was habt ihr ausgeheckt, meine Damen?", fragte Jake und verengte die Augen.

Sie schüttelte den Kopf und er verdrehte die Augen.

„Können wir später darüber reden?" Sie blickte sich um und sah, dass immer noch ein stetiger Strom von Menschen in den Speisesaal kam und ging. Dieses Gespräch wollte sie lieber unter vier Augen führen.

„Solange wir darüber reden. Keine Geheimnisse vor mir", warnte er.

„Natürlich nicht." Sie schenkte ihm ihr sicherstes Lächeln, aber sie glaubte nicht, dass er es ihr ganz abkaufte. Sie musste nur etwas Zeit gewinnen. Die Meerhexe würde inzwischen wissen, dass sie keine Jungfrau mehr war, und nun würde sie sie finden – und Jake. Sein Leben war jetzt ihretwegen in Gefahr. Wenn sie nur in Ruhe nachdenken könnte, könnte sie vielleicht einen Plan schmieden und dafür sorgen, dass er in Sicherheit war.

Sie war in Gedanken versunken, als Jake sie zum Tisch zurückführte. Er zog seinen Stuhl heraus und setzte sich zuerst. Coral wollte sich gerade selbst setzen, aber er zog sie auf seinen Schoß. Sie spürte, wie ihr Gesicht heiß wurde und wusste, dass sie vor Verlegenheit rot wurde. Mr. Wolfe zwinkerte ihr zu, und Redd warf ihr einen mitleidigen Blick zu.

„Jake, ich kann auf meinem eigenen Stuhl sitzen", flüsterte sie ihm ins Ohr.

„Mir ist lieber, du sitzt genau hier. In deinem Kopf geht etwas vor, und ich habe dich viel lieber dort, wo ich dich im Auge behalten kann."

Sein Arm lag wie ein Bleigewicht um ihre Taille und sie seufzte, resigniert gegenüber der Tatsache, dass sie den Nachtisch auf dem Schoß ihres gutaussehenden Mannes verbringen würde. Das würde ihrem Plan, sich einen Rat von Redd zu holen, definitiv einen Strich durch die Rechnung machen. Jake würde alles hören können, was sie sagte. Sie blickte zu Redd hinüber, die gerade auf ihrem Platz wegen der Aussicht auf Schokoladenkuchen auf und ab hüpfte. Sie fragte bereits nach einem zweiten Stück, bevor sie ihr erstes bekamen. Coral lachte über das sorglose kleine Mädchen, zu dem Redd sich wohlfühlte zu werden, wenn sie bei Mr. Wolfe war. Sie hatte diese Seite ihrer Freundin zu keiner anderen Zeit gesehen.

Wenn der Tag anders verlaufen wäre und sie Jake nicht getroffen hätte, hätte sie hier gesessen und still vor sich hin über die Interaktionen von Mr. Wolfe und Redd gegrübelt. Sie hatte festgestellt, dass sie immer eifersüchtiger auf ihre Beziehung wurde, aber jetzt, wo sie Jake hatte, konnte sie schätzen, was sie hatten. Keine romantische Beziehung, aber er kümmerte sich um sie und sie fühlte sich wohl dabei, all ihre Probleme loszulassen. Das hatte etwas sehr Süßes und Authentisches an sich.

Wenn Coral sich jetzt nur aus Jakes Griff befreien könnte, könnte sie herausfinden, wie sie ihn vor ihrem bevorstehenden Untergang retten konnte. Sie zappelte in seinem Griff und versuchte, von seinem Schoß zu rutschen, aber er reagierte, indem er seinen Griff verstärkte und sie näher zu sich zog.

„Was ist los?", fragte er sie, während er begann, mit seiner Gabel im Schokoladenkuchen zu stochern.

„Nichts", sagte sie und versuchte, cool zu bleiben. „Ich muss nur mit Redd reden. Ich wollte mich zu ihr setzen, damit ich dich und Mr. Wolfe nicht störe."

„Was auch immer du zu sagen hast, kannst du von hier aus sagen. Du störst uns nicht, oder?" Jake wandte sich Mr. Wolfe zu, der zustimmend nickte, während er Redd ein hohes Glas Milch aus einem Krug einschenkte.

Redd sah fragend von ihrem Kuchen auf, und Coral warf Jake einen finsteren Blick zu. „Schon gut, es war nicht wichtig."

Sie nahm ihre Gabel und zerdrückte geistesabwesend die Glasur vom Rand von Jakes Kuchen, wobei sie einen kleinen Berg aus Glasur am Tellerrand bildete, während sie ihre Optionen abwog. Sie konnte warten, bis Jake einschlief, und dann fliehen. Vielleicht würde die Meerhexe Jake in Ruhe lassen, wenn sie Coral aufspüren musste. Aber der Schneesturm hielt immer noch an, und sie wusste, dass sie nicht lange durchhalten würde, wenn sie es versuchte.

Ihre nächste Option war, Redd um Hilfe in einem Kampf zu bitten. Aber sie würde sich wahrscheinlich dagegen sträuben. Coral wusste, dass sie diese Woche schon ein paar Mal Ärger bekommen hatte, weil sie sich Mr. Wolfe widersetzt hatte, und sie wollte ihre Freundin nur ungern in Schwierigkeiten bringen.

Sie wurde aus ihrer stillen Planung gerissen und zuckte zusammen, als Jakes Hand begann, mit ihrer überempfindlichen Brustwarze zu spielen. „Jake!" Sie schlug seine Hand weg.

„Wo bist du?", flüsterte er ihr ins Ohr. „Mr. Wolfe hat gerade versucht, mit dir zu reden, und du hast überhaupt nicht reagiert."

Coral blickte auf und sah, dass Mr. Wolfe, Redd, Faye und Cade sie alle erwartungsvoll anstarrten. „Entschuldigung, Entschuldigung. Was war das?", fragte Coral hastig. „Ich schätze, ich bin heute Abend etwas abgelenkt."

„Ich dachte, darum hätte ich mich gekümmert", sagte Jake, während seine Hand erneut ihre Brustwarze streifte.

„Hör auf", zischte sie und schob seine Hand erneut weg.

„Na, na, Coral, so benimmt man sich seinem Dom gegenüber nicht", tadelte Mr. Wolfe sie. Seine Augen leuchteten vor Belustigung, und wenn sie nicht die Konsequenzen gefürchtet hätte, hätte sie ihm ihr Wasser ins Gesicht geschüttet.

Jake packte gekonnt beide ihrer Handgelenke in einer Hand und ließ die andere vorne in ihr Kleid gleiten. Sie erstarrte. Alle Augen am Tisch waren auf sie gerichtet, und sie dachte, sie würde mit Sicherheit vor Scham sterben. Seine Hand fand die Kette, die ihre beiden Nippelklemmen verband, und er zog sie hoch und aus ihrem Kleid heraus und gab ihr einen festen Ruck. Sie wand sich und miaute, als sie den Zug an ihren Brustwarzen und in ihrem feuchten Kern fast gleichzeitig spürte.

„Bitte, Jake", flüsterte sie ihn panisch an.

„Es ist unhöflich, sich nicht am Gespräch zu beteiligen." Jake zog erneut, und sie presste die Oberschenkel zusammen, während sie versuchte, sich nicht offen auf seinem Schoß zu winden.

„Ahh ..." Sie hatte etwas sagen wollen, aber das war alles, was sie herausbrachte. Jetzt konnte sie wirklich nicht mehr denken.

„Sei ein braves Mädchen, und ich lasse dich dein Dessert aufessen, bevor ich dich ins Bett bringe." Seine Augen funkelten belustigt.

Sie konnte in einer solchen Situation nicht essen. Er ließ

die Kette fallen und nahm seine Gabel, und als er über sie hinweggriff, um an den Kuchen zu gelangen, schob er seinen Arm über ihren Brüsten hin und her. Sie schauderte an ihn gepresst, ihr Atem kam als kleines Keuchen. Er führte ihr eine Gabel voll Kuchen zum Mund, aber sie wollte nichts mehr, als ihm das alberne Grinsen aus dem Gesicht zu schlagen.

Sie nahm den Bissen, den er ihr anbot, aber es hätte auch Sägemehl sein können. Sie konnte sich nicht konzentrieren und sie konnte nicht essen. Wenn Jake sie nicht denken lassen würde, dann sollte er ihr helfen, herauszufinden, was zu tun war. Sie hatte keine Optionen mehr.

Sie schluckte und sagte dann: „Wir müssen gehen."

Mr. Wolfe warf Jake einen wissenden Blick zu. „Du hast die Lady gehört." Er klopfte ihm auf den Rücken.

Coral blinzelte, atmete aus und tat ihr Bestes, nicht die Augen zu verdrehen. Sie drückte gegen Jakes Arm, der immer noch ihre Taille umschlungen hielt.

„Bitte? Können wir gehen?", flehte sie.

Er sah ihr in die Augen und musste ihre Ernsthaftigkeit erkannt haben. „Ja, natürlich."

Sie verabschiedeten sich und dann hetzte sie ihn zurück ins Zimmer.

JAKE

Jake wartete, bis sie wieder in Corals Zimmer waren und die Tür hinter sich geschlossen hatten, bevor er sie mit Fragen zu löchern begann.

„Sag mir, was los ist. Worüber hast du mit Redd geredet? Es scheint dich aufgeregt zu haben." Er zog sein Jackett aus, legte es auf die Lehne des Schreibtischstuhls, bevor er zu

Coral hinüberging, die am Fenster stand. Sie starrte auf den andauernden Sturm hinaus.

„Wird der jemals aufhören?" Sie neigte den Kopf zur Seite.

Er schlang seinen Arm um ihre Taille und bemerkte die Kälte ihrer Haut. „Komm vom Fenster weg", sagte er und führte sie zum Kamin. „Setz dich eine Weile hierhin."

Er half ihr in den Sessel und drehte sich um, um eine Decke vom Bett zu holen. Als er sich umdrehte, hatte sie die Vorderseite ihres Kleides heruntergezogen. Ihre Brustwarzen waren um die Klemmen herum rot.

„Können wir etwas dagegen tun?" Sie hielt Jake ihre vollen Brüste entgegen.

„Mir fallen eine Menge Dinge ein, die ich damit anstellen könnte", lachte er, aber dann sauste ein Wurfkissen an seinem Ohr vorbei.

„Ich meine es ernst!", jammerte sie.

Er war blitzschnell bei ihr. „Ich auch." Er zog sie hoch, half ihr auf die Füße und öffnete den Reißverschluss ihres Kleides am Rücken. Dann ließ er es über ihre Hüften gleiten und zu einem Haufen auf dem Boden um ihre Füße herum fallen. Sie begann, aus den High Heels zu schlüpfen, die sie trug, aber er hielt sie auf. „Lass sie an."

Er trat einen Schritt zurück und bewunderte sie von unten nach oben. Himmelhohe silberne High Heels, die zu ihrem Abendkleid passten. Hautfarbene oberschenkelhohe Strümpfe, die direkt unter ihrem perfekten, herzförmigen Hintern endeten. Sie trug sonst nichts. Ihre Haut war makellos weiß, abgesehen von ihrem Hintern, der noch einige Spuren vom Gürtel aufwies. Aber auch die verblassten schnell. Er hatte sie angewiesen, ihr Höschen auszuziehen, als sie sich fertig machten; er mochte das Wissen, dass sie unter ihrem Kleid nackt und bereit für ihn war.

Er trat von hinten an sie heran, küsste ihren Nacken, und sie stöhnte und lehnte sich an ihn.

„Bitte, Jake. Ich mag die nicht mehr." Sie hielt wieder ihre Brüste in den Händen und drückte ihren Hintern gegen seinen harten Schwanz.

Er antwortete mit einem eigenen Stöhnen. „In Ordnung, kleine Nymphe, knie dich auf den Sessel." Er drängte sie zur Sitzfläche des Sessels und lächelte, als sie nicht einmal zögerte.

Sie hob beide Knie auf die Sitzfläche, legte ihre Hände auf die Rückenlehne des Stuhls und blickte ihn dann über ihre Schulter an.

„Blick nach vorn", sagte er ihr, und sie riss den Kopf wieder nach vorne. Er kam von hinten auf sie zu, rieb ihre Schultern und fuhr dann mit seinen Händen ihren Rücken hinunter, wobei er seine Daumen über ihre Wirbelsäule gleiten ließ. Er erreichte ihren Hintern und nahm jede Backe in eine Hand. „Meine Spuren sind fast verschwunden", sagte er ihr. „Tut es noch weh?"

„Ein wenig", ihre Stimme war leise, „aber ich glaube, du warst nachsichtig mit mir."

„War ich das?" Er konnte das Lächeln in seiner Stimme nicht verbergen. Er schob seine Hände nach vorne, legte eine über ihren leichten Lockenflaum, während die andere die Kette an den Klemmen fand.

„Bitte, Jake, ich habe keinen Spaß gemacht. Es ist zu viel. Bitte nimm sie ab. Ich tue alles." Ihre Stimme wurde panisch.

„Alles?" Er kam bereits an ihre Seite und legte seine Finger auf den Schieber, um die pinzettenartige Klemme zu lockern.

„Ja, alles", bestätigte sie. Dann hob sie den Blick, um seinem zu begegnen, und er konnte all die Emotionen sehen, die sie durchströmten. Er schluckte den Kloß in seinem Hals hinunter. Nach dem Ausdruck in ihren Augen zu urteilen, glaubte er, dass sie alles für ihn tun würde, und das machte ihm eine Heidenangst.

„Okay, ich werde sie lockern. Es wird wehtun, aber nur für einen Moment. Vertraust du mir?"

Auf ihr leichtes Nicken hin lockerte er die Klemme ganz und zog sie ab. Coral schnappte nach Luft und er nahm ihre Brustwarze in den Mund, während er seine Hand auf ihre Klitoris legte. Er umspielte ihre Brustwarze mit der Zunge und versuchte, den stechenden Schmerz wegzusaugen, von dem er wusste, dass der aufgestaute Druck ihn hinterlassen hatte.

Er wiederholte den Vorgang an ihrer anderen Brustwarze, und ehe er sichs versah, lehnte sie schlaff an ihm und Tränen rollten über ihre Wangen.

„Hast du sie so sehr gehasst?", sprach er auf ihren Kopf herab, als sie sich an seine Brust lehnte.

„Ja! Sie haben wehgetan!" Sie zog sich zurück und sah ihn an. Tränenspuren befleckten ihren makellosen Teint. „Aber andererseits waren sie auch herrlich." Sie biss sich auf die Lippe und grinste. „Kann man etwas gleichzeitig lieben und hassen? Denn ich glaube, so empfinde ich bei denen."

Er lachte, nahm sie in seine Arme, legte sie auf dem Bett ab und zog sie an die Kante. „Ich hatte heute einen wundervollen Abend."

Sie zog an ihm, damit er sich neben sie setzte. „Ich muss dir etwas sagen."

Ihre unbeschwerte Stimmung war plötzlich verflogen. Er bemerkte ihren ernsten Tonfall. Er setzte sich neben sie, nahm die Decke vom Bett und legte sie ihr um die Schultern.

„Es gibt eine Menge, was du nicht über mich weißt. Und ich weiß, dass wir noch nicht wirklich über irgendetwas gesprochen haben." Sie zögerte. „Wir haben uns gerade erst kennengelernt, und ich will nicht, dass du das Gefühl hast, ich würde dir einen Haufen Probleme aufhalsen. Aber, naja, ich habe eine Menge Probleme." Sie stieß ein unsicheres Kichern aus, aber er konnte kaum die Kraft aufbringen, zu lächeln.

Er legte eine Hand auf ihre Wange. „Ich höre zu."

CORAL

Sie nestelte am Rand der Decke und wich seinem Blick aus.

„Ich höre zu, kleine Nymphe." Jake fuhr ihr mit einer Hand durch das Haar, das ihr über den Rücken fiel.

Sie sah mit großen Augen zu ihm auf. „Nun, das ist die erste Sache. Ich bin keine Nymphe."

„Das war nur das Erste, was mir in den Sinn kam, als ich dich sah." Er lächelte sie an. „Du bist wie eine verzauberte kleine Pixie."

Sie ergriff seine Hand und verschränkte ihre Finger mit seinen. „Ich bin in Wirklichkeit eine Meerjungfrau." Sie lehnte sich zurück und beobachtete ihn, und sie hatte das Gefühl, sie könnte sehen, wie ihre Aussage in seinem Kopf umherschwirrte, während er sie verarbeitete.

Er starrte auf ihre verschränkten Finger, und seine Augenbrauen hoben sich, dann sah er mit einem Grinsen zu ihr auf. „Du kümmerst dich um die Fische. Ich dachte schon, dass du ziemlich engagiert sein musst, um bei einem Schneesturm rauszugehen und nach ihnen zu sehen. Du kannst meine kleine Wassernymphe sein."

Sie lächelte zurück, froh, dass es ihm egal zu sein schien, was sie war. Dann deutete er auf ihre Beine.

„Ja, das ist der andere Teil der Geschichte." Sie zog die Decke enger um sich und rutschte zur Seite, sodass sie Jake zugewandt war. Es war jetzt oder nie. Sie konnte weiter weglaufen und sich verstecken, oder sie konnte sich ihren Dämonen stellen.

„Es gab da einen Prinzen, der im Ozean zu ertrinken drohte. Ich habe sein Leben gerettet und mich in ihn verliebt." Ihre Augen füllten sich mit Tränen, als sie sich an das erste Mal erinnerte, als sie Derrick erblickt hatte. „Aber es gab ein Problem."

„Flossen?", fragte Jake.

Sie sah zu ihm auf und nickte.

„Wie bist du also zu diesen wunderschönen Beinen gekommen?" Er unterstrich seine Frage, indem er mit einer Hand über ihren Oberschenkel strich. Bei dem Kompliment errötete sie und senkte das Kinn auf die Brust.

„An diesem Punkt bringt uns meine mangelnde Aufmerksamkeit für Details sozusagen in Schwierigkeiten."

„Uns?", fragte er und deutete zwischen ihnen hin und her.

Sie nickte kurz zustimmend und fuhr fort: „Es gibt da diese Meerhexe. Sie ist das mächtigste Wesen im Ozean. Ich war so verzweifelt. Verzweifelt auf der Suche nach einem neuen Leben, verzweifelt danach, die Liebe bei dem einzigen Mann zu finden, von dem ich sicher war, dass er meine Liebe erwidern würde."

Bei ihren Worten legte Jake eine Hand auf ihre Wange, und sie schmiegte ihr Gesicht in seine Handfläche, ein stilles Dankeschön dafür, dass er sie liebte.

„Sie hat mich diesen Vertrag unterschreiben lassen. Ich habe nicht wirklich das ganze Ding durchgelesen, bevor ich unterschrieben habe."

Seine Augen waren weit aufgerissen, als sie aufsah. „Was musstest du ihr geben?"

„Nichts. Sie hat mich mit einem Zauber belegt, um meine Schwanzflosse in Beine zu verwandeln." Sie setzte sich gerade hin und straffte die Schultern, bereit, den Rest zu gestehen. „Im Kleingedruckten stand nur, dass ich den

Prinzen dazu bringen musste, sich in mich zu verlieben. Er wäre der Einzige, mit dem ich zusammen sein könnte. Ansonsten wäre der Vertrag null und nichtig und ich müsste auf direktem Weg ins Meer zurückkehren. Dort würde ich wieder in eine Meerjungfrau verwandelt und für den Rest der Ewigkeit bei der Meerhexe versklavt werden."

„Und was ist passiert?" Er hing an ihren Lippen, und Corals Herz brach bei dem Gedanken, dass sie ihm nun seinen Part in dieser Geschichte erzählen musste.

„Nun, Prinz Derrick entschied, dass er in jemand anderen verliebt war. Ich habe mein Bestes versucht, ihn zurückzugewinnen, aber ich glaube, sie könnte seine einzig wahre Liebe gewesen sein." Sie spürte die heißen Tränen auf ihren Wangen, ein Schmerz, der mit der Zeit nicht verblasst war. Ein geopfertes Leben und Jahre im Versteck, ihr gebrochenes Herz hatte gerade erst begonnen zu heilen.

„Aber du bist hier", flüsterte er. „Du bist immer noch hier. Der Vertrag muss falsch gewesen sein."

„Du verstehst nicht. Ich habe den Vertrag gerade erst gebrochen", sagte sie.

Seine Augenbrauen zogen sich zusammen, als er versuchte, diese Information zu verarbeiten. „Aber du bist schon seit Jahren hier."

„Der Vertrag besagte, der Prinz sei der Einzige, mit dem ich je zusammen sein könnte. Im, äh, sexuellen Sinne." Sie hielt inne und sah ihn an.

Jake kniff die Augen zusammen, und sie stand vom Bett auf, bereit für seinen Zorn.

„So weit ist es mit ihm nie gekommen. Obwohl, wenn ich jetzt darüber nachdenke, hätte ich mich zu Tode gelangweilt. Er war ziemlich vanillig. Wie Vanille mit Vanillestreuseln obendrauf." Sie begann auf- und abzugehen. „Mit vanillig und bunten Streuseln wäre ich vielleicht klargekommen – da ist wenigstens etwas Farbe drin, weißt du?"

Jake stand auf und unterbrach ihr Geplapper und Umherlaufen mit seinem Körper. „Coral, was willst du damit sagen?" Er legte ihr die Hände auf die Schultern. „Wir haben den Vertrag gebrochen, als wir miteinander geschlafen haben? Ist es das, was du mir sagen willst?"

„Bitte sei nicht böse." Ihre Stimme brach. Ihre erste Chance auf Glück, und sie hatte alles vermasselt.

„Nicht böse sein? Nicht böse sein? Ich bin stinksauer." Er ließ ihre Schultern los und stampfte durch den Raum.

Sie stieß ein ersticktes Schluchzen aus. „Es tut mir so leid. Ich hätte es dir sagen sollen. Du hast mich einfach überrumpelt. Ich habe mich mitreißen lassen und es vergessen." Sie brach auf dem Bett zusammen, ihre Schultern bebten von Schluchzern.

Im nächsten Moment spürte sie eine harte Brust, Jake wiegte sie in seinen Armen, und sie sah überrascht zu ihm auf.

„Ich meinte nicht, dass ich auf dich sauer bin. Ich bin sauer auf diese schreckliche alte Hexe, die meint, sie könnte über dein Leben bestimmen", sein Ton war viel sanfter. Er strich ihr das Haar aus dem Gesicht und küsste ihre Lippen. „Sag mir, wo ich sie finden kann. Dieser Vertrag kann nicht rechtskräftig sein. Ich rufe einen Anwalt an …"

„Jake, das ist nicht diese Art von Vertrag", unterbrach sie ihn. „Es ist so etwas wie Magie. Schwarze Magie? Anwälte haben damit nichts zu tun. Sie wird mich jetzt suchen, da ich keine Jungfrau mehr bin. Aber ich habe nachgedacht, und ich muss einfach gehen. Ich werde versuchen, sie zu finden, bevor sie uns findet. Dann bist du in Sicherheit."

Jake stieß sie zurück aufs Bett, was sie aufquietschen ließ. „Auf gar keinen Fall. Sie kann kommen und sich mir stellen. Du gehörst ihr nicht."

„Du kannst nicht gegen sie kämpfen", flehte Coral. „Sie

wird dich töten. Sie ist zu mächtig. Lass mich das einfach tun.“

„Und sie dich töten lassen? Ganz sicher nicht, Babe.“

Es klopfte an der Tür, und Jake ging hin, um sie zu öffnen, während Coral schnell ein T-Shirt und Leggings anzog. Redd steckte ihren Kopf durch die Tür.

„Störe ich?“, fragte sie mit einem teuflischen Lächeln und wackelte vielsagend mit den Augenbrauen.

Jake schüttelte den Kopf und warf Redd einen amüsierten Blick zu, während Coral hastig abstritt, dass irgendetwas vor sich ging.

„Wie auch immer. Coral, Faye will die Aquarien sehen. Können wir mitkommen, wenn du die Fische fütterst?“

Coral rümpfte die Nase. Sie musste die Fische nicht füttern. Sie hätte das beinahe gesagt, aber sie bemerkte Redds wildes Gestikulieren, während Jake ihr den Rücken zuwandte.

„Ja! Die Fische! Ich hätte es fast vergessen.“ Sie ging hinüber, um in ein paar Schuhe zu schlüpfen. „Ich bin gleich zurück, Jake. Ich muss die Fische füttern.“

Sie bemerkte den skeptischen Blick auf seinem Gesicht, als sie mit Redd aus der Tür eilte, aber sie schlug sie hinter sich zu, bevor er eine Chance zum Protestieren hatte.

Faye stand vor dem größten Aquarium, als Coral mit Redd das Atrium betrat. Sie wedelte mit den Händen davor herum und die Fische tanzten umher. Als sie näherkam, bemerkte Coral, dass Faye irgendwie Blasen erzeugte und mit den Fischen spielte.

Sie und Redd blieben stehen und sahen ein paar Sekunden lang ehrfürchtig zu, bevor Faye bemerkte, dass sie ein Publikum hatte. Dann nahm sie schnell ihre Hände herunter, die Blasen verschwanden und die Fische starrten verwirrt durch die Glasscheibe.

„Das war ein cooler Trick!“, rief Redd.

„Ja, wie hast du das gemacht?“, fragte Coral.

Fayes Gesicht wurde tiefrosa und sie zuckte mit den Schultern.

Redds Strähne in ihrem Haar leuchtete in einem tieferen Rot auf, als sie einen Schritt auf sie zutrat und die Augen verengte. „Bist du so eine Art Hexe?“

Bevor Faye antworten konnte, mischte sich Coral ein. „Lass sie in Ruhe, Redd.“ Sie wandte sich an Faye. „Das war aber ziemlich cool. Sie wird nur ein bisschen defensiv. Ignorier sie. Ich tue es auch.“

Redd streckte Coral die Zunge heraus, und Faye entspannte sich sichtlich angesichts der aufgelockerten Spannung.

„Was ist dein Plan für dieses kleine Treffen?“, richtete Coral ihre Frage an Redd. „Du weißt, dass ich die Fische nicht füttern muss. Sie haben Futterautomaten.“

„Redd hat mich gerade über deinen Vertrag und dein daraus resultierendes Problem aufgeklärt“, antwortete Faye. „Ich dachte, vielleicht könnte ich helfen.“

Corals Herz machte einen Sprung. Sie kannte diese Frau kaum, und sie wollte ihr helfen?

„Ich denke, wir können diese alte Schachtel fertigmachen“, sagte Redd, während sie ihr Schwert durch die Luft schwang.

Coral und Faye machten beide einen Schritt zurück, um Redd Raum zu geben.

„Redd! Nicht im Haus!“, schalt Coral sie.

Redd zog eine Grimasse, steckte ihr Schwert aber in die Scheide. „Schön. Kommen wir zur Sache. Wann, glaubst du, wird diese verrückte Hexe ankommen, um deine Seele zu holen?“

„Ähm, ich weiß nicht. Ich bin nicht einmal sicher, ob sie es genau weiß. Ich meine, glaubst du, sie hat so etwas wie ein GPS für meine Jungfräulichkeit?“, fragte Coral.

Faye lachte bei der Vorstellung.

„Okay, also, wir brauchen einen Plan." Redd schritt auf dem Boden auf und ab.

„Jake will nicht, dass ich gegen sie kämpfe, und er besteht darauf, allein zu gehen. Und Mr. Wolfe wird aus der Haut fahren, wenn du losziehst, ohne ihn vorher zu fragen." Coral drehte sich um und sah Faye an: „Was ist mit dir? Was hätte Cade dazu zu sagen?"

„Ich bin nicht wirklich sicher. Ich weiß nicht einmal, was wir tun." Faye blickte fragend zwischen den beiden Frauen hin und her.

„Wir werden einer Meerhexe in den Hintern treten!", sagte Redd und hüpfte in die Luft.

„Ist sie immer so?", fragte Faye Coral.

„Nein, nur wenn sie sich auf einen Kampf vorbereitet. Oder wenn sie sich von einem Kampf erholt. Oder an Tagen, die auf ‚g' enden", scherzte Coral.

Redd knuffte ihren Arm, und sie entschuldigte sich lachend.

„Ich will helfen. Ich bin nur ein bisschen besorgt", sagte Faye zu ihnen. „Ich habe meine Kräfte gerade erst entdeckt."

„So wie in den letzten paar Jahren?", fragte Redd.

Faye schüttelte den Kopf.

„In den letzten paar Monaten?", fragte Coral.

Sie schüttelte wieder den Kopf.

„Also wann?", hakte Redd nach.

„Heute", sagte Faye verlegen.

„Ach du grüne Neune! Wir sind ein bisschen weniger vorbereitet, als ich dachte", rief Redd.

Der Raum wurde still, als sie alle versuchten, einen Plan auszuhecken.

„Wir sind zu dritt und sie ist allein", sagte Coral. „Wir müssen sie nur ablenken." Sie wandte sich Faye zu. „Kannst du irgendeine Ablenkung schaffen, etwas Auffälliges?"

Faye hielt ihre Hände mit den Handflächen nach oben. Zwei Kugeln erschienen über ihren Händen und tanzten wie Glühwürmchen umher.

„Das hast du erst heute gelernt?", fragte Redd. „Du lernst schnell."

Faye tat das Kompliment mit einem Schulterzucken ab und beendete ihre Lichtshow.

Coral lächelte sie an. „Ich denke, das können wir hinkriegen." Sie deutete zur Tür. „Kommt ihr mit mir, um Jake zu überreden, uns gehen zu lassen? Auf mich hört er nicht."

Die Mädchen gingen schnell zu Corals Zimmer, kicherten und baten Faye, unterwegs ihre Fähigkeiten vorzuführen.

Als Coral die Tür zu ihrem Zimmer öffnete, schlug ihnen ein kalter Luftzug entgegen. Das Fenster stand offen. Sie eilte hinüber und blickte hinaus in die Dunkelheit. Ein Gefühl des Grauens überkam sie. Faye und Redd traten neben sie.

„Dort entlang." Redd deutete auf den Wald. „Siehst du die Spuren? Jemand hatte es eilig, und er schleppt etwas hinter sich her."

„Jake!", schrie Coral, und bei dem Gedanken gefror ihr das Blut in den Adern. Sie rannte vom Fenster weg und überprüfte das Badezimmer und den Flur. „Sie hat Jake geholt!" Ihre Knie trafen auf den Boden, der Raum kippte vor ihren Augen. Dann sah sie nur noch Fayes ruhiges Gesicht.

„Sieh mich an", überredete sie sie mit beruhigender Stimme.

Coral gehorchte und versuchte, ihren Blick auf Fayes Augen zu heften.

„Es wird ihm gut gehen, aber du musst dich beruhigen." Faye legte ihre Hände auf Corals Schläfen, während sie mit beruhigender Stimme weitersprach.

Eine Welle der Ruhe überkam Coral, und sie konnte wieder in einem normalen Tempo atmen.

„Was hast du getan?", fragte Redd.

„Nur etwas, um sie zu beruhigen", antwortete Faye. „Wir brauchen sie bei klarem Verstand."

Redd brachte Coral ihre Jacke und griff dann hinunter und zog ein Messer aus ihrem Stiefel. „Hier, steck das in deine Tasche." Redds Aufregung war deutlich zu spüren. „Wir müssen deinen Mann retten."

Coral joggte neben Faye, während sie sich darauf konzentrierten, Redds Spuren im frisch gefallenen Schnee zu folgen. Faye wies ihnen den Weg mit ihren tanzenden Lichtern, aber Redd war ihnen vorausgelaufen, da sie viel schneller war als sie und eine Expertin im Spurenlesen. Der Schneesturm hatte endlich aufgehört, aber die beißende Kälte war geblieben. Sie wurden langsamer, als Faye auf die Lichtung vor ihnen deutete.

Das Erste, was sie hörten, als sie auf die Lichtung kamen, war Redd, die aus voller Kehle schrie. „Komm schon, du alte, fiese Meerhexe. Du bist nicht seinetwegen gekommen!", brüllte Redd. „Was willst du überhaupt mit ihm? Du bist zu alt, um für einen Mann noch Verwendung zu haben."

Es war der letzte Satz, der Coral in einen vollen Sprint versetzte. Sie konnte es nicht länger leugnen. Die Meerhexe hatte Jake, und ihr Herz sank ihr in die Magengrube. Faye rannte neben ihr und schob ihre Hand in Corals, um sie aufmunternd zu drücken. Corals Brust zog sich bei dieser Geste zusammen.

Redd erblickte sie und hob eine Hand, um sie aufzuhalten, während sie mit der anderen ihr Schwert umklammerte. Coral und Faye blieben am Rand der Lichtung stehen und Coral blickte auf und sah Jake in einer Blase schweben, drei Meter über dem Boden. Er sah bewusstlos aus. Sie schnappte nach Luft und spürte, wie ihre Knie wieder weich wurden.

„Sie hat ihn nur betäubt", beruhigte Faye sie. „Er ist nicht tot. Verlier die Hoffnung nicht."

Sie blickten beide zu der riesigen Meerhexe hinauf. Sie war ungefähr acht Meter groß. Sie war in ihren wirbelnden schwarzen Umhang gehüllt, ein Wind wehte um sie herum, der Schnee und Eis aufwirbelte, während sie ihre Hände in die Luft hob und etwas in einer fremden Sprache sang.

„Du hast mir nicht gesagt, dass sie so eine große Frau ist", flüsterte Faye in ihre Richtung.

„Normalerweise ist sie das nicht", sagte Coral. „Sie muss irgendetwas mit sich angestellt haben." Sie versuchte, es herauszufinden, die Lage einzuschätzen – Redd, die mit nichts als ihrem Schwert bewaffnet vor der immer größer werdenden Hexe stand, Jake, der in einer Blase schwebte. Sie und Faye brauchten einen Plan, und zwar schnell.

Dann sah sie aus dem Augenwinkel etwas in Fayes Händen. Die Fee rannte ein paar Schritte nach vorne und schleuderte etwas in Richtung der Hexe.

Coral sah zu, wie ein riesiger Schneeball die Hexe genau zwischen die Augen traf.

„Nimm das, du große, alte Schlampe!"

Redd stieß ein irres Lachen aus und klatschte mit Faye ab.

Sie kämpfte mit verrückten Frauen gegen eine Hexe. Jake hatte recht gehabt. Sie würde sterben.

Redd winkte sie zu sich. „Komm schon, Coral, wir brauchen deine Hilfe!"

Sie machte einen zögerlichen Schritt nach vorn. Die Hexe taumelte und brüllte wegen des Schneeballs. Aber dann glitzerte das Mondlicht auf etwas um den Hals der Meerhexe. Coral kam ein Gedanke.

„Das Amulett!", schrie sie und zeigte auf den Anhänger, der um den Hals der Meerhexe hing. Sie drehte sich zu Redd um. „Ihre Schwäche! Daher kommt ihre Macht."

Coral sah die Entschlossenheit in Redds Augen, als diese ihr zunickte.

„Jetzt haben wir ein Ziel!", lächelte Redd ihr zu.

„Wenn ich sie schrumpfen lasse, kommst du dann an ihre Halskette?", fragte Faye.

Redds Haar schimmerte im Mondlicht, als sie nickte. „Ja. Setz die Hexe auf eine Keto-Diät! Schrumpf sie um ein paar Nummern!"

Coral und Redd traten zurück, als Faye sich direkt vor die Meerhexe stellte. Sie schloss ihre Augen und richtete ihren Zauberstab auf die Vettel. Der Wind wurde stärker und in der Ferne krachte ein Donnerschlag. Fayes blondes Haar hob sich von ihren Schultern, als die Luft um sie herumfegte.

Coral wurde von einem hellen Lichtblitz geblendet und ein lauter Knall ertönte, als sie und Redd auf dem kalten, harten Boden aufschlugen. Als sie aufblickte, sah sie, dass die Hexe nicht geschrumpft war, sondern jetzt eine riesige Krabbe war. Sie huschte vor ihnen hin und her und ließ ihre Scheren schnappen.

Redd zog Coral auf die Füße, als Faye auf sie zukam. „Das war nicht das, was ich vorhatte, sorry. Ich glaube, bei mir sind immer noch ein paar Drähte vertauscht."

Ein heulender Wind fegte an ihnen vorbei, wehte ihnen Eis und Schnee in die Augen und blendete sie vorübergehend. Als sie dem Wind den Rücken zukehrten und darauf warteten, dass er sich beruhigte, umfasste Coral den Dolch in ihrer Tasche.

„Also gut, bringen wir die Sache hinter uns!", meldete sich Redd zu Wort, sobald der Wind nachgelassen hatte.

Faye und Redd rückten auf die Meerhexen-Krabbe vor, aber Corals Füße blieben stehen. Sie blickte wieder auf, in der Hoffnung, ihre Augen würden sie täuschen. *Wo war Jake?* Er schwebte nicht mehr in einer Blase über ihnen. Panik überkam sie.

„Jake!", schrie sie. „Wo ist er?"

Faye hielt inne, ihren Zauberstab in die Luft erhoben. Sie blickte direkt nach oben, dorthin, wo noch vor wenigen

Augenblicken die Blase gewesen war, die Jake gefangen gehalten hatte.

Redd hob ihr Schwert. „Ich hab ihn gefunden." Sie klang entschlossen, als sie sich der riesigen Meerhexen-Krabbe entgegenstellte.

Corals Blick schoss dorthin, wohin Redd ihren Blick gerichtet hatte. *Jake!* Die Hexe hatte ihn in einer ihrer Scheren gefangen und sein Körper hing schlaff herab.

„Nimm mich stattdessen!", schrie sie die Hexe an.

„Coral, nein", flüsterte Faye neben ihr. „Sie wird euch beide töten."

Die Niedergeschlagenheit und Hilflosigkeit, die Coral im Gesicht ihrer Freundin sah, versetzte sie in Wut. Sie sprang vor, zog den Dolch aus ihrer Tasche und zielte auf eines der riesigen Krabbenbeine. Der Dolch prallte nutzlos gegen den harten Panzer und Coral wurde durch den Aufprall nach hinten geschleudert.

Die Meerhexen-Krabbe stieß einen wütend klingenden Schrei aus. Coral blickte von der Stelle auf, an der sie auf dem gefrorenen Boden lag, und sah, wie Jake sich in ihrem Griff wand. Sein Teint wurde fahl, als er gegen die Schere ankämpfte, die ihn festhielt.

Als Coral sah, wie alle Farbe aus seinem Körper wich und sein Kampf an Intensität verlor, wusste sie, dass sie ihm beim Sterben zusah. Sie rappelte sich auf die Beine und krümmte sich, sobald sie stand. Sie stützte die Hände auf die Knie, ihre Brust hob und senkte sich keuchend und ihre Gedanken überschlugen sich. Sie würden alle sterben, und es war alles ihre Schuld. Sie spürte die heißen Tränen auf ihre Wangen treffen, als Redd neben ihr einen Schrei ausstieß.

„Lass ihn los!" Redd stürmte vorwärts, ihr Schwert kampfbereit erhoben.

„Einfrieren, Seeabschaum!", rief Faye von hinten. Sofort

hörte das Hin und Her der Krabbe auf, als wäre sie an Ort und Stelle eingefroren.

Coral und Redd sahen einander erstaunt an, dann zurück zu Faye, die mit den Schultern zuckte. „Hab sie eingefroren." Sie hielt ihren Zauberstab weiter auf die Meerhexen-Krabbe gerichtet und fügte dann überrascht hinzu: „Es hat funktioniert!"

Sie hörten ein lautes Knacken und blickten auf, um zu sehen, wie Jake durch die Luft fiel. Er landete mit einem lauten Platschen zu ihren Füßen.

Redd und Coral packten Jake jeweils an einer Seite und versuchten, ihn von der Lichtung zu ziehen. Faye packte seine Füße, und zu dritt zogen sie ihn von der Meerhexen-Krabbe weg.

„Ugh", murmelte Jake, während er seinen Kopf von einer Seite zur anderen rollte. „Coral?"

Sie fiel neben ihm auf die Knie, während Redd und Faye sich umdrehten, um die sich nähernde Seekrabbe zu bekämpfen. „Ich bin hier." Ihr Herz quoll vor Erleichterung über, als sie ihm das Haar aus den Augen strich. Seine Wunde vom Wolfskampf verheilte gut, und sie war froh zu sehen, dass er von seiner Gefangennahme keine Verletzungen davongetragen hatte. Die Farbe kehrte in sein Gesicht zurück, als er tiefe Atemzüge nahm.

„Warum habe ich Schnee in der Hose?", fragte er mürrisch.

„Tut mir leid, wir haben versucht, dich zu tragen, aber wir mussten dich ziehen."

Er setzte sich auf und betrachtete die Szene, in der Faye und Redd sie vor einer riesigen Krabbe verteidigten.

„Was ist hier los?"

„Sie hat dich entführt, aber wir sind dir zu Hilfe gekommen." Sie lächelte, als neben ihnen ein Blitz einschlug, gefolgt von Fayes Entschuldigungen. Sie hörten, wie Redd einen

Schlachtruf ausstieß und hinzufügte, dass sie Krabbenbeine zum Abendessen kochen würde.

„Ihr seid wie ein Rudel hyperaktiver Kätzchen. Geht zurück zur Hütte und lasst mich das erledigen", befahl er, während er sich mühsam auf die Beine kämpfte.

Sie half ihm aufzustehen, verschränkte dann aber die Arme vor der Brust und warf ihm ihren besten vernichtenden Blick zu. „Ich gehe nirgendwohin, Jake Hill. Du kannst helfen, wenn du willst, aber wir haben das im Griff."

Genau in diesem Moment rief Faye ihnen zu: „Ein bisschen Hilfe, bitte!"

Sie drehten sich um und fanden Redd auf Fayes Schultern vor, wie sie ihr Schwert wild in Richtung der wütenden Meerhexen-Krabbe schwang.

Jake zog Redd von Faye herunter. „Ich habe eine bessere Idee." Er zerrte Redd mit sich zu einem nahegelegenen Baum und machte ihr eine Räuberleiter.

Redd kletterte in Rekordzeit die Äste hinauf und brachte sich auf Augenhöhe mit der Hexe. „Sorgt dafür, dass sie näherkommt!"

Coral und Faye fingen an, mit den Händen zu winken und versuchten, die Hexe dazu zu bringen, zu ihnen zu schauen, dann rannten sie in Redds und Jakes Richtung.

Die Meerhexen-Krabbe wackelte und huschte über Schnee und Eis. Als sie sich näherte, rutschte Redd weiter einen Ast hinunter.

„Vorsicht!", rief Jake, gerade als der Ast krachte und Redd zu fallen begann.

Coral schrie entsetzt auf und warf sich an Jake, während sie sich die Augen zuhielt, zu verängstigt, um zuzusehen, wie ihre Freundin auf dem Boden aufschlug. Aber als sie nichts hörte, nahm sie die Hände von den Augen und blickte auf. Redd schwebte in der Luft. Coral schaute neben sich und sah Faye, die ihren Zauberstab zum Himmel richtete. Ihre Haut hatte einen Glanz angenommen, und es sah fast so aus, als würde Licht aus ihr herausstrahlen.

„Hast du mich?", fragte Redd, als sie zu Faye hinunterschaute.

Faye nickte leicht, während sie sich konzentrierte.

„Wie macht sie das?", fragte Jake Coral, die als Antwort mit den Schultern zuckte, zu gefesselt von der Zurschaustellung der Magie, um eine Antwort zu formulieren.

Anscheinend mit Fayes Antwort zufrieden, beugte sich Redd vor und hakte ihr Schwert unter die Halskette, die die Meerhexen-Krabbe immer noch trug. Sie schnippte mit dem Handgelenk und das Amulett krachte zu Boden. Coral rappelte sich auf, um es zu holen, bevor die Hexe ihre schnappenden Scheren herabsausen ließ.

Jake positionierte sich unter Redd und streckte die Arme aus. „Du kannst sie jetzt loslassen."

Faye stieß einen Seufzer der Erleichterung aus und senkte ihren Zauberstab, während Redd über ihren schnellen Abstieg einen Freudenschrei ausstieß und mit einem Grinsen sicher in Jakes Arme fiel.

Coral versuchte, auf das Amulett zu treten, aber es zerbrach nicht unter ihrem Fuß. Sie trat dagegen und stieß einen Schrei der Frustration aus.

„Zurück", sagte Jake, als er hinter sie trat.

Sie trat einen Schritt zurück, und Jake schlug sein Schwert auf den Anhänger und zerschmetterte ihn in Hunderte von Stücken.

Die Meerhexen-Krabbe stieß einen erstickten Schrei aus, als Lichtfunken aus ihrem Inneren zu schießen begannen. Jake drückte Coral auf den verschneiten Boden und bedeckte sie mit seinem Körper. Der Boden bebte wie bei einer Explosion, und Coral kämpfte um Luft, als sich Jakes Gewicht auf sie legte.

Plötzlich war alles still und Coral nahm nur noch Jakes

angestrengtes Atmen an ihrem Ohr wahr. Langsam stand er von ihr auf und half ihr auf die Beine. Als sie stand, glaubte sie, einen großen silbernen Wolf zu erblicken, der sich durch die Bäume zurückzog, aber sie konnte sich nicht sicher sein, was sie sah.

Sie blickte zurück, dorthin, wo die Meerhexen-Krabbe gewesen war, nur um einen großen Kreis aus geschmolzenem Schnee vorzufinden; das Gras war grün und nass, wo einst die Hexe gestanden hatte.

Faye und Redd wirbelten und tanzten in dem Kreis.

Jake zog Coral in seine Arme. „Willst du dich nicht deinen Freundinnen bei ihrem Siegestanz anschließen?" Er ließ sie los, und Coral lachte und rannte los, um sich ihnen anzuschließen.

JAKE KNIETE neben dem Feuer und legte einen weiteren Holzscheit nach, bevor er den Kaminschirm zuzog. Er blickte zurück zu Coral, die auf dem Sofa saß. Sie zog ihre Schuhe und nassen Socken aus, und sie landeten mit einem dumpfen Geräusch auf dem Boden.

Er ging zu ihr und zog sie auf die Füße. „Wurdest du nicht schon mal dafür gescholten, dass du ohne wetterfeste Kleidung nach draußen gegangen bist?", neckte er sie.

Ihr Gesicht rötete sich, und er nahm an, dass sie sich an ihr erstes Treffen erinnerte, als Bertram gedroht hatte, ihr den Hintern zu versohlen, weil sie in einem Sweatshirt in der Kälte unterwegs gewesen war. „Ich hatte es irgendwie eilig. Mein tollpatschiger Freund hat sich entführen lassen." Sie plusterte die Brust auf und schaffte es nicht, ihr Lachen zu unterdrücken.

„Tollpatschig, was?" Er hob sie von den Füßen und sie quiekte. Er warf sie aufs Bett und hakte seine Finger in den

Bund ihrer Hose. Er zog sie und ihr Höschen in einer Bewegung aus und grinste auf sie hinab. „Wer ist jetzt hier tollpatschig?"

Sie kicherte als Antwort und versuchte, sich vom Bett aufzurichten, aber Jake drückte sie wieder nach unten.

„Lass uns dich aus diesen nassen Klamotten holen", sagte er. Er zog ihr Shirt über den Kopf, öffnete dann ihren BH, bevor er seine eigene Kleidung abwarf und sich neben sie legte.

„Danke, dass du mich gerettet hast, Jake", flüsterte sie.

Er warf ihr einen Blick zu. „Ihr Mädels hattet das im Griff. Aber ich bin froh, dass ich da war, um zu helfen. Ich schätze, ich sollte dir dafür danken, dass du mich gerettet hast."

„Ja, gut, dass ich da war!" Sie schenkte ihm ein schiefes Grinsen. „Du solltest mich in deiner Nähe behalten, falls du wieder in Schwierigkeiten gerätst. Vielleicht musst du noch öfter gerettet werden."

Er erwiderte ihr Lächeln und drehte sie auf den Bauch. „Du bist diejenige, die sich nicht aus Schwierigkeiten heraushalten kann." Er ließ seine Hand mit einem lauten Klatschen auf ihrem nackten Hintern landen. „Aber das macht mir nicht allzu viel aus."

Coral kicherte und wackelte ihm mit dem Po entgegen. Er reagierte, indem er ihre Pobacken mit einer Flut von Klapsen übersäte. Sie lachte weiter über seine spielerischen Schläge – bis er seine Hand mit mehr Intensität niedersausen ließ. Er versohlte ihr noch zweimal kräftig den Hintern, bevor sie ihn über die Schulter ansah. Er lächelte über ihren verwirrten Blick. „Ich kann einfach meine Hände nicht von deinem geilen Arsch lassen."

Sie kicherte und rollte sich auf den Rücken, um sich aus seinem Griff zu winden.

„Es gibt noch viele andere Teile von mir, die nichts dagegen hätten, deine Hände an sich zu spüren", sagte sie.

Er richtete sich auf die Knie und packte ihre Knöchel. Er zog ihre Beine hoch und schlug ihr mit der Hand auf den Hintern, während sie einen überraschten Aufschrei ausstieß. Er klatschte auf die eine Seite, dann auf die andere, bis sie ihn anflehte, aufzuhören. Dann ließ er ihre Knöchel los, sodass ihre Beine zurück aufs Bett fielen, und fing ihre Lippen in einem tiefen Kuss ein.

„Ich bin mit dem Versohlen fertig, wenn ich fertig bin, nicht, wenn du geil bist", sagte er und ließ ein Lächeln folgen, in der Hoffnung, dass sie den neckenden Ton in seiner Stimme bemerkte.

„Ja, Sir", sagte sie in einem sinnlichen Ton und öffnete ihm ihre Beine, „was auch immer du sagst." Sie zog ihn näher an sich heran, und er positionierte sich vor ihr.

Jake brachte seinen Körper über ihren, begann sich dann aber zurückzuziehen. „Ich habe vergessen, ein Kondom zu holen", sagte er.

Sie zog ihn wieder nach unten. „Schon gut. Ich nehme die Pille."

Er richtete sich wieder zwischen ihren Beinen ein und ließ seine Hände über ihren Körper gleiten. „Vielleicht könnten wir nach der Hochzeit darüber reden, dass du sie absetzt", sagte er zu ihr.

Ihre Augen weiteten sich vor Überraschung. „Wessen Hochzeit?"

„Unsere Hochzeit." Er legte seine Hände um ihre Hüften, als er seine Länge in sie versenkte. „Ich wäre ein Narr, dich gehen zu lassen."

Sie stieß ein Stöhnen der Lust aus und fuhr dann mit ihren Nägeln über seine nackte Brust. „Ich wäre eine Närrin, zu gehen."

„Ich liebe dich, meine kleine Wassernymphe."

„Ich liebe dich auch.“

Er unterband jedes weitere Gespräch, indem er sich tiefer in sie versenkte und seine Hüften in einem stetigen Rhythmus vor- und zurückbewegte. Seine Hand fand ihr Knöpfchen und er liebkoste sie, bis ihr Körper unter ihm bebte. Dann fand er seine eigene Erlösung, während sie seinen Namen rief.

Jake legte sich neben sie und zog Coral an seine Brust, umschloss sie von hinten, beide zu erschöpft von dem ereignisreichen Tag und der Nacht, um mehr zu tun als zu schlafen.

KAPITEL ZWEIUNDZWANZIG

$\mathcal{C}$ADE

Cade wachte auf, Fayes Zwillingsmonde in seinen Händen, sein Schwanz steif unter ihrem Oberschenkel. Ihre schlanke Gestalt lag auf seinem Körper, ihr Kopf an seine Schulter geschmiegt. Er atmete ihren Duft ein.

Meine.

Er konnte es kaum glauben.

Als er in der Nacht davor gehört hatte, dass sie losgezogen war, um die Meerhexe zu bekämpfen, hatte er sich auf der Stelle in einen Wolf verwandelt, seine Kleider zerfetzt und war losgestürmt, um sie zu „retten". Aber seine kleine Fee hatte sich wie ein Champion geschlagen, den Zauberstab in der Luft, ihre Magie hatte ihren ganzen Körper erhellt, sodass er leuchtete. Er hatte es geliebt, ihre Aufregung und ihr wachsendes Vertrauen in ihre Fähigkeiten zu sehen.

Und so töricht es auch sein mochte, er empfand einen unbändigen Stolz bei dem Gedanken, dass er derjenige gewesen war, der ihre Kräfte entfacht hatte. Er war ihr Erster gewesen, derjenige, den sie trotz ihrer Angst, alles zu verlieren, gewählt hatte. Er drückte ihren wunderschönen

Hintern und sie rollte ihr Becken über seins und hob den Kopf.

Er stöhnte, sein Schwanz schmerzte. Auf ihrem Gesicht erschien ein spitzbübisches, wissendes Lächeln, während sie ihren Oberkörper hochdrückte und mit ihrem Arsch über seinem Schwanz wackelte. Er staunte über ihr Selbstvertrauen – das Mädchen, das bis gestern noch nie Sex gehabt hatte, schien sich ihrer Sache jetzt ziemlich sicher zu sein. Als läse sie seine Gedanken, beugte sie sich vor, die Lider halb geschlossen, und umschlang mit ihren schlanken Händen seine Bizepse, als würde sie ihn festhalten.

Er grinste. „Dominierst du mich?"

„Mmm-hmm. Gefällt es dir?"

Er stieß seine Hüften in die Luft und bockte gegen sie. „Zeig mir, was du draufhast, kleine Fee."

„Das werde ich." Ihre Stimme troff vor Honig. Sie schockierte ihn, indem sie ihre Hüften hob, sich ohne Umschweife direkt auf seinen Schwanz setzte und es schaffte, ihn ohne die Hilfe ihrer Hände in sich gleiten zu lassen.

„Oh, Schicksal!", knurrte er.

„Uh-huh." Sie wiegte ihren heißen Schoß über seinem Schwanz. „Gefällt dir das?"

„Ja!", keuchte er. Er wollte sie packen und die Führung übernehmen, ihre Hüften vor- und zurückreißen, während er in sie stieß, aber er genoss ihre Sexkätzchen-Nummer zu sehr, um sie zu unterbrechen.

Sie wiegte sich weiter, reckte ihre Brüste in die Luft, ihre langen Wellen fielen nach hinten. Er schloss die Augen und versuchte, seinen Atem zu zügeln und die Empfindungen zu genießen, ohne mehr zu verlangen. Faye änderte ihr Tempo und entdeckte ein Vor- und Zurückgleiten. Es musste ihren Kitzler stimuliert haben, denn sie grub ihre Fingernägel in

seine Arme und beschleunigte ihre Bewegungen bis zur Raserei, während sich ein präorgastischer Ausdruck von Panik in
ihrem Gesicht zeigte. Er packte ihre Hüften, um zu helfen, und
trieb sie an, bis sie beide Arme in die Luft warf und das Bett
vom Boden abhob, während sie sich um ihn zusammenzog.

Sie ließ sich wieder auf seine Brust fallen. „Bist du …?"

„Noch nicht", sagte er.

„Oh, na ja." Sie hob den Kopf und sah verwirrt aus. „Ähm
…"

Er grinste. „Keine Sorge. Ich nehme es mir, wenn ich es
will. Oder hast du das vergessen?"

Sie schmiegte sich an ihn. „Was vergessen?" In ihrer
Stimme lag ein zufriedenes Schnurren.

„Vergessen, dass du mir gehörst?"

Sie schüttelte die Haare aus ihrem Gesicht und sah ihn
an. „Wie genau funktioniert das jetzt also? Sind wir … so was
wie verheiratet? Oder bin ich jetzt deine Freundin? Oder
was?"

Er rollte ihre Körper umeinander, sodass er auf ihr lag
und sie unter sich festhielt. „Du bist mein Alles. Meine
Gefährtin, meine Geliebte, meine Freundin, meine Frau,
meine Sklavin …"

Bei dem letzten Wort biss sie ihn in den Arm. „Also ziehe
ich bei dir ein?"

Er grinste. „Ja, du ziehst hier ein. Und da du mir dreitausend Dollar schuldest, dachte ich, du könntest dreitausend
Tage und Nächte als meine Sklavin verbringen. Danach ist es
verhandelbar."

„Dreitausend Tage!", protestierte sie und wand sich unter
ihm, als ob sie ihn abschütteln könnte. „Auf keinen Fall! Vielleicht dreitausend Stunden. *Vielleicht.*"

„Komm schon, ich weiß, dass es dir genauso gefallen hat
wie mir."

Sie hörte auf, sich zu winden, und blickte zu ihm auf. „Aber was ist, wenn du auf Tournee gehst? Was dann?"

Er war sich nicht sicher, was sie hören wollte. „Du kommst mit mir?"

Sie entspannte sich auf dem Kissen, ihr Haar fächerte sich um ihr Gesicht. „Wirst du all deinen Groupies erzählen, dass du verheiratet bist?"

„Ich lasse mir deinen Namen als Ring auf meinen Ringfinger tätowieren."

Sie kicherte. „Damit du ihn nie abnehmen kannst?"

Er küsste ihre Nase. „Ganz genau. Und jetzt spreiz deine Beine und öffne dich für deinen Meister."

Sie gehorchte, obwohl er einen Anflug von Angst in ihrem Gesichtsausdruck zu erkennen glaubte. „Bist du wund?", fragte er, als er seinen Kopf senkte, um mit der Zunge über ihre Brustwarze zu fahren.

„Ein bisschen."

„Pech gehabt", er drang in sie ein und hoffte, sie wusste, dass er es nicht so meinte, „denn wenn du meine Sklavin bist, wirst du gefickt, bis du nicht mehr geradeaus gehen kannst."

Seine Worte hatten die gewünschte Wirkung: Sie krümmte sich seinem Stoß entgegen, ihre Pussy wurde feuchter, ihr Kopf fiel nach hinten. Er schob eine Hand unter ihren Hintern und drückte seinen liebsten Teil an ihr, während er in sie hinein- und aus ihr herausstieß. Da er sie nicht wirklich verletzen wollte, ließ er seinen Höhepunkt schnell kommen und stieß einen Siegesruf aus, bevor er sein Gesicht in ihrem Haar vergrub.

Sie duschten und zogen sich an, um sich dann unten Bertram und seinem Gefolge am Frühstücksbuffet anzuschließen. „Das ist Jillian." Sein Cousin stellte seine Gefährtin vor, als sie ankamen. „Jillian, das ist mein Cousin Cade und seine Gefährtin, Faye."

Die junge Frau schüttelte Fayes Hand und starrte ihn dann an. „Du warst der andere silberne Wolf, nicht wahr?"

Er grinste und berührte seinen Ohrschmuck. „Woran hast du das erkannt?"

Sie errötete. „Ich kann die Familienähnlichkeit sehen. Seid ihr also ein Rudel oder so was?"

„Nein", sagte er. „Ich bin ein einsamer Wolf."

„Hey!", warf Faye ein und stieß ihn mit dem Ellbogen an.

„Na ja, ich war ein einsamer Wolf. Jetzt bin ich in einem Zweierrudel." Er stahl ihr einen schnellen Kuss.

„Er ist zu sehr Alpha, um in meinem Rudel zu sein, und ich verprügle nicht gern Familie, nur um meinen Standpunkt klarzumachen." Bertram grinste.

Sie nahmen sich Teller und bedienten sich am köstlichen Essen. In einem Wolfe-Etablissement wurde kein mickriges kontinentales Frühstück serviert. Nein, Haufen von dampfendem Speck und Würstchen standen auf gewärmten Platten, zusammen mit Rührei, gewürfelten Kartoffeln mit Rosmarin und einer Waffelstation zur Selbstbedienung. Faye lud ihren Teller genauso voll wie er, und er grinste über ihren Appetit und fragte sich, wie sie essen würde, wenn er sie mit Wolfswelpen schwängern würde.

Jake und die heiße Rothaarige, Coral, kamen ebenfalls in den Speisesaal und sahen aus, als wären sie an der Hüfte zusammengewachsen. Er vermutete, dass das Spa NK wirklich eine Art Fantasieinsel war. Redd trabte die Treppe hinter ihnen hinunter und ließ ihren Kaugummi knallen.

Faye umarmte ihre beiden neuen Freundinnen, und die ganze Gruppe setzte sich an einen langen Tisch, um gemeinsam zu essen. Der Raum füllte sich mit ausgelassenen Gesprächen, alle lächelten, und das Gefühl von Freude und Zuneigung schien die gesamte Gruppe zu ergreifen.

Doch dann näherte sich Pino, der aufgeregt aussah und

einen zierlichen Damenschuh in der Hand hielt. *„Perdonami, Signore Wolfe, ma Cindy non è da nessuna parte."*

„Moment, Moment. Was sagst du da?", hielt Bertram den hektischen Portier auf. Am Tisch war es totenstill geworden, alle beugten sich vor, um zu hören, was los war.

„Oh, mi dispiace. È solo che...." Er schüttelte den Kopf, als ob ein Ruckeln helfen könnte, die richtige Sprache hervorzubringen. „Cindy wird vermisst! Alles, was ich gefunden habe, war ihr Schuh im Schnee draußen!"

Blitzschnell sprang die Gruppe auf, jeder von ihnen ein Krieger auf seine eigene Art, bereit zu helfen.

„Cindy!", keuchte Faye. „Ich wusste, dass etwas mit ihr nicht stimmte. Und ich bin ihre gute Fee!", rief sie aus, als wäre ihr dieser Gedanke gerade erst gekommen.

„Ich hole mein Schwert und treffe euch vorne", sagte Jake, während er Coral zuvorkommend mit einer Hand beim Aufstehen half.

„Bin direkt hinter dir", sagte Redd und stürmte nach oben, vermutlich um ihre rote Lycra-Kampfkleidung anzuziehen.

„Ich komme auch mit!", sagte Jillian und sah Bertram an, als wollte sie ihn herausfordern, Nein zu sagen.

„Okay, aber nur, wenn du in der Nähe von Faye, Redd und Coral bleibst", sagte Bertram.

Die ungewöhnliche Gruppe verließ den Speisesaal, jeder auf seine Weise grimmig und entschlossen, einer der Ihren zu helfen. Es erwärmte Cades Herz, ihre Solidarität zu spüren. So sehr er es auch genossen hatte, ein einsamer Wolf zu sein, seine Art liebte es, zu einem Rudel zu gehören und für eine gemeinsame Sache zu kämpfen.

„Du hast Bertram gehört, oder?", fragte er Faye, als er in einen Flur abbog, um seine Kleidung auszuziehen. „Ihr Mädels bleibt zusammen?"

„Jep. Frauenpower. Hab's kapiert", sagte sie, zog ihren Zauberstab hervor und schwenkte ihn durch die Luft.

„Ich weiß, dass du das hast", sagte er und gab ihr einen schnellen Kuss. „Lass uns deine Patentochter finden."

VIELEN DANK FÜRS LESEN! Würden Sie sich bitte einen Moment Zeit nehmen und eine Bewertung abgeben?

Hat es Ihnen gefallen, nicht gefallen oder waren Sie begeistert?

Wir freuen uns über Ihr Feedback. Danke!

Wussten Sie schon, dass Sie direkt bei Renee Rose bestellen können? Sichern Sie sich signierte Bücher, Sonderausgaben und stark reduzierte Pakete. Nutzen Sie diesen Gutscheincode für zusätzliche 10 % Rabatt auf Ihre gesamte Bestellung: READER10 oder besuchen Sie diesen Link: https://shop.reneeroseromance.com/discount/READER10

HOLEN SIE SICH IHR KOSTENLOSES BÜCHER

Gehen Sie zu https://dl.bookfunnel.com/mdue81lgz8 um sich für Katherine Deanes Newsletter anzumelden und kostenlose Bücher sowie Neuigkeiten zu Neuerscheinungen zu erhalten.

BÜCHER VON RENEE ROSE

Chicago Bratwa

Der Direktor

Gefährliches Vorspiel

Der Mittelsmann

Bessessen

Der Vollstrecker

Der Soldat

Der Hacker

Der Buchmacher

Der Reiniger

Der Torwächter

Unterwelt von Las Vegas

King of Diamonds

Mafia Daddy

Jack of Spades

Ace of Hearts

Joker's Wild

His Queen of Clubs

Dead Man's Hand

Wild Card

Bratwa Erben Reihe

Prinz der Kontrolle

Master Me

Ihr Königlicher Master

Ja, Herr Doktor

Ihr Marine Master

Ihr Russischer Gebieter

Ihre Zwillingsmaster

Ihr Brandmeister

Ihr Küchenmeister

Ihr Hollywood Master

Ihr Bad Boy Master

Mafia Männer Reihe

Reiz mich nicht

Verführe mich nicht

Zwing mich nicht

Mountain Men

Held

Rebell

Krieger

Sündhaftes Chicago

Sündenpfuhl

Verwurzelt in Sünde

Yacht Kings

Rache

Wolf Ranch

ungezähmt

ungestüm

ungezügelt

unzivilisiert

ungebremst

unbändig

unkontrolliert

unerschrocken

unbeugsam

Two Marks

ungebärdig - Buch 1 (gratis)

versucht

begehrt

verzaubert

Wolf Ridge High

Alpha Bully

Alpha Knight

Step Alpha

Alpha King

Alpha Varsity

Bad Boy Alphas

Alphas Versuchung

Alphas Gefahr

Alphas Preis

Alphas Herausforderung

Alphas Besessenheit

Alphas Verlangen

Alphas Krieg

Alphas Aufgabe

Alphas Fluch

Alphas Geheimnis

Alphas Beute

Alphas Blut

Alphas Sonne

Alphas Mond

Alphas Schwur

Alphas Rache

Alphas Feuer

Alphas Rettung

Alphas Befehl

The Werewolves of Wall Street Serie

Der große böse Boss: Mitternacht

Der große böse Boss: Mondverrückt

Der große böse Boss: Markiert

Der große böse Boss: Miteinander

Der große böse Bully

Mitternacht Doms

Alphas Blut von Renee Rose & Lee Savino

Seine gefangene Sterbliche von Renee Rose & Lee Savino

Sklaven des Sturm von Renee Rose, Casey McKay und Katherine Deane

Die Meister von Zandia

Seine irdische Dienerin

Seine irdische Gefangene

Seine irdische Gefährtin

Seine irdische Rebellin

Seine irdische Frau

Ihr Gefährte und Meister

Zandianisches Haustier

Sein irdischer Besitz

Zandianische Bräute

Eine Nach md den Zandianern

Von den Zandianern gekauft

Von den Zandianer beherrscht

Das Licht der Zandianer

Festgehalten vom Zandianer

Vom Zandianer beansprucht

Vom Zandianer gestohlen

ÜBER RENEE ROSE

USA TODAY Bestseller-Autorin RENEE ROSE liebt dominante, verbalerotische Alpha-Helden! Sie hat bereits über eine Million Exemplare ihrer erotischen Liebesromane mit unterschiedlichen Abstufungen verruchter sexueller Vorlieben und Erotik verkauft. Ihre Bücher wurden außerdem in *USA Todays Happily Ever After* und *Popsugar* vorgestellt. 2013 wurde sie von *Eroticon USA* zum nächsten *Top Erotic Author* ernannt und freut sich ebenfalls über die Auszeichnungen Spunky and Sassy's *Favorite Sci-Fi and Anthology Autor,* und The Romance Reviews *Best Historical Romance.* Bereits fünfmal gelang ihr eine Platzierung in der USA-Today-Bestsellerliste mit verschiedenen literarischen Werken.

Besuchen Sie ihren Blog unter www.reneeroseromance.com

ÜBER KATHERINE DEANE

Die USA-Today-Bestsellerautorin Katherine Deane schreibt prickelnde, gefühlvolle Geschichten voller Leidenschaft, Humor und einer Prise Erotik. Als Romantikerin durch und durch (und absoluter Fan von Happy Ends) liebt sie es, in all ihren Werken Leidenschaft und Herz zu vereinen – besonders in ihren Lieblingsgenres: erotische Liebesromane, Paranormales und Sportromane. Wenn sie nicht gerade an ihrer nächsten heißen Szene tüftelt, findet man sie wahrscheinlich im Fitnessstudio oder gemütlich auf dem Sofa beim Anime-Schauen mit ihren Kindern.

ÜBER CASEY MCKAY

Casey McKay vertreibt sich die Langeweile ihres öden Jobs, indem sie nachts Liebesromane mit Spanking-Elementen schreibt. Sie schreibt Bücher, die sie selbst gerne lesen würde – und so sind es natürlich alles Liebesromane mit viel Spanking. Sie mag gute Liebesgeschichten mit etwas Humor, einem Happy End und natürlich Spanking.

Folgen Sie ihrem Blog auf www.caseymckay.com (auf Englisch).